達摩流浪者

The Dharma Bums

凱魯亞克追尋自我的禪修之旅

傑克·凱魯亞克 著
梁永安 譯

Jack Kerouac

謹以此書獻給寒山子

OPEN 是一種人本的寬厚

OPEN 是一種自由的開闊

OPEN 是一種平等的容納

FOREWORD

OPEN經典重啓 重現閱讀新典範

FOREWORD

一九九七年十月對臺灣商務印書館而言，具有非凡的意義，因爲這一年是商務印書館成立一百週年；也是臺灣商務印書館成立五十週年。在回顧輝煌歷史之際，我們同時注視著未來，二十一世紀的大門近在咫尺，等待我們將其開啓。在那新舊世紀交替過度之際，臺灣商務印書館以「OPEN」爲系列名，精選「最前端的思想浪潮」、「學術文化的經典」、「小說」、「小說以外的文學」等四大主軸的經典著作，期許開闊新時代的視野，引領新生代閱讀知識精華，讓傳統與現代並翼而翔，啓發新世代的思潮。

「OPEN」系列一出版即受到讀者的特別關注，深獲各界讀者的好評。這些經典名著是歷史的縮影，讓我們能理解不同時期的價值觀，認知社會制度與文化變遷，讓我們能反思當今世界的政治、社會與科技發展的問題，並從中汲取智慧與靈感。此系列出版至今已近三十年，即使經歷時代遷移變化，這些經典著作探討的議題與內含的意義，總能展現超越時代的價值。

作爲臺灣現存歷史最久遠的出版社，傳承文化經典是「臺灣商務印書館」任重而道遠的使命。有鑑於此，我們從「OPEN」經典中再細挑精選超越時代、切合現代關注的議題，重磅出版「OPEN 精選」系列，以續新世代閱讀知識精華，建立新觀點之使命。

「OPEN 精選」系列不僅僅只是舊版的復刻，而是一場與歷史、文化和個人記憶的深刻對話。它不僅只是帶回 OPEN 系列經典作品，更是喚醒了人們對閱讀、知識與思想的珍惜與熱愛。這些世界經典名著不僅蘊含深刻的人生智慧，還能幫助人們在快速變遷的世界中建立更堅實的思想基礎。

我們期待閱讀「OPEN 精選」系列的讀者能有以下幾個面向的收穫：一、**拓展視野、提升文化素養**：經典名著來自不同時代、不同文化，能讓人們了解世界歷史、人類文明的發展，以及各地的思想與價值觀。二、**培養批判思考能力**：經典名著往往探討深度的議題、學術研究與發現，不會給出簡單的答案，但總能啓發讀者思考。三、**提供人生智慧與建立新價值觀**：

許多經典探討人生的意義、道德選擇與社會關懷，這些問題在現代社會依然重要，讓我們看到時代如何重塑新的價值觀。**四、對比現代世界，理解社會變遷：**許多經典預言了科技、政治與社會的變化。這些內容對於當今社會仍然具有借鑑意義。**五、在數位時代找到平衡：**在社交媒體與短影音盛行的時代，人們容易習慣快速、碎片化的資訊，閱讀經典名著則需要深入的思考，有助於培養專注力與耐心，提升對事物的深度理解能力。**六、理解人性與情感：**無論時代如何變遷，人性的本質不變。經典名著中的角色經歷人世、成長、失敗與奮鬥，能幫助人們更好地理解自己與他人。**七、提升語言與表達能力：**閱讀經典能夠幫助人們熟悉優美詞語的表現方式，提高寫作與口語表達能力。閱讀經典名著不只是對過去的回顧，更是幫助人們了解當代世界、培養思辨能力、提升表達能力，甚至幫助人們在人生路上找到方向。它們帶來的智慧與價值，能在人們的成長過程中發揮深遠的影響。

關於 OPEN 經典著作重啓出版「OPEN 精選」系列，我們期待能「**找回讀者閱讀的感動**」：有些書是時代的印記，曾經陪伴無數讀者成長，但隨著時間流逝，這些經典逐漸淡出視野。我們期待能重拾讀者求學時代的思想啓發，或是曾經感動過的故事。我們期待能「**讓經典在現代社會發聲**」：經典之所以爲經典，不只是因爲它們屹立不搖，更因爲它們的價值跨越時代。在資訊海量、閱讀碎片化的時代，世界經典名著重新問世，提供現代人一個機會去思考：「我們遺忘了什麼？」「這些文字如何影響我們今日的世界？」「哪些傳統值得保留？哪些需要與時俱進？」我們亦期待「**文化傳承與時代對話，讓經典不再遙遠**」：許多經典名著的原版可能已經難以取得，或因時代變遷而顯得晦澀難懂。臺灣商務印書館出版的「OPEN 精選」系列，將持續廣泛的增選經典名著；從新時代的視角重新導讀名著，並重新設計、編排舒適的版面，讓不同世代的人都能輕鬆進入經典的世界，不僅能汲取前人的智慧，也能將這些思考應用於當代生活。

「OPEN」精神是開放、多元、跨界融合。「OPEN」不僅代表重新開啓，也象徵著包容與多元。OPEN 是一種人本的寬厚；OPEN 是一種自由的開闊；OPEN 是一種平等的容納；我們期待「OPEN 精選」系列的重啓，能成爲面對未來與新世代的態度，開創一種新的文化閱讀運動。

臺灣商務印書館董事長　王春申

「涅槃是揮來揮去的爪子」達摩流浪者做的那些夢

FOREWORD

逢甲大學兼任助理教授　蕭育和

眞實的生活並不在場，但我們卻在世間。

——列維納斯（Emmanuel Levinas），《整體與無限》

壓下這黏糊，
已經太多了，把生活變成一種折磨。
啊，這病態、狂熱、比例失控的黏糊。

——惠特曼（Walt Whitman），《草葉集》

人們經常說凱魯亞克是「垮掉的一代」（Beat Generation）的代表，始終在路上，在出走文明的路上探尋，人們也因此對誕生於美國五〇年代垮掉的一代文學褒貶不一，據說它是一種虛無的病徵，並且懷疑垮掉的一代什麼也沒找到，凱魯亞克式的「永遠熱淚盈眶，永遠年輕」似乎成了雙關語，讚頌某種年少反叛活力的同時，背後則是對未經社會毒打的嘲諷。

《達摩流浪者》顯然不是庸俗的旅行文學，遠行與出走從來都沒有帶給凱魯亞克任何意義上的眩暈體驗，一種現代人在觀光中因爲新奇，因爲感覺遠離框架與束縛，所得到的感官刺激、振奮以及無重力感。凱魯亞克反覆提及「夢」的意象，當肉身感受登山的痛苦時，是「所有之前做過的那些從高山或高樓上墜落的惡夢」的重現；夢也是一種現實生活的反映，「夢裡看花」說的是人們渾渾噩噩的過日子，「只有痛苦或愛或危險可以讓他們重新感到這個世界的眞實」。

夢是生活的複象，是黏糊的複象，無能擺脫的一切都「黏得像夢」。

夢之所以黏糊得無以掙脫，是因爲現代生命可悲的無間輪迴，達摩流浪者並不是資本主義社會下迷戀觀光的漫遊者，日劇《王牌大律師》中古美門律師，嘲諷他們是「旅行以找到自我」的「喪家犬」；甚至不是任何意義上堅守環保理念謀求與體系共存的節約主義者。達摩流浪者所展現的姿態是革命性的，拒絕讓自己被監禁在一個工作、生產與消費循環的可悲系統。人爲何而活？是爲了「買得起像冰箱、電視、汽車」，以及「其他並不眞正需要的垃圾」而做牛做馬的活著嗎？這是凱魯亞克最深刻的質問。

在《達摩流浪者》的修行中，凱魯亞克偶遇了賈菲．賴德，一個戶外運動愛好者、自詡的禪宗佛教徒，以及業餘的詩人，由是開啓了兩人的對話。這些對話初看之下顯得瑣碎，甚至不知所謂，當我們讀到「在梵文裡，彌勒的意思就是『愛』，而基督的一切教誨也可以歸結爲一個愛字」這樣的段落時，或許迫切期待即將迎來跨宗教的靈性對話，然後這場對話卻以「最終一定會成正果」，以及「到日本以後要穿什麼」做結，沒有充滿智識張力的論辯，甚至沒有讀者可能預期的「捻花微笑」式禪機，凱魯亞克隨性的讓語言徹底棄置了承載訊息與溝通交際的功能，語言「垮」掉了，它的存在不再是爲了服務言說者任何具有意圖性的話語，也不是表意的整體結構，不再以教義、訓誡與律令的形式言說。

所以，何爲涅槃？「涅槃就是揮來揮去的爪子」，這是凱魯亞克某次初醒時，看著狗狗熟睡揮舞著的腳爪的感悟。涅槃與爪子不是表意的對等項，語言在這裡所言說的是事物本然如是（as such）的狀態，「萬事萬物都是好端端的」，此即班雅明所說的「純粹語言」（pure language），它不在命名與所指事物之間建立一種武斷的聯繫，比如「涅槃是什麼？」「禪是什麼？」而是自然流溢、不爲任何表意的表意，「諸如此類、諸如此類。談話最後解體爲胡言亂語」。

不只語言的功能坍崩了，甚至連修行的儀式最終都要棄置，如凱魯亞克所說，索性停止打坐、「停止思考禪宗的公案」，達摩流浪者應該學習的是「怎樣睡覺和怎樣起床」。依然是做夢與睡覺，人生如夢的禪意並不在於它的虛幻，而是眞實的生活宛若一場黏糊的惡夢，所以，我們需要重新學習睡覺與做夢。

少女羅希在小說中因逼仄的國家機器而走上絕路，她恐懼的自述稱寫了一份名單，供出了所有人，本想上班時把名單用馬桶沖走，沒想到名單太長塞住了馬桶，公司找來通馬桶的人，這些人卻穿著警察制服，將名單帶了回去。凱魯亞克說羅希瘋了，但羅希也無比清醒，如夢一般的荒誕場景，生動描繪現代人遭遇警察時的倉皇促狹、無能掙脫，以及沒來由的負罪感。

凱魯亞克在這段旅程依然做了許多夢，但終於不再是黏糊的夢，「夢境的感覺不但沒有減退，反而愈來愈強」，被消費社會制約的現實與黏糊的夢，沒有任何力量，有的只是如瘋掉的羅希所陳述般，反覆奔走的倦怠與無力，一如我們會在卡夫卡的作品中所感受到的現實魔幻。相反，快樂的夢充滿力量，「一律都是清純冷冽得像冰水」，所以，凱魯亞克說，寧在不舒服的床上當自由人，也不願在舒服的床上當不自由的人，因爲，正是消費社會的舒適，讓人做惡夢，做無法擺脫黏糊的夢。

自由是什麼？自由不是某種目的所限定的狀態，不是生命另一種更高級的型態，而是在棄置一切之後，生命原初的一切潛能。只有黏糊的夢才會有各種荒誕情節的疊加，因而讓人疲憊，強力的夢沒有情節，只有「切斷、剪短、爆破、熄滅、關閉、不發生、消失、散去、折斷、涅、槃！」一種純粹的動能與力量，一種「純粹的無我狀態，只是一些自由奔放、飄渺不定的活動」。

人們經常以「垮掉的一代」來界定凱魯亞克及其作品，「垮」一詞首先誕生於凱魯亞克與友人的對話中，首先表述的即是在消費社會中，生命被徹底耗盡，看似富足實則厭倦與疲憊的狀態，然而，垮掉的一代是價值虛無的一代嗎？

不！真正虛無的是受黏糊的夢所苦的現代人，達摩流浪者是垮掉的一代，是讓夢垮掉的革命者，棄置了限制生命的一切後，終於做了充滿力量的夢。正如凱魯亞克至友霍姆斯（John Clellon Holmes）在〈此即垮掉的一代〉中所說，「一個『垮掉』的人無論去到哪裡都總是全力以赴、精神振奮，對任何事都很專注，像下注一般將命運孤注一擲。」

凱魯亞克對生命與生活的追問是嚴肅的，正如後來他在《孤獨天使》（*Desolation Angels*）所說，在一個「不斷被提醒隨時可能在疼痛、疾病、老邁與恐懼死去的生活中」，我們「到底為何而活？」

距離《達摩流浪者》成書已近七十年，如今的消費社會、社群媒體隱性的監控以及國家機器的部署，都遠比凱魯亞克的時代更加綿密，唯一的差別是壓迫更加柔性，我們依然做著黏糊的夢，可怕的是早已習以為常。

凱魯亞克最終還是睡著了，夢到了「以此教法，世間走向終結」這句話。

七十年後，我們比過去垮掉的一代都更需要《達摩流浪者》，因為我們更迫切的需要學習做夢、學習自由，學習生命的潛能。

目錄

書中人物與眞實人物對照表

真實人物	書中角色名
Jack Kerouac 傑克 · 凱魯亞克	Ray Smith 雷 · 史密斯
Gary Snyder 蓋瑞 · 史奈德	Japhy Ryder 賈菲 · 賴德
Allen Ginsberg 艾倫 · 金斯堡	Alvah Goldbook 艾瓦 · 古德保
Neal Cassady 尼爾 · 卡薩迪	Cody Pomeray 寇迪
Philip Whalen 菲利浦 · 華倫	Warren Coughlin 沃倫 · 庫格林
Locke McCorkle 洛克 · 麥考克	Sean Monahan 辛恩 · 莫納漢
John Montgomery 約翰 · 蒙哥馬利	Henry Morley 亨利 · 莫利
Philip Lamantia 菲利浦 · 拉曼西亞	Francis DaPavia 法蘭西斯 · 達帕維亞
Michael McClure 麥可 · 麥可爾	Ike O'Shay 艾克 · 奧沙伊
Peter Orlovsky 彼得 · 奧洛斯基	George 喬治
Kenneth Rexroth 肯尼斯 · 洛斯	Rheinhold Cacoethes 萊茵荷 · 卡索埃特
Alan Watts 艾倫 · 瓦茲	Arthur Whane 亞瑟 · 韋恩
Caroline Kerouac 卡洛萊 · 凱魯亞克	Nin 寧
Carolyn Cassady 卡洛琳 · 卡薩迪	Evelyn 艾芙琳
Claude Dalenberg 克勞德 · 達倫伯格	Bud Diefendorf 巴德 · 迪芬多夫
Natalie Jackson 娜塔莉 · 傑克森	Rosie Buchanan 羅希 · 布坎南

達摩流浪者
DHARMA BUMS

〔一〕

一九五五年九月下旬一天中午，我偷溜上一列從洛杉磯開出的貨運火車，進了一個無蓋車廂。我頭枕在行李袋上，翹著腿，目視著天上浮雲，讓火車載著我滾滾朝聖巴巴拉（Santa Barbara）而去。那是一列慢車，我計畫在聖巴巴拉的海灘睡一晚，隔天一大早再偷溜上一列開往聖路易斯奧比斯波（San Luis Obispo）的慢車，要不就是等到傍晚七點，溜上一列到舊金山的直達車。在卡瑪雷歐（Camarillo）附近（查理．帕克[1]就是在卡瑪雷歐瘋掉然後經過

1 譯註：作者仰慕的美國黑人爵士樂手。

休養恢復正常），火車停在一條側線[2]等待對向列車先行通過，這時，一個又瘦又老的流浪漢爬上了我所在的貨車[3]車廂。看到我的時候，他有點驚訝。他走到車廂的另一邊，躺了下來，頭枕在一個小包包上，面向著我，不發一語。火車再度開出時，氣溫開始變冷，霧也從海岸的方向吹了過來。

我和那個小老頭流浪漢都冷得半死，緊緊蜷縮在車廂的邊上禦寒。見沒有效果，我們就站了起來，以踱來踱去、跳上跳下和拍打手臂的方式驅寒。沒多久，火車就開入了另一條位於一個小鎮內的側線，等待又一次的會車。這時，我想到我黃昏時會用得著一瓶托卡伊（Tokay）葡萄酒禦寒，便對那個小老頭流浪漢說：「我想要去買瓶葡萄酒，你可以幫我看著行李嗎？」

「當然。」

我跳下火車，跑過一〇一號高速公路，在一家雜貨店裡買了葡萄酒，此外還買了些麵包和糖果。回到火車以後，還有十五分鐘時間要等。現在雖然又是暖陽高照，但黃昏馬上就要來到，屆時氣溫就會迅速冷下來。

小老頭這時盤腿坐著，面前放著他那可憐巴巴的餐點：一罐沙丁魚。我同情之心油然而生，上前對他說：「來點葡萄酒暖暖身體怎麼樣？我想，除沙丁魚以外，你也許會有興趣吃點麵包和乳酪吧？」

「當然。」他的聲音很輕很細，彷彿是發自一個遙遠的小喉嚨。他似乎是害怕或不願意暴露自己的情緒感受。乳酪是三天前我離開墨西哥市時買的，當時，我正準備要取道薩卡特卡斯（Zacatecas）、杜蘭戈（Durango）、奇瓦瓦（Chihuahua），前往兩千英里外的埃爾帕索（El Paso）[4]。他津津有味和滿懷感激地吃了乳酪和麵包，又喝了一些葡萄酒。我很高興。我想起了《金剛經》裡的話：「當力行布施，但不要有布施的念頭，因為布施不過是個字眼罷了。」那段日子，我非常虔誠，在宗教修持上近乎完美。但後來，我卻變得有一點點倦怠和犬儒，變得有一點點口惠而不實。現在的我，已經老了，也冷了……不過在當時，我卻確確實實相信布施、慈悲、智慧和開悟是人生最值得追求的價值範疇，並視自己為一個穿著現代服裝的古代托缽僧，在世界到處遊方，以轉動法輪，累積善果，讓自己有朝一日能成佛（事實上，我遊方的範圍通常都不出紐約、墨西哥市和舊金山這個大三角形之外）。當時，我還

---

2 譯註：側線指主鐵軌旁的小段鐵軌，供會車之用。

3 譯註：貨運火車的平板車上所載運的貨車車斗。

4 編按：以上皆為墨西哥城市。

沒有認識賈菲・賴德（Japhy Ryder）[5]（我是一星期後才認識他的），也沒有聽過「達摩流浪者」[6]（Dharma Bum）這個詞，不過就行爲來說，我卻可以說是個十足的「達摩流浪者」。小老頭喝過葡萄酒以後，興致變得高昂起來，從袋子裡掏出一張小紙張給我看。那是一篇聖德蕾莎的禱文，內容是說她死後會再回來這個世界，以天降的玫瑰花雨，遍灑所有的生物，直到永遠永遠。

「你打哪兒弄來這個的？」

「幾年前我在洛杉磯一家閱覽室翻雜誌翻到的，我把它割了下來的，此後隨時都帶在身邊。」

「你坐火車的時候都會拿它出來看？」

「我幾乎每天都會拿它出來看。」他沒有再多談這一點，也沒有把聖德蕾莎的話題延伸下去。他對於自己的宗教信仰很低調，也沒有多談個人的私事。他是個又瘦又矮又安靜的流浪漢，是那種沒有人在大街上會多看一眼的人。當我告訴他，我打算第二天晚上偷溜上「大拉鍊」的時候，他說：「你是說你要攀乘『午夜幽靈』？」

「你們都是這樣喊『大拉鍊』的嗎？」

「你從前一定是個鐵路員。」

「對，我曾經是是南太平洋鐵路公司的制動手[7]。」

「嗯，我們流浪漢都稱它爲『午夜幽靈』，因爲如果你是在洛杉磯上車的話，那等第二天早上到達舊金山以前，根本不會有人看得見你。這玩意兒的速度太快了，簡直像飛的一樣。」

「真的很快，在直路上可達每小時八十英里。」

「沒有錯，只不過當它晚上途經加維奧塔（Gaviota）北面的海岸和瑟夫（Surf）的山區時，會讓人冷得只剩半條命。」

「沒錯，是會經過瑟夫，之後就會折而南下，往馬格麗特（Margarita）開去。」

---

5 編按：本書中的賈菲．賴德就是以美國詩人蓋瑞．史奈德（Gary Snyder，一九三〇—）爲藍本。史奈德曾赴柏克萊加大學習東方文化語言，並與被稱爲「垮掉的一代」（Beat Generation）的凱魯亞克和金斯堡成爲摯友，也是凱魯亞克的心靈導師和啓迪者。史奈德從六〇年代末期後成爲生態保育運動的重要提倡者，曾在日本進修佛學，對禪宗頗有研究，並將中國唐朝詩人寒山子譯介成英文。一九七五年獲得普立茲獎，其詩集 *Mountains and Rivers Without End*（《山水無盡》）並獲得多項文學獎項。

6 譯註：「達摩」出自梵文 Dharma，有佛法、教義等意思。

7 譯註：火車上操控煞車的人員。

「是馬格麗特，沒錯。我搭過『午夜幽靈』的次數已經多到記不起來。」
「你離家多少年了？」
「多到我懶得去數。我是俄亥俄人。」
火車重新開動了。風開始變冷，而且再次起霧。接下來的一個半小時，我們兩個都竭盡所有辦法和意志力，讓自己不致凍僵或牙齒打顫得太厲害。開始的時候，我縮成一團在地上打坐，試圖透過冥想温暖來驅散寒冷。這一招不管用之後，我就跳起來，反覆拍打手腳和唱歌。但那小個子流浪漢顯然比我有耐力，因爲他大多數時間都只是躺著，嚼著口香糖，嘴巴咬得緊緊的，像在想什麼事情。我的牙齒不斷打顫，嘴唇變成紫色。入夜後，聖巴巴拉那些熟悉的山脈開始逼近，讓我們如釋重負。很快，火車就停在了聖巴巴拉温暖的星空下。
跟小老頭流浪漢一道跳下火車，互道再見之後，我就往聖巴巴拉的海灘走去。爲了怕被條子碰到而驅趕我，我走到海灘很偏遠的一座山岩下才停住腳步。我用煤塊生了一個大營火，用削尖的木籤子叉著熱狗在火上烤，又在赤紅的煤中加熱一罐豆子豬肉和一罐起司通心麵，並喝著新買的葡萄酒，享受我平生最怡人的夜晚之一。然後，我又跑到海裡，潛入水中一下子，再站起來，仰望天上繽紛燦爛的夜空——好一個由黑暗和鑽石所構成的觀世音十方大千世界。

「幹得好，雷（Ray），」我愉快地對自己說，「只剩沒多少英里就到舊金山了。你又再一次辦到了！」我穿著游泳褲，赤著腳，蓬頭亂髮，在只有一個小營火照明的黑暗沙灘上唱歌、喝酒、吐痰、跑跑跳跳——這才叫生活嘛！偌大的一片柔軟的沙灘，就只有我一個人，自由自在而無拘無束，大海在我的旁邊愉快地嘆息著。

如果你放在火堆裡加熱的罐頭變得太紅太燙，無法赤手去拿的話，要怎麼辦呢？那簡單，戴上一雙鐵路手套就行。我先讓食物再冷卻一下，繼續享受了一會兒的葡萄酒和思緒。我盤腿坐在沙上，沉思自己的人生。「未來會有什麼事發生在我身上呢？」但那又有什麼差別？酒精未幾就對我的味蕾發生了作用，讓我開始垂涎那些香腸，我把香腸從小木籤上一口咬出來，嘖嘖嘖地大啖起來，然後時而挖起一湯匙豐美多汁的豆子豬肉，時而挖起一口醬汁燙得滋滋響的通心麵，送到嘴裡去。通心麵罐頭裡沾到的一些小沙子讓我想到了一個問題：「這個沙灘上到底有多少顆沙粒呢？」

「大概就像天上的星辰那麼多吧？」（嚼嚼）。

「如果是這樣，那從無始的時間展開以來，世界上有過多少的人類，有過多少的生物呢？哇，恐怕有整個沙灘的沙子再加上整個天空的星星那麼多吧？那可是 IBM 的電腦和博洛斯

(Burroughs)[8]也算不出來的啊！」（仰頭喝了一口酒）。

「雖然我不知道精確的數字，但最少應該是一萬兆的二十一次方的兩三倍。聖德蕾莎掀起的漫天玫瑰花雨，大概也是這個數目吧？小老頭流浪漢現在不也是把花雨灑在我的頭上嗎，雖然那是百合花的花雨[9]。」

飯後，我拿出紅色的印花大手帕抹嘴，然後把盤子拿到海水裡去清洗，然後踢踢沙堆，然後四處逛了逛，然後把盤子抹乾收好，然後裹著毯子、蜷曲著身體，要好好睡一覺。我在午夜的時候醒來。「嗯？這裡是哪裡？在我兒時的這棟老房子裡，怎麼會聽到像籃球賽啦啦隊一樣的吵鬧聲，這老房子是失火了不成？」但原來那只是海浪的沖刷聲，因爲漲潮的緣故，海浪離我愈來愈近。「唔，我是個古老和堅硬的海螺殼。」想完這個，我又睡著了，夢見自己氣喘吁吁地一口氣吃了三塊吐司……我還看到我孤獨地睡在沙灘上，而上帝則帶著個意味深長的微笑俯視著我……我還夢見很多年前我新英格蘭的老家，夢見幾頭小貓希望跟著我一起橫越美國、搬到一千英里外的新家，夢到我的母親揹著一個大包包，夢到我父親拚命追趕一列一閃而過、不可能追得到的火車……我在破曉的時候醒來了一下，而看到四周幾乎在一瞬間重新輪廓分明的景物時，我覺得它們就像是一個舞台工作人員所匆匆重新搭好的布景，爲的是要騙我相信，這世界的一切都是眞實的。我嗤之以鼻地哼了一聲，轉了個身，便繼續睡去。「這一切都是假相罷了。」我聽到自己的聲音在「空」中這樣說。這個「空」，在我的睡眠中幾乎是可以具體抱觸得到的。

8 編按：The Burroughs Corporation，當時著名的商業機器和計算機製造公司。

9 編按：本書提到的聖德雷莎是天主教聖女小德蘭修女（Saint Thérèse of Lisieux，一八七三－一八九七），遺言說死後將使聖德如玫瑰花雨降福世人。

二

我生平所遇的第一位達摩流浪者就是上述的小老頭，而第二個則是賈菲．賴德——他是「達摩流浪者」的第一名，而且事實上，「達摩流浪者」這個詞，就是他始創的。賈菲來自俄勒岡，自小與父母和姊姊住在俄勒岡東部森林的一間小木屋。他當過伐木工和農夫，熱愛動物和印第安人的傳說，這種興趣，成爲他日後在大學裡研究人類學和印第安神話學的雄厚本錢。後來，他又學了中文和日文，成了一名東方學家，並認識了「達摩流浪者」中的佼佼者：中國和日本的禪師。與此同時，身爲一個在西北部長大、深具理想主義的青年，他對世界產業工人聯盟[10]那種老式的無政府主義，又有很深的認同。他懂得彈吉他，喜歡唱老工

人和印第安人的歌曲。我第一次看到他，是在舊金山的街頭。（我忘了提，離開聖巴巴拉之後，我靠著一趟順風車一路坐到舊金山。說來難以置信的是，載我的人是位年輕的金髮美女，她穿著件無肩帶的泳衣，赤著腳，一隻腳踝上戴著金鐲子，開的是最新款的肉桂色林肯牌「水星」轎車。她告訴我，她很希望有安非他命提神，讓她可以一路開車開到舊金山，而我說剛好我的圓筒包裡就有些安非他命時，她高呼「神奇！」）我碰到賈菲的時候，他正踩著登山者那種奇怪大步在走路，背上揹著個小背包，裡面放著書本、牙刷之類的東西。這是他入城用的背包，有別於他的另一個大背包——裡面裝的是睡袋、尼龍披風、炊具和所有爬山時用得著的東西。他的下巴蓄著一把小山羊鬍，因爲有一雙眼角上斜的綠眼睛，讓他很有東方人的味道。但他完全不像波西米亞人，而且生活得一點不像吊兒郎當、繞著藝術團團轉的波西米亞人。他精瘦、皮膚曬得棕黑、活力十足、坦率開放，見到誰都會快活地搭上兩句話，甚至連街頭上碰到的流浪漢，他都會打個招呼。而不管你問他什麼問題，他都會搜索枯腸去思

10 編按：世界產業工人聯盟（Industrial Workers of the World）：一九〇五年由四十三個勞工團體在芝加哥組成的激進勞工組織，主張透過大罷工、聯合抵制和破壞等方式，增進勞工權益，後進而演變爲一具有無政府主義色彩的準革命團體。經美國政府的百般打壓而式微。

索，而且總是迸出一個精彩絕倫的回答。

當我們走進「好地方」（The Place）酒吧的時候，大夥問他：「咦，你也認識雷．史密斯？你是在哪認識他的？」「好地方」是北灣區爵士樂迷喜歡聚集的地方。

「我經常都會在街上碰到我的菩薩（Bodhisattvas）！」他喊著回答說，然後點了啤酒。

那是個不同凡響的夜，而且從很多方面來說都是具有歷史性的一夜。當天晚上，賈菲和一些其他的詩人預定要在六號畫廊舉行一場詩歌朗誦會（對，賈菲也是詩人，而且會把中國和日本的詩譯成英文），所以相約在酒吧裡碰面，人人都顯得情緒昂揚。不過在這一票或站或坐的詩人當中，賈菲是唯一不像詩人的一個（雖然他是個如假包換的詩人）。其他的詩人，有像艾瓦．古德保（Alvah Goldbook）[11]那樣一頭蓬亂黑髮的知識分子型詩人；有像艾克．奧沙伊（Ike O'Shay）那樣纖細、蒼白、英俊的詩人；有像法蘭西斯．達帕維亞（Francis DaPavia）那樣彷彿來自文藝復興時代的義大利、不食人間煙火的詩人；有像萊茵荷．卡索埃特（Rheinhold Cacoethes）那樣打著蝴蝶領結、一頭亂髮的死硬派無政府主義詩人；也有像沃倫．庫格林（Warren Coughlin）那樣戴眼鏡、文靜、肥得像大冬瓜的詩人。還有其他有潛力的詩人站在四周，而他們所穿的衣服雖然形形色色，但共同的特徵是袖口已經脫線，鞋頭已經磨損。反觀賈菲，穿的卻是耐穿耐磨的工人服裝，那是他從「善心人」

（Goodwill）[12]一類的舊衣商店買來的二手貨。這身服裝，也是他登山或遠足時穿的。事實上，在他的小背包裡，還放著一頂逗趣可愛的綠色登山帽，每當他去到一座幾千英尺高的高山下，就會把這帽子拿出來戴上。他身上的衣服雖然都是便宜貨，但腳上穿的，卻是一雙昂貴的義大利登山靴。那是他的快樂和驕傲，每當他穿著這雙登山靴昂首闊步踩在酒吧的木屑地板上時，都會讓人聯想起舊時代的伐木工。賈菲個子並不高，身高只有大約五尺七吋（約一七〇公分），但卻相當強壯、精瘦結實、行動迅速和孔武有力。他雙顴高凸，兩顆眼珠子閃閃發亮，就像一個正在咯咯笑的中國老和尚的眼睛。而他顎下的小山羊鬍，抵消了他英俊臉龐的嚴峻感。他的牙齒有一點泛黃，那是他早期森林歲月不注重口腔衛生的結果，但他並不以爲意，回應笑話狂笑的時候仍大大咧開著嘴。有時，他會無緣無故突然安靜下來，憂鬱地看著地板，彷彿心事重重。不過，他還是以快活的時候居多。他結過一次婚。對我表現出極大的投契，對我所談到的事情（像關於小老頭流浪漢的，或關於我坐免費火車或順風車旅行的）

11 譯註：本書中的艾瓦一角，以詩人艾倫．金斯堡（Allen Ginsberg）爲原型，他與本書作者凱魯亞克同被視爲二次大戰後美國文藝界「垮掉的一代」的核心人物。

12 譯註：由民間慈善團體經營的商店，專門售賣收集而來的舊衣物或舊家具，所得用以救濟窮人。

都聽得津津有味。他有一次說我是個「菩薩」（Bodhisattva，意思是「大智者」或「有大智慧的天使」），又說我用我的眞摯妝點了這個世界。我們心儀的佛教聖者是同一個：觀世音菩薩（Avalokitesvara），或者日文稱爲十一面觀音（Kwannon the Eleven-Headed）。賈菲對西藏佛教、中國佛教、大乘佛教、小乘佛教、日本佛教，乃至於緬甸佛教，從裡到外都了解得一清二楚。但我對佛教的神話學、名相以至於不同亞洲國家的佛教之間的差異，都興趣缺缺。我唯一感興趣的只有釋迦牟尼所說的「四聖締」[13]的第一條「所有生命皆苦」，並連帶對它的第三條「苦是可以滅除的」產生多少興趣，只不過，我不太相信苦是可以滅除的（儘管《楞伽經》（*Lankavatara Scripture*）說過世界上除了心以外，別無所有，因此沒有事情——包括苦的滅除——是不可能的。但這一點我迄今未能消化）。前面提到的沃倫．庫格林是賈菲的死黨，是個一百八十磅的好心腸大肉球，不過，賈菲卻私底下告訴我，庫格林可不只我肉眼看到的那麼多。

「他是誰？」

「我的老朋友，打從我在俄勒岡念大學的時代就認識的死黨。乍看之下，你會以爲他是個遲鈍笨拙的人，而事實上，他是顆閃閃發亮的鑽石。你以後會明白的。小覷他的話，你準會落得體無完膚。他只要隨便說句話，就可以讓你的腦袋飛出去。」

「爲什麼？」

「因爲他是個了不起的菩薩，我認爲說不定就是大乘學者無著（Asagna）[14]的化身轉世。」

「那我是誰？」

「這個我倒不知道。不過也許你是山羊。」

「山羊？」

「也許你是泥巴臉（Mudface）。」

「誰是泥巴臉？」

「泥巴臉就是你的山羊臉上的泥巴。如果有人問你『狗有佛性嗎？』，那你除了能『汪汪』叫兩聲以外，還能說些什麼呢？」

「我覺得那只是禪宗的猾頭話。」我這話讓賈菲有點側目。「聽著，賈菲，」我說，「我可不是個禪宗佛教徒，而是個嚴肅佛教徒，是個老派、迷迷糊糊的小乘信徒（Hinayānā），

---

13 編按：四聖諦簡稱爲苦諦、集諦、滅諦和道諦。簡單說，一是苦的事實，二是苦的原因，三是滅苦的方法，四是滅苦以後所得的結果。

14 編按：無著，或譯爲阿僧伽，公元四、五世紀之交的印度佛教高僧，印度唯識宗創始人。

對後來的大乘佛教（Mahayanism）感到望而生畏。[15]」我不喜歡禪宗，是因為我認為禪宗並沒有強調慈悲的重要性，只懂得搞一些智力的把戲。「那些禪宗大師老是把弟子摔到泥巴裡去，因為他們根本答不出弟子的傻問題，」我說，「我覺得這樣很過分。」

「老兄，你錯了。他們只是想讓弟子明白，泥巴比語言更好罷了。」我無法在這裡一一複述賈菲那些精彩的回答，但他每一個見解，都讓我有被針扎了一下的感覺，到後來，他甚至把一些什麼植入了我的水晶腦袋，讓我的人生計畫為之有了改變。

總之，那晚，我跟著賈菲一票嚎叫詩人前往六號畫廊，參加詩歌朗誦會[16]。這個朗誦會的其中一個重要成果，就是帶來了「舊金山詩歌的文藝復興」。每個我們認識的人都在那裡。那是一個瘋到了最高點的晚上。而我則扮演了加溫者的角色：我向站在會場四周那些看來相當拘謹的聽眾，每人募來一毛幾角，跑出去買了三瓶大加侖裝的加州勃根地[17]回來，然後對他們頻頻勸酒。因此，到十一點輪到艾瓦・古德保登場，哀號他的詩歌〈哀號〉時，台下的每個人都像身在爵士樂即興演奏會那樣，不斷大喊「再來！再來！再來！」而儼如舊金山詩歌之父的卡索埃特，則高興激動得在一旁拭淚。賈菲朗誦的第一首詩，是以叢林狼為主題（就我的淺薄知識所知，叢林狼是北美高原印第安人的神祇，不然就是西北部印第安人的神祇）。「『操你的！』叢林狼喊道，然後跑走了！」賈菲對著台下一群傑出的聽眾念道，讓他們高興得嚎叫起來。眞是神奇，明明是「操」這樣粗俗的一個字，被他放在詩中，竟顯得出奇的純淨。他其他詩歌，有一些是能反映他對動物的愛的抒情詩行（如寫熊吃漿果的一首），有一些是能顯示他淵博的東方知識的神祕詩行（如他寫蒙古的犛牛的一首）。他對東方的歷史文化的了解深入到什麼程度，從他寫玄奘的一首就可見一二（玄奘是個中國的高僧，曾經手持一炷香，從中國出發，途經蘭州、喀什和蒙古，一路徒步走到西藏）。至於賈菲一貫秉持的無政府主義思想，則表現在一首指陳美國人不懂得怎樣生活的詩歌裡。而在另一首描繪上班族可憐兮兮生活的詩，則流露出他曾在北方當伐木工的背景（他在詩中提到現在的上班族，都被困在由鍊鋸鋸斷的樹木所蓋成的起居室裡）。他的聲音深沉、嘹亮而無畏，就像舊時代的美國英雄和演說家。我喜歡他的詩所流露出的誠摯、剛健和樂觀，至於其他詩人的詩，我覺得不是失之太耽美就是太虛無，要不就是太抽象和太自我，或是太政治，又或是像庫格林的詩那樣，晦澀得難以理解（他詩中提到的「釐不清的過程」這詞兒倒是很適用於

15 編按：大乘佛教以求佛果、證道爲目標，小乘則以解脫道（聲聞乘、獨覺乘）爲修持之道。

16 譯註：這是個實有其事的詩歌朗誦會，詩人艾倫．金斯堡後來引起極大爭議的成名作〈嚎叫〉（Howl）一詩，就是在這個朗誦會上首次發表。

17 譯註：一種紅酒。

形容他的詩。不過，當庫格林的詩說到了「悟」是一種很個人性的體驗時，我注意到其中具有強烈的佛教和理想主義的色彩，跟賈菲很相似，而我猜得到，那是他和賈菲在念大學的死黨時代所共享的。就像我和艾瓦在東部念大學時也共享過相同的思想理念一樣）。

畫廊裡一共有幾十人，三五成群地站在幽暗的台下，全神貫注地聆聽朗誦，唯恐漏掉一個字。我在一群人之間遊走（面向著他們而背對著舞台），去給每一個人勸酒，有時，我也會坐到舞台的右邊，聆聽朗誦，不時喊一聲「哇噻」或「好」，或說上一句評論的話（雖然沒有人請我這樣做，但也沒有人提出反對）。那是一個了不起的夜。輪到纖細的達帕維亞上場時，他拿著一疊像洋蔥皮一樣纖細的黃色紙張，用細長白皙的手指小心翼翼地翻閱，一頁一頁地念。那些詩是他的亡友奧爾特曼（Altman）所寫。奧爾特曼前不久才在墨西哥的齊瓦瓦過世，死因據說是服用了過量的佩奧特鹼（peyote）[18]（一說是死於小兒痲痹症，但這沒什麼差）。達帕維亞沒有念一首自己的詩——這個做法，本身便夠得上是一首感人至深的輓歌，足以在賽凡提斯《唐吉訶德》的第七章裡擠出淚水來。另一方面，他念詩時所使用的纖細英國腔調，卻讓我不由得暗暗在肚裡狂笑。不過，稍後和他熟諳以後，我發現他是個很討人喜歡的人。

會場的其中一個聽眾是羅希．布坎南（Rosie Buchanan）。她是個有著一頭紅短髮、骨感、俊俏的美女，跟沙灘上的誰都能結交或發展出一段羅曼史。她是個畫家模特兒，也寫寫作。當時的她，正跟我的死黨寇迪（Cody Pomeray）[19]打得火熱，所以顯得神采飛揚。「怎麼樣，羅希，今晚很棒吧？」我喊道，而她則拿起我的酒瓶，仰頭喝了一大口，眼睛閃閃有光地看著我。寇迪就站在她身後，兩手攬住她的腰。今天晚上當主持人的是卡索埃特，他打著個蝴蝶領結，穿著件破舊的西裝。每當一個詩人朗誦過後，他就會走上台，用他一貫的逗趣刻薄語氣，說一小段逗趣的話，介紹下一位朗誦者。所有詩歌在十一點半朗誦完畢，在場的聽眾都議論紛紛，很好奇這個朗誦會將會對美國詩歌帶來什麼樣的衝擊，而卡索埃特則如上面提到過的，激動得用手帕拭淚。接下來，一票詩人分乘幾輛汽車，一起到舊金山的唐人街，在其中一家中國餐館裡大肆慶祝叫囂一番。我們去的「南園」餐館，湊巧是賈菲的最愛。他教我該如何點菜和怎樣使用筷子，又說了很多東方禪瘋子的趣聞軼事給我聽。這一切，再加上桌上的一瓶葡萄酒，讓我樂得無以復加，最後甚至跑到廚房的門邊，問裡面的老廚子：

18 譯註：用佩奧特掌（一種墨西哥仙人掌）提煉而成的迷幻藥。

19 譯註：本書中的寇迪一角，是以作者凱魯亞克的好友尼爾．卡薩迪（Neal Cassady）爲原型，他也是凱魯亞克的成名作《旅途上》（*On the Road*）中的靈魂角色狄恩之所本。

「爲什麼達摩祖師會想到要向東傳法？」

「不關我的事。」他眨了一眨眼睛回答說。我把這件事告訴賈菲，他說：「好答案，好得無與倫比。現在你應該知道我心目中的禪是怎麼回事了。」

賈菲還有其他好些值得我學習的東西，特別是怎樣泡妞。他那種無與倫比的泡妞禪道，我在接下來那個星期就見識到。

三

在舊金山這段期間，我和艾瓦．古德保同住在他那間覆蓋著玫瑰的小農舍。小屋位於梅爾街一棟大房子的後院，門廊已經朽壞，向地面下斜，圍繞在一些藤蔓之間。門廊上擺著張搖椅。每天早上，我都會坐在搖椅上讀《金剛經》。院子裡長滿即將成熟的番茄以外，還有滿眼盈目的薄荷，讓一切都沾上了薄荷的味道。院子裡還有一棵優雅的老樹，每天晚上，我都喜歡盤腿打坐於其下。在加州十月涼爽的星空下打坐的感覺，世界上別無地方足以匹敵。

屋內有一個小巧可愛的廚房，設有瓦斯爐，但卻沒有冰盒[20]，但無所謂。我們還有一個小巧可愛的浴室，裡面有浴缸，也有熱水供應。除廚房和浴室外，沒有其他的隔間。地板上鋪著草蓆，放著很多枕頭和兩張睡覺用的床墊，除此以外就是書、書、書，一共有幾百本之多，從卡圖盧斯（Catullus）[21]、龐德（Pound）到布萊斯（Blyth）的書都有。唱片也是琳琅滿目，除巴哈和貝多芬的全部唱片以外，甚至還有一張艾拉．菲茨傑羅（Ella Fitzgerald）主唱、由樂在其中的克拉克．泰利（Clark Terry）喇叭伴奏，會讓人聞聲搖擺的唱片。此外還有一部三轉速的韋伯科（Webcor）留聲機，音量大得足以把屋頂轟掉。不過，屋頂只是三夾板的貨色，牆壁也是。有一個我們喝得像禪瘋子一樣醉的晚上，牆壁飽受蹂躪：先是我一拳在牆上打出一個凹洞，繼而庫格林有樣學樣，一頭撞向牆壁，撞出一個直徑三英寸的窟窿。賈菲住在離我們大約一英里外的一條安靜街道上。順著梅爾街走到底，再走上一條通向加大校園[22]方向的斜坡路，就可以找到他所住的街道。他所租住的小木屋，位於房東的大房子後方的院子裡，面積要比艾瓦的小上無限倍，只有十二英尺見方。裡面的陳設，是他的簡樸苦修生活的具體見證：沒有半張椅子，要坐，只能坐在鋪著草蓆的地板上。在房子的一角，放著他著名的背包，還有他的諸多鍋子和平底鍋，全都洗得乾乾淨淨、井井有條的相互疊在一起，用一條藍色的印花大手帕包住。再來就是一雙他從來都不穿的日本木屐和一雙黑色的日本襪。

SECTION 三

這種襪，襪頭是分叉的（腳拇指和另四根腳趾各在一邊），穿著它在漂亮的草蓆上來去，最是舒服不過。屋裡有很多橘色的柳條箱子，裡面裝的全是裝幀漂亮的學術性書籍，有關於東方語言的，有佛經，有經論，有鈴木大拙博士的全集，也有一套四卷本的日本俳句選集。他收藏的詩集非常多。事實上，如果有那個小偷破門而入的話，他唯一找到的有價值的東西就只有書本。賈菲的衣物也全是從「善心人」或「救世軍」商店買來的二手貨：織補過的羊毛襪、彩色內衣、牛仔褲、工人襯衫、莫卡辛鞋[23]和幾件高領毛衣。這些毛衣，是他在爬山的晚上穿的（他很喜歡爬山，加州、華盛頓州和俄勒岡州的高山都幾乎被他爬遍，他爬山常常一爬就是幾星期，背包裡只帶著幾磅重的乾糧）。他的書桌也是用柳條箱子拼成的，有一天下午，當我去到他家時，看到一杯熱騰騰而使人心平氣和的茶就放在這書桌上，而他則低著頭，專心致志地讀著中國詩人寒山子所寫的詩。賈菲的地址是庫格林給我的。來到賈菲的小屋時，我第一樣看到的東西就是他停放在大房子前面草坪的腳踏車，然後是一些奇形怪狀的

---

20 譯註：可以放入冰塊以保存食物的箱子，當時電冰箱尚未普遍。
21 編按：古羅馬詩人。
22 譯註：指加州大學柏克萊分校，又簡稱柏克萊加大。
23 編按：北美印第安人穿的無後跟軟皮鞋，通常用鹿皮製成。

石頭和一些姿態趣怪的小樹。而據賈菲說，這些石頭和小樹都是他爬山的時候從山上帶回來的，因爲他想把他的住處營造成一間「日式茶屋」。讓這個計畫更易成功的是有一棵松樹依偎在小屋上方，沙沙作響。

當我推開他的屋門時，看到的是一幅我從未見過的靜謐畫面。他坐在小屋的末端，盤著腿，低頭看著一本攤開在大腿上的書，臉上還戴著眼鏡，讓他看起來較老、有學者樣和睿智。在他身旁那張用柳條箱拼成的書桌上，放著一只錫製的小茶壺和一個冒著熱氣的搪瓷茶杯。聽到有人推門，他很平靜地抬起頭來。看到是我，他只說了句「雷，請進。」就再次將目光朝向書頁。

「你在幹嘛？」

「翻譯寒山子的名詩〈寒山〉，一千年前寫成的。部分詩句是他在離人煙幾百英里遠的懸崖峭壁寫成的，就寫在岩壁的上面。」

「哇噻。」

「你進來這屋子時，務必要脫鞋。看到地上的草蓆沒有？不脫鞋的話，你會把它們踩壞的。」於是我就把腳上的藍色軟底布鞋脫掉，盡責地把它們擺在門邊。賈菲扔給我一個坐墊，我把坐墊放在木板牆壁旁邊，盤腿坐下。然後他又遞了一杯熱茶給我。「你有讀過《茶經》

(*Book of Tea*) 這本書嗎？」他問。

「沒有，那是什麼玩意兒？」

「一本教人怎麼用兩千年累積下來的知識去泡茶的書。它也描述你在啜第一口茶、第二口茶和第三口茶時有什麼樣的感覺，寫得真讓人銷魂。」

「難道除了靠喝茶，中國人就沒有別的法子讓自己嗨起來？」

「你先喝一口再說吧。這是上好的綠茶。」味道很好，我立時感到了心平氣和和一股暖意傳遍全身。

「想聽我念一些寒山子寫的詩嗎？想知道一些有關寒山子這個人的事情嗎？」

「想。」

「寒山子是一個中國的學者，他由於厭倦了城市和這個世界，所以躲到深山去隱居[24]。」

「嘿，聽起來跟你很像。」

「在那個時代，你是真的可以幹這種事的。他住在離佛寺不遠的一個洞穴裡，唯一的人

[24] 譯註：寒山子：唐代僧人、詩人，姓名、籍貫及生卒年俱不詳。因長期隱居於台州始豐（今浙江天台）以西之寒巖（即寒山），故自號寒山子。

類朋友是一個有趣的禪瘋子，名叫拾得。拾得的工作就是在寺門外掃地。拾得也是位詩人，但寫過和流傳下來的詩並不多。每過一陣子，寒山子就會穿著他的樹皮衣服，下山一次，到佛寺那暖烘烘的廚房裡，等待吃飯。但寺裡的僧人卻不願意給他飯吃，那是因爲他不願意出家的緣故。你曉得爲什麼在他的一些詩句裡，像……來，我念給你聽，」他念詩的時候，我從他肩膀旁邊伸長脖子，看著那些長得像烏鴉爪印般的中國字。「攀爬上寒山的山徑，寒山的山徑長又長。長長的峽谷裡充塞崩塌的石頭，寬闊的山澗邊布滿霧茫茫的青草。雖然沒有下雨，但青苔還是滑溜溜的；雖然沒有風吹，松樹猶兀自在歌唱。有誰能夠超脫俗事的羈絆，與我共坐在白雲之中呢？[25]」

「哇，眞不是蓋的！」

「當然，我念的是我自己的翻譯。你看到的，這首詩每一句本來都是由五個中國字組成的，但爲了翻譯的緣故，我不得不加入一些英語的介系詞和冠詞，所以每一句就變長了。」

「爲什麼你不乾脆把它譯成五個英文字呢？頭一句是哪五個字？」

「『爬』字、『上』字、『寒』字、『山』字、『徑』字。」

「那好，把它翻成『爬上寒山徑』（Climbing up Cold Mountain Path.）不就得了？」

「話是沒錯，但你又要怎樣把『長長』、『峽谷』、『充塞』、『崩塌』、『石頭』用五個字譯出來呢？」
「它們在哪裡？」
「在第三句，難道你要把它翻成『長谷塞崩石』（Long gorge choke avalanche boulders.）嗎？」
「爲什麼不可以，我覺得比你原來的譯法還要棒！」
「好吧，我同意。事實上我有想過這樣譯，問題是我的翻譯必須得到這大學裡面的中國學者的認可，而且要用清晰的英語來表達。」
我打量了小屋四周一眼。「老兄，你眞是了不起，這樣靜靜地坐著，戴著副眼鏡，一個人做學問……」
「雷，有沒有興趣跟我一起去爬爬山？爬馬特洪峰[26]。」
「好！它在哪裡？」

25 譯註：原詩爲：登陟寒山道，寒山路不窮。谿常石磊磊，澗闊草濛濛。苔滑非關雨，松鳴不假風。誰能超世累，共坐白雲中。

26 編按：眞正的馬特洪峰（Matterhorn Peak）是阿爾卑斯山脈最著名的山峰，位於瑞士、義大利邊境，但書中指的應該是加州優勝美地國家公園（Yosemite National Park）北邊的「主教峰」（Cathedral Peak）。

「在高山步道（High Sierras）北方。我們可以坐亨利．莫利（Henry Morley）的車子去，到湖邊之後再把裝備揹上，改爲用走的。我會用我的背包揹我們需要的所有食物和衣物，你則可以借艾瓦的小背包，帶些額外的襪子鞋子之類的。」

「這幾個中國字是什麼意思？」

「它們說寒山子在山上住了多年以後，有一天下山回故鄉去看親友。整首詩是這樣的：『直到最近，我都一直待在寒山上。昨天，我下山去看朋友和家人，卻發現他們有超過一半都已經到黃泉去了，』——到黃泉去就是死了的意思——『這個早上，我對著自己的孤影怔怔發呆，滿眼的淚水讓我無法閱讀。』27」

「你也是這個樣子，賈菲，常常滿眼淚水在看書。」

「我才沒有滿眼淚水！」

「難道你看書看太久太久，淚水不會流出來的嗎？」

「那當然會……雷，你再聽聽這一首：『山上的早晨是很冷的，不只今年才是如此，一向都是如此。』看，他住的山顯然是很高的，搞不好有一萬兩、三千英尺那麼高，甚至更高。『巉岩的懸崖上積滿雪，霧在幽暗溝谷的樹林裡瀰漫。草在六月尾還在吐芽，葉子會在八月初開始掉落。而我在這裡，爽得就像剛嗑過藥的癮君子——28」

「爽得就像剛嗑過藥的癮君子？」

「這是我的翻譯。它本來的意思是『我興奮得像山下那些酒色之徒』。我為了讓它有現代感，才譯成這樣。」

「好翻譯。」我好奇賈菲為什麼會這麼迷寒山子。

「那是因為，」他解釋說，「寒山子是個詩人，是個山居者，是個矢志透過打坐來參透萬事萬物本質的人，而且又是個素食者。我自己固然不是素食者，但我卻景仰這樣的人。順帶一說，我之所以不是素食者，是因為在現代世界要過純吃素的生活太困難了，又況且，所有的『有情』[29]都是吃他們能吃的東西的。我景仰寒山子，還有就是他過的是一種孤獨、純粹和忠於自己的生活。」

「哇，聽起來都跟你很像吶。」

27 譯註：原詩為：一向寒山坐，淹留三十年，昨來訪親友，太半入黃泉。漸減加殘燭，長流似逝川。今朝對孤影，不覺淚雙懸。

28 譯註：原詩為：山中何太冷，自古非今年。沓嶂恆凝雪，幽林每吐煙。草生芒種後，葉落立秋前。此有沉迷客，窺窺不見天。

29 譯註：有情：佛家語，指一切有生命的東西。

「也像你，雷。我迄今都忘不了你告訴我你在北卡羅萊納州樹林裡打坐沉思的事。」賈菲顯得很憂鬱、消沉，自我認識他以來，從未看過他像今天這樣的安靜、憂鬱和若有所思。他的聲音溫柔得像個母親，彷彿正在從一個很遙遠的地方，向著一個如飢似渴想從他那裡得到寶貴信息的可憐生物（我）說話。這生物身無寸縷，有點出神狂喜。

「你今天有打坐嗎？」我問他。

「有，那是我每個早上會做的頭一件事。天未亮我就會打坐，另外還會在下午打一次坐，不過那得沒有人來打擾的時候才有辦法進行。」

「誰會來打擾你？」

「一票人。有時是庫格林，有時是其他人。像昨天，艾瓦和羅爾．斯圖拉松（Rol Sturlason）就都來過。有時候還會有女孩子來找我玩雅雍[30]。」

「雅雍？那是什麼玩意兒？」

「你不知道雅雍是什麼？我過些時再告訴你好了。」他的心情低沉得不想談雅雍，不過兩天之後，我就知道那是什麼回事。接下來我們又談了好一會兒寒山子和他的詩，而當我準備要走的時候，他的另一個朋友斯圖拉松來了。斯圖拉松是個高大金髮的帥哥，他來，是爲了跟賈菲談他即將展開的日本之行。他對京都相國寺裡著名的龍安石庭[31]很感興趣。龍安石

SECTION 三

庭裡其實也沒有什麼，不過就是一些以特殊方式排列的古老石頭（其排列方式被認爲具有神祕的美學意涵），但每年卻會有數以千計的遊客，不辭千里而來，想藉著觀看石頭，獲得心靈的平靜。像這一類奇怪、嚴肅和極度熱誠的人，我在美國這裡可是從來沒有碰到過。這是我和斯圖拉松的最後一次打照面，因爲過沒多久，他就到日本去了。但他有關龍安石庭的一席話，卻讓我難忘。

「是誰把石頭排列成那個樣子的？」我問。

「沒有人知道，也許是很久以前的某個和尚或某幾個和尚。但它們的排列方式卻肯定透著某種神祕的形式。只有透過形式，我們才能觀照得到『空』。」他給我看一張石庭的照片，那些石頭排列在耙得很平坦的沙子上，看起來就像大海中的島嶼，四周是一些很有建築美的涼廊。然後，他又拿出一張石頭排列的點線圖，試著向我說明它們可能的邏輯。他講解的時候提到「孤獨的個體性」和「被推入空間的隆起物」之類的話，很有點禪宗公案的味道。但

30 譯註：雅雍（Yabyum）是藏語，指西藏佛教藝術中男神與女性配偶合歡的形象。

31 譯註：龍安石庭是位於京都龍安寺中的石庭。龍安寺與相國寺皆爲京都名寺，作者此處謂龍安石庭位於相國寺，顯然有誤。

我對這些事情的興趣沒有他大，更遠在賈菲之下。這中間，賈菲用他放在小瓦斯爐上的嘈雜茶壺，爲我添了好幾次茶，每次添茶，都會向我鞠一個幾乎無聲的東方式鞠躬。他的神情，和詩歌朗誦會那個晚上天差地遠。

四

第二天晚上，近午夜時分，我和艾瓦、庫格林三個決定要買一瓶大加侖裝的勃根地，去突襲賈菲。

「他今天晚上會在做些什麼？」

「不知道，」庫格林說，「也許是在做學問，又也許是在打炮。我們過去瞧瞧就曉得了。」

我們在沙特克大道上買了酒以後，就直奔賈菲住處，而我也再一次看到他那輛靜靜停在草坪上的英國製腳踏車。「賈菲喜歡揹著他的小背包，騎著腳踏車，整天在柏克萊騎來騎去，」庫格林說，「以前在俄勒岡的里德學院讀書時，他也是這副德性。他在那裡每星期都會固定一天，找來些妞兒，舉行葡萄酒派對，結束之後，我們就會跳出窗外，到城裡各處搞些大學新鮮人愛搞的惡作劇。」

「他是個怪胎。」艾瓦咬了一咬嘴脣說，顯得有點驚訝。他正在研究我們這個集聒噪與安靜於一身的新朋友。推開賈菲的小門以後，我們看到他正在盤著腿看書，這一次看的是美國詩。他抬起頭，什麼都沒說，只用奇怪而生硬的腔調說了個「嗳」字。我們一一脫下鞋子，走到他身邊坐下。我是最後脫鞋的一個，葡萄酒也是我拿著。我故意把酒瓶舉得高高的給賈菲看，沒想到，他卻忽然大喊了一聲「啊」，瞬間從盤腿的姿勢中一躍而起，跳到我的面前，像擊劍一樣伸出一把匕首，「叮」一聲輕戳在酒瓶上。賈菲這驚人的一跳，眞是我平生所僅見（雜技演員的表演不算在內的話），十足像一頭山羊（後來我才知道，他眞的是一頭山羊）。他的吶喊、跳躍、出劍，在在讓我聯想到日本武士。但我有一種感覺，這是他抱怨的一種表示：抱怨我們打斷他做學問的計畫，抱怨我帶來那瓶會讓他喝醉的酒。不過，他接下來的行動，只是把酒瓶從我手上拿過去，扭開瓶蓋，咕嚕嚕喝了一大口。接著，我們就盤腿坐下，展開了四小時瘋瘋癲癲的談話，交換彼此情報，最有趣的一個夜晚。內容大抵都是以下這一類：

賈菲：庫格林，你這個臭小子最近都在幹些什麼？

庫格林：什麼都沒幹。

艾瓦：賈菲，你這幾本是什麼怪書？哦，原來是龐德的詩集。你喜歡龐德嗎？

賈菲：除了會用日本的叫法來稱呼李白和鬧其他諸如此類的著名糗事以外，我不覺得這老小子有什麼不妥的。事實上，他是我最喜歡的詩人。

雷：龐德？只有傻瓜才會把這個裝腔作勢的瘋子拿來當自己最喜愛的詩人。

賈菲：你該罰一杯，雷，你的話是鬼扯蛋。艾瓦，你最喜歡的詩人又是誰？

雷：為什麼就沒有人問問我，我最喜歡的詩人是誰？我讀過的詩，比你們幾個加起來都要多。

賈菲：真的嗎？

艾瓦：有可能。你有看過他最近在墨西哥寫的那本詩集嗎？「顫抖的肉輪子在空無中轉動，彈出了壁虱、豪豬、大象、人們、星塵、蠢才、胡說八道……」

雷：我才不是這樣寫！

賈菲：談到詩，你們最近有沒有讀過……

諸如此類，諸如此類。談話最後解體爲胡言亂語、大呼小叫和唱歌跳舞，大夥在地板上又滾又笑。聚會結束時，我、艾瓦和庫格林三個，手挽著手，磕磕絆絆走在靜悄悄的街道上，用最高亢的歌聲高唱著「阿美，阿美，阿美」，空酒瓶在我們腳下應聲摔破。賈菲站在小門邊，笑呵呵地目送我們離開。儘管如此，我對於賈菲做學問的時間被我們打斷，卻感到內疚，要直到第二天晚上才告釋然：他帶了一個女孩到我們住處，吩咐她把衣服脫光，而她二話不說就照做了。

五

這一點與賈菲有關女人和做愛的理論是一貫的。我忘了提，那天下午，有一個搖滾樂手去造訪賈菲，接著，又有一個女的。她是個金髮的漂亮寶貝，穿著橡皮靴和一件有木鈕扣的藏式外套。談話中間，賈菲提到他有爬馬特洪峰的打算，對方聽了，就問他：「我可以跟你們一道去嗎？」原來她也是有點愛好登山的人。

「當然，」賈菲模仿伯尼．拜爾（Burnie Byers）的逗趣語調回答說（伯尼．拜爾是他在西北部認識的一個護林員，曾當過伐木工），「妳一道來，我們就可以在海拔一萬英尺的地方打炮了。」賈菲說這話的口吻，雖然是風趣和漫不經心的，但事實上卻是說眞的。沒想到那女的不但毫無震驚的反應，反而有點高興的樣子。正是基於這個理由，賈菲才會把這個叫普琳絲（Princess）的女孩帶到我們住處來。當他們騎著兩部腳踏車來到我們院子時，大約是晚上八點，天已經黑了，而我和艾瓦正靜靜啜著茶、讀詩和用打字機寫詩。普琳絲有一雙灰色的眸子、一頭黃髮，人長得非常漂亮，而且年方二十歲。我還要補充的一點是，她是個花癡，所以想說服她玩雅雍，一點都不困難。賈菲挽著普琳絲的手，大踏步地走進屋裡來。「史密斯，你不知道什麼叫雅雍對不對？」他一面走一面大聲說，「我和普琳絲來這裡，就是要向你說明這個的。」

「我想不管那是什麼，我肯定會喜歡。」值得一提的是，我早在一年前就在舊金山認識普琳絲，而且很迷她。她會認識賈菲，並且愛上他，對他千依百順，可說是一個匪夷所思的巧合。每當有客人光臨我們小屋，我都喜歡用我那條紅色的印花大手帕把天花板上的小燈泡給裹住，好讓光線變得柔和黯淡一些，然後拿出葡萄酒來奉客，這一次也不例外。但當我從廚房裡把葡萄酒拿出來的時候，卻不敢相信眼前的景象。我看到賈菲和艾瓦正一件件脫光身上的衣服，扔到一邊去，而普琳絲也是一絲不掛。她的皮膚，在紅色的暗光裡，就像是被落日染紅的白雪。「搞什麼鬼？」我驚訝地問。

「這就是雅雍，看好了，雷。」說著，賈菲就盤腿坐在一個坐墊上，然後示意普琳絲坐到他前面，兩手搭在他脖子上。他們就這樣坐著，四目相視，沒有說任何話好一會兒。賈菲一點緊張或侷促的表情都沒有。「西藏的喇嘛廟常常會看到這種事。那是一個神聖的儀式，舉行的時候會有喇嘛在一旁念誦『唵嘛呢叭咪吽』的咒語，意思是『歸命於黑暗虛空中的閃電』。我就是閃電，而普琳絲就是黑暗虛空，明白嗎？」

「但她又是怎樣想的呢？」我近乎絕望地喊道。去年認識普琳絲的時候，我對於自己有勾引她這樣一個年輕美好女孩的念頭，還起過自責之感。

「這很好玩，」普琳絲說，「你也過來試試吧。」

「但我無法把腿盤成那個樣子。」賈菲現在的坐姿，是一種完全的趺坐，也就是說，兩個腳掌各翻到對面的大腿上。艾瓦坐在床墊上，試著學賈菲的樣子盤腿。不過，後來賈菲覺得腳酸了，便翻滾到床墊上去。之後，他和艾瓦就一起開始探索新大陸。我仍然感到難以置信。

「脫掉衣服加入我們吧，雷！」雖然面前的情境令人血脈賁張，而我又對普琳絲垂涎欲滴，但一年來禁慾生活所建立的自制，仍然讓我猶豫不前。我會選擇過禁慾的生活是基於一個信念：色慾是「生」的直接原因，而「生」又是「苦」和「死」的直接原因。說眞的，我甚至覺得，色慾是一種對自己帶有冒犯性和殘忍的慾望。

「漂亮女孩是掘墓人」是我的格言，每當我忍不住目不轉睛盯著那些美得無以復加的墨西哥印第安姑娘看時，就會用這句格言警醒自己。而摒除去慾念之後的我，也確實享受了一段相當平靜怡人的生活。但眼前的景象實在讓人太難抗拒了。不過，我還是害怕把衣服脫光；我從未在有一個人以上的場合幹過這樣的事，更別說有男人在場了。沒多久，普琳絲就被賈菲弄得樂不可支。接下來輪到艾瓦（實在難以想像他一分鐘之前還在昏暗的燈下讀詩）。終於，我再也忍不住了，就說：「我可以從吻她的手開始嗎？」

「好啊，來啊。」我就做了，穿著完整的衣服，在普琳絲的身邊躺下，吻她的手，繼而吻她的腰，然後再往上，吻她的身體。因爲每個人都在她身上的每個部位做著些什麼，讓她被逗得哈哈笑了起來，到後來甚至幾乎喜極而泣。我的佛教禁慾生活所帶給我的一切平靜，至此全都被沖到馬桶去了。「史密斯，任何對性持貶抑態度的佛教、哲學或社會系統，都不會得到我的信任。」賈菲用學者的口吻說。這時的他，已經辦完他的事，赤條條地盤腿坐著，抽著根雪茄（抽雪茄是他簡樸生活的唯一例外）。最後，所有人都變成了一絲不掛。我在廚房裡煮了咖啡，而普琳絲則雙手抱膝，側躺在地板上，她這樣做，不是爲了什麼原因，就只是想這樣做罷了。後來，我和她一起在浴缸裡洗了個熱水澡，還能聽到艾瓦和賈菲在外頭討論禪式自由性愛雜交的話題。

SECTION 五

「喂，普琳絲，我們每星期四都來這麼一趟怎麼樣？」賈菲在外頭喊道，「我們把它弄成個固定的聚會吧。」

「好啊，」普琳絲從浴缸中回答說。我敢說，她是由衷喜歡幹這樣的事的。她對我說：「你知道嗎，我覺得自己是萬物之母，有責任照顧好我所有的小孩。」

「妳是這麼年輕漂亮。」

「但我卻是大地之母，是個菩薩。」她這個人，固然是有一點點脫線，但當我聽到她說「菩薩」兩個字的口氣時，卻意識到她是認真的，意識到她想學賈菲的樣子，成爲一個偉大的佛教徒，不過因爲她是個女孩子，所以，就只能以雅雍的方式來表達。但既然雅雍是根植於西藏佛教的一種傳統，所以這也沒什麼大不了的。

艾瓦還處於極度興奮之中，爲賈菲那個「每星期四晚來一次」的主意雀躍不已。現在連我也是這樣了。

「喂，艾瓦，普琳絲說她是菩薩。」

「她當然是。」

「在西藏和古代印度的部分地區，」賈菲說，「寺廟裡都會供養著一些女菩薩，作爲僧人的性伴侶。充當這種角色的女性，被認爲是可以累積功德的。她們就跟廟裡的僧人一樣，也會打坐，也會齋戒。這種對性毫無成見的態度，正是我喜歡東方宗教的原因之一。我注意到，印第安人也經常是持這樣的態度……你們知道嗎，當我還住在俄勒岡，還是個年輕小伙子的時候，我一點都不覺得自己是個美國人，因爲美國的中產階級理想，對性的壓抑態度，還有爲根除一切人性價值而設的書報審查制度，全都讓我深惡痛絕。後來，接觸過佛教以後，我就想，我會被生爲美國人，是因爲我在無數年前的前一輩子裡犯了錯、造了孽。因爲我的業力，才會被生在這個沒有人有趣事，或對任何事有信仰（特別是對自由的信仰）的地方。這就是爲什麼我會那麼同情一切鼓吹自由的運動——例如西北部的無政府主義運動——和那麼景仰埃弗里特大屠殺（Everett Massacre）[32]裡的那些英雄。」那個晚上剩下來的時間，我們都在熱烈討論這方面的話題。後來普琳絲要回家了，賈菲就跟她一道離開。他們走了以後，艾瓦和我坐在紅色的暗光裡，四目相視。

「你知道嗎，雷，賈菲眞不是蓋的，他是我碰過的人裡頭最野最瘋最銳利的一個。他是美國西岸的大英雄。你知道嗎，我來這裡已經兩年了，卻從來沒有碰過一個眞正值得交往、眞正具有眞知灼見的人。我原本已經打算放棄對西岸的希望，沒想到卻認識了他！我喜歡他，除了因爲他學問淵博、讀龐德、嗑佩奧特鹼、滿腦子意象和喜歡爬山以外，還是因爲他是美國文化的新英雄。」

SECTION 五

「他眞是夠瘋的了！」我附和說，「不過，我也很喜歡他靜靜坐著、帶點落寞的神情的樣子……」

「我很好奇他最後會變成什麼樣的人。」

「我猜他最後會像寒山子一樣，一個人住在崇山峻嶺上，在山壁上寫詩，偶爾在他住的山洞外頭念詩給群衆聽。」

「也搞不好他會到好萊塢拍電影，成爲一個大明星。你知道他對我說過什麼嗎？他說：『艾瓦，我從來沒有想過要去拍電影、當明星。但你知道嗎，我這個人是沒有什麼辦不到的，要不要成爲明星，只在於我願不願意而已。』我相信他的話，這傢伙眞是什麼都辦得到的。你沒有看到他讓普琳絲迷他迷成什麼樣子嗎？」

那個晚上，艾瓦去睡以後，我就走到院子裡，坐在大樹下，仰望天上的星星，然後閉目打坐，努力讓自己平靜下來，恢復到那個正常的自我。

但艾瓦卻睡不著，他走到院子裡來，平躺在草地上，望著天上的星星說：「這漫天的星

32 譯註：一九一六年十一月五日發生於華盛頓埃弗里特（Everett），警察與世界產業工人聯盟（IWW）的衝突事件。事件中有五名工運成員被殺。

雲讓我實實在在感覺到自己是住在一個星球上。」

「闔上你的眼睛，那你就會看到更多。」

「我根本不知道你在鬼扯些什麼！」他怒沖沖地說。每次當我試著給他講解「三昧」(Samadhi ecstasy)[33]的極樂境界時，他都會有像是被蟲子咬一口的反應。所謂的「三昧」，是一種你閉起眼睛、屏絕思慮後所進入的狀態，在這種狀態中，你在緊閉的眼瞼裡看到的，將不再是尋常的事物和影像（那些其實都是幻影罷了），而是一種像是有電力灌注其中的多層次萬花筒。

「你不認為，像賈菲那樣泡泡妞、做做學問和享受人生，要比你這樣蠢蠢地坐在樹下強上千百倍嗎？」

「你錯了。賈菲所做的一切，不過是在『空無』之中娛樂自己一下罷了。」這是我的由衷之言，而且我相信，賈菲聽到這話，也一定會表示同意。

「我不這樣認為。」

「我敢跟你打賭。我下星期要跟他去爬山，到時我會好好觀察他一下，回來再告訴你結論。」

「好吧，」（嘆了口氣）「至於我嘛，我只是打算當艾瓦・古德保一直當到地獄去，至於佛教那一套，我認爲全都是狗屎。」

「你有朝一日會後悔的。爲什麼你一直不相信我努力告訴你的呢？你是因爲受到六識的愚弄，才會以爲外面有一個眞實的世界。如果不是因爲你的眼睛，你不會看得到我；如果不是因爲你的耳朵，你不會聽到飛機飛過的聲音；如果不是因爲你的鼻子，你不會聞到薄荷在午夜的味道；如果不是因爲你的舌頭，你不會分辨得出甜與苦；如果不是因爲你的觸覺，你不會感覺得到普琳絲的身軀。事實上，根本沒有我，沒有飛機，沒有心靈，沒有普琳絲。難道你願意自己人生的每一分鐘都受到愚弄嗎？」

「對，那就是我希望的。我感謝上帝，讓我們可以無中生有。」

「是嘛，那讓我來告訴你，有也是可以生無的。那『有』就是法身（Dharmakaya），那『無』就是你的那些胡說八道。我要去睡了。」

「我承認，你說的話，有時眞的會讓我有靈光一閃的感覺。但我還是相信，我從普琳絲身體上得到的開悟，要比從語言文字上得到的多。」

33 譯註：佛家語，指透過深沉冥想所達到的高度精神集中狀態，亦即一般所稱的禪定。一般的精神集中，都需要一對象助成，但三昧卻是無對象的集中，是「無集中」的集中。

「你得到的只是你的臭皮囊。」
「我知道我的救贖者是活著的。」
「什麼是救贖者而什麼又是活著呢？」
「唉，讓我們忘了這檔子事，單純地生活下去吧！」
「鬼扯。如果我跟你一樣的想法，艾瓦，我就會變得像你現在一樣可憐兮兮和東抓西抓，拚命想抓住一條救命的繩子。你繼續這樣打混下去，唯一會得到的只是變老變病，和像一塊永恆的肉一樣，永無止境地輪迴（samsara）。我甚至要說，那是你罪有應得的。」
「你這樣說可不厚道。每個人都是涕淚縱橫的，靠著他們僅有的去過生活。雷，你的佛教讓你變得小心眼，而且讓你甚至不敢脫掉衣服，參加一場健康的狂歡雜交。」
「我最後不還是脫了？」
「話是沒錯，但卻脫得拖拖拉拉的——唉，算了，不談這個了。」
艾瓦回去睡覺以後，我再次閉目打坐，在心裡想著：「我的思緒停止了。」但因爲我得想著我的思緒已經停止，所以我的思緒事實並沒有停止。儘管如此，我仍然感到被一股喜悅所籠罩，因爲我知道，今天晚上所發生的一切倒錯，不過是一場夢罷了，而且是一場已經結束了的夢。我也根本沒有什麼好煩惱的，因爲我根本不是「我」。我也向上帝（觀世音）祈禱，

SECTION 五

求祂賜我足夠的時間、智慧和能力，好讓我可以把自己所領悟到的，清楚地分享給我認識的所有人（我迄今都未能做到這一點），讓他們從此不再那麼絕望無助。老樹在我的頭上靜靜地沉思，它是活的。我聽得見一隻老鼠在花園裡啃著野草。柏克萊家家户户的屋頂都像一塊可憐兮兮的活肉，用虛假的幻象遮蔽著人們所懼於去面對的天堂永恆。到我要上床睡覺的時候，心思已經不再爲我對普琳絲的慾望所擾。我感到滿心暢快，睡得很甜。

六

盛大的爬山日終於到了。賈菲在下午騎著車過來找我。我們拿了艾瓦的背包，放在腳踏車的籃子裡。我也帶了些襪子和毛衣。因爲我沒有登山鞋，賈菲就把他的網球鞋借我穿，這雙鞋雖然舊，卻很結實。我自己那雙太軟趴趴又太破舊了。「網球鞋比較輕，穿它來登山，說不定比穿登山鞋還要適合你。它可以讓你輕輕鬆鬆從一塊大石頭跳到另一塊大石頭。當然，上山的一路上，我們可以不時換著鞋子穿。」

「食物的事怎麼辦？你帶了些什麼？」

「這個待會兒再說，雷咿咿（他有時會直呼我的名字，而每逢這樣做，他都會把聲音拉長成哭腔，就像是在擔心我的福祉）。先說睡袋的事。我幫你帶了個睡袋。雖然不是我那種鴨絨式睡袋，自然要重許多，但如果你穿著衣服睡，旁邊又有個大營火的話，它仍然可以讓你在高山上睡得舒舒服服。」

「穿衣服睡是沒問題，但爲什麼又要生個大營火呢？現在才十月啊。」

「十月山上的溫度已在冰點以下，雷。」他說。

「晚上嗎？」

「對，是指晚上沒錯。白天的話會相當溫暖而怡人。你知道嗎，約翰．繆爾（John Muir）[34]爬山的時候，經常什麼都不帶，只帶一件陸軍大衣和一紙袋的乾麵包。要睡，就裹著軍大衣睡，要吃，就把麵包沾水吃。就這樣一個人在山中漫遊幾個月。」

「天哪，他一定是個鐵漢！」

「有關食物，我在市場街的水晶宮市場買了我最喜歡吃的保加麥（bulgur）。那是一種碾過的粗小麥，是保加利亞人的食物。煮的時候，我會在裡面放一些帶脂肪的培根丁，這樣，

34 譯註：繆爾（John Muir，一八三八－一九一四），美國博物學家、森林保育的倡導者，加州的優勝美地國家公園正是在他的倡議下設立成美國第一座州立公園，並在一八九〇年成爲第二座國家公園。

我們三個就會有一頓美美的晚餐。我還帶了茶葉。在寒冷的星空下面，誰都會想喝一大杯熱茶。此外還帶了做巧克力布丁的材料，不是那種即泡即吃的假貨，而是紮紮實實的巧克力布丁。我會先把材料煮開，在火上攪拌，再放在雪裡冷藏。」

「老兄，有一套！」

「我爬山通常都是帶米，但這次爲了給你來點美食，才會帶保加麥。煮它的時候，我還會加入從滑雪用品店買回來的各式脫水蔬菜包。我們晚餐和早餐都會是吃這個，至於補充體力的小食，我則帶了一大袋子的花生和葡萄乾，另外還有一袋乾杏子和乾李子。」他把裝食物那個袋子拿給我看，裡面放著的，是要供三個大男人在高海拔過二十四小時或以上的食物。但袋子看來很小，我有點納悶。「爬山第一件要謹記的事就是把負重減到最輕，不適合帶罐頭食物，它們太重了。」

「但老天爺，這麼小一袋食物夠我們三個人吃嗎？」

「當然夠，水會讓它們膨脹起來的。」

「你有帶葡萄酒嗎？」

「沒有，在高山上喝酒會影響體力，而且在那麼高的海拔，又累的情況下，你也不會想喝酒的。」我不相信，但沒有說什麼。把我要帶的東西都放好在腳踏車上之後，我們就用走的，穿過柏克萊的校園，沿著人行道的邊緣，往他的住處走去。那是個涼爽晴朗的阿拉伯之夜般的黃昏，加州大學鐘塔的斜影曳過密密麻麻的柏樹和尤加利樹。從某處傳來了響鈴聲，空氣很清新。「這個時候，山上就開始要冷下來了。」賈菲說。他今天心情很好，一路都有說有笑的，而當我問到他下星期四的雅雍之會是不是會如期舉行時，他說：「你知道嗎，昨晚我和普琳絲又玩了兩次雅雍。不管白天或晚上，她任何時間都有可能跑來找我。她不喜歡被別人拒絕，所以我就滿足了她這個菩薩的要求。」他的談興很高，談了各式各樣的事情，又談到他在俄勒岡的兒時歲月。「我與父母和姊姊同住在一間小木屋裡，過的是最最原始的生活。在寒冷的冬天早上，我們會一起站在火爐前面脫衣服和穿衣服，我們別無選擇。這也是爲什麼我對脫衣服的態度，跟你那樣的不同。我是說，我對於在別人面前赤身露體不會感到害臊臉紅。」

「你大學時代都在幹些什麼？」

「夏天我都會到山上當政府的林火瞭望員——我建議你在接下來的夏天去體驗一下這種生活。至於冬天，我常常去滑雪，或拿根Ｔ字形枴杖，神氣地在校園裡逛來逛去。我還爬了很多又高又漂亮的山，其中包括雷尼爾山（Rainier）[35]。有好幾次我幾乎要爬到它的峰頂，

35 編按：華盛頓州內的一座活火山。

但都功敗垂成。有一年，我終於辦到了，在峰頂上刻下我的名字——峰頂上可以看到的名字寥寥無幾。我還爬遍了喀斯開山脈（Cascades）[36]。我也當過伐木工。我一定得要找一天把我在西北部伐木的浪漫經驗說給你聽，就像你告訴我你的鐵路之旅一樣，雷。你眞應該到伐木區去看看那些窄軌鐵軌的，我保證你會喜歡。在冬天冷冽的淸晨，當你肚子裡裝滿了鬆餅、糖漿和黑咖啡，向著第一根大圓木舉起雙刃斧的時候，那種感覺，世上無他事可比。」

「你說的這個，和我遐想中的大西北很相似：夸夸嘉夸族印第安人（Kwakiutl Indians），西北騎警……」

「嗯，你可以在加拿大那邊看到他們，在卑詩省那邊。我曾經在爬山的時候碰到過幾個。」

經過羅比咖啡廳的時候，我們從櫥窗往內張望，看看有沒有坐著我們認識的人。艾瓦就在裡頭工作，當兼職的侍者助手。在柏克萊的校園裡，我和賈菲兩個穿著破舊衣服的人，看起來就像兩個外星人。事實上，賈菲早被校園一帶和大學裡的人視爲是一個我行我素的怪胎。這沒有什麼好奇怪的，因爲不管是哪一所大學，只要有一個有血有肉的人出現，就都會被視爲異類。事實上，大學不過是爲培訓沒有鮮明面目的中產階級而設的學校罷了。這些人最具體的象徵，就是位於校園外圍那一排排帶草坪的高級房子。這些房子的每個起居室裡面都有一部電視，而房子裡的每個人都是坐在電視前面，同一時間看著相同的電視節目，想著相同的事情。但賈菲卻屬於完全不同的族類：他愛好的是潛行於曠野中聆聽曠野的呼喚，在星辰中尋找狂喜，以及揭發我們這個面目模糊、毫無驚奇、暴飲暴食的文明不足爲外人道的起源。「所有這些人，」賈菲說，「蹲的都是白色的磁磚馬桶，拉的都是又大又臭的大便，就像山裡的熊大便一樣。但當他們將大便沖走以後，就當成自己完全沒有拉過大便這回事，沒有意識到大海裡的糞便和浮渣，其實就是他們生命的源頭。他們整天躲在廁所裡用乳白色的肥皂洗手，暗地裡想把肥皂給吃掉。」賈菲是個腦子裡有一百萬個想法的人。

我們走到他的小屋時，天已經黑了。一進門，你就可以在空氣中聞到一股燒過的木柴和葉子的味道。等賈菲把他要帶的東西都收拾停當，我們就往亨利．莫利的家走去。亨利．莫利是個四眼田雞，極有學問，但卻非常怪胎，甚至比賈菲有過之而無不及。他是大學裡的圖書管理員，朋友不多，爲人熱愛爬山。他住的一房小屋位於柏克萊後方一片草坪，裡面到處都是登山的書籍和照片，地上撒滿背包、登山靴和滑雪板。我第一次聽他說話時很感錯愕，因爲他的調調跟文學評論家卡索埃特一模一樣，後來我才知道，他們原來是老朋友，常常相約一起爬山。至於他們是誰在學誰說話，我無從得知。

36 編按：喀斯開山脈是北美洲的一條主要山脈，穿越華盛頓、俄勒岡到加州。

要猜的話，我會猜是卡索埃特受莫利的影響。莫利說的話刻薄、辛辣、絕妙、結構嚴謹和包含千百個意象。當我們走進他的屋裡的時候，看見他身周圍繞著一群朋友（那是一個奇怪的外星組合，包括一個中國人，一個德國來的德國人，還有一些大學生模樣的人）。莫利看到我們就說：「我打算帶我的充氣床墊一起去。你們兩個自虐狂愛睡在又冷又硬的地上，那是你們家的事，但我卻非要有個充氣的輔助器材不可。這床墊可是我從奧克蘭曠野的海軍用品商店花了十六美元買來的。爲了找它，我開了一整天的車到處兜來兜去，一面開一面納悶一個人是不是穿了四輪溜冰鞋就可以從廣義上稱自己爲一部汽車。」他說的話，盡是這一類我固然聽不懂，而別人看來也摸不著頭腦的不知所云。雖然他一直喋喋不休，但看來誰都沒有認眞在聽。儘管如此，我一看到他就對他產生好感。當我和賈菲看到他準備帶到山上去的一大堆東西時，都不禁嘆了一口氣，因爲那根本就是一堆垃圾：除了橡皮充氣床墊以外，還有鶴嘴鋤和一些我們永遠不會用得著的裝備，甚至還有罐頭食物。

「莫利，你要帶鶴嘴鋤的話，我是不反對，雖然我不認爲我們會用得著它。但至於那些罐頭，我就勸你不要帶了，因爲你這樣等於是讓自己多揹上幾罐的水。難道你不知道，山上有的是水嗎？」

「嗯，我只是覺得，一罐這種中國雜碎罐頭，可以讓晚餐生色不少罷了。」

「我帶的食物盡夠我們三個人吃的了，走吧。」

莫利繼續說了好一陣子的話，一面說話一面找東找西，把東西收進他那個龐大笨重的硬框登山背包裡，然後才跟他的朋友道別。到我們坐進他那輛英國車的時間，已經是大約晚上十點了。我們要取道特雷西（Tracy），前往布里奇波特（Bridgeport）。到布里奇波特之後，我們還得再開上八英里，才會到達湖邊的山徑起點。

我坐在後座，而賈菲坐在前座和莫利聊天。莫利是個不折不扣的神經病。有一次（後來發生的事），他帶著一夸脫的蛋奶酒來請我喝，但我卻興趣缺缺，要求他開車載我去買酒。上車後我才知道，他找我是另有目的。他是想我跟他到某個女子的家裡去，充當他們的和事佬（至於他們之間出了什麼問題，我則不得而知）。那女子打開門看到是我們，就砰地一聲把門關上。「這是怎麼回事？」我問，但莫利只是語焉不詳地回答說：「說來話長。」我始終弄不懂他在搞什麼鬼。又有一次，他因爲注意到艾瓦的房子裡沒有彈簧床，所以有一天，他帶著一張巨大的雙人床墊，無聲無息地出現在門前，說是要送給我們。他走了以後，我們費了好大的勁，才把床墊搬到穀倉裡去。他後來又接二連三的帶了一些我們根本用不著的東西要送我們，其中包括一些大得抬不進門的書架和各種東西。多年後，我和他有了更多像「活寶三人組」一樣的經歷，當時，我去了他在康特拉科斯塔（Contra Costa）的房子（他租下的），度過了令人難以置信的午後時光。他付給我每小時兩美元的工資，讓我搬運一桶又一桶的泥漿，而他自己則親手從被洪水淹沒的地下室裡挖出泥漿，全身黑乎乎的，滿身泥濘，就像帕拉蒂奧阿拉瓦克的泥漿之王塔塔里洛瓦克．斯潘一樣，臉上帶著精靈般愉悅的神祕笑容。事後，往回走的時候，我們穿過一個小鎮，想吃冰淇淋甜筒，就沿著主街走下去（之前我們扛著水桶和耙子在高速公路上徒步行走），買了之後手裡拿著冰淇淋甜筒，渾身都是白灰，像一對老式好萊塢默片喜劇演員一樣，在狹窄的人行道上到處撞到行人。

總之，不管從任何角度來看，他都是個怪到了極點的人。而現在，我們就是坐在這個怪人的車上，在一條繁忙的四線高速公路上，往特雷西駛去。大部分時間都是他在說話。不管談到什麼，賈菲每說上一句，他就要說上十二句。例如，當賈菲這樣說：「我最近覺得自己很有求知慾。我打算下星期看點鳥類學方面的書籍。」莫利就會這樣說：「誰不會有求知慾，如果他沒有一個曬成里維拉（Riviera，義大利海岸）古銅膚色的女友呢。」

每一次他說了些什麼，就會轉臉看看賈菲；而他在說他那些不知所云的「笑話」時，總是故意面無表情，裝出一副冷面笑匠的模樣。我根本聽不懂他的奇言怪語，不明白在加州的朗朗天空底下，怎麼會有這種饒舌的滑稽角色。如果賈菲談及睡袋的話題，莫利就會打岔說：「我打算擁有一個淺藍色法國睡袋，那是我在溫哥華看到的，很輕，鵝絨的，很值得買。那是最不適合加拿大人的一型睡袋，卻適合黛絲．邁爾（Daidy Mae）[37]使用不過。每個人都想知道黛絲的祖父是不是個碰見過愛斯基摩人的探險家。我自己就是從北極來的。」

「他在說什麼？」我從後座問賈菲；賈菲說：「他只是一部有趣的錄音機罷了。」

我告訴他們，我有腳部靜脈曲張的毛病，擔心明天的登山會讓情況惡化。莫利聽了以後就說：「你們覺不覺得靜脈曲張（thrombophlebitis）這個字的發音和尿尿的聲音很像？」而當我談到有關西部人的話題時，他說：「我就是個笨口拙舌的西部人……看看我們給英國人帶來了什麼樣的成見。」

「你很瘋耶，莫利。」

「不知道，也許我是。但如果是，我會預留一份很棒的遺囑。」然後，他又沒頭沒腦地說：「我很榮幸可以跟兩個詩人一起去爬山。我打算要寫一本書，是關於拉古薩（Ragusa）的。那是中世紀晚期一個濱海的城邦共和國，在它那裡，階級問題已經獲得了徹底的解決，不復存在。馬基維利曾經在那裡擔任過祕書官。黎凡特諸國有一整代人都是以拉古薩語作爲外交語言。當然，這是爲了與土耳其人角力的關係。」

37 譯註：連載漫畫的女主角。

「當然。」我們異口同聲回答說。

然後他又大聲問自己：「距離老公公爬下紅色老煙囪只剩大約一千八百萬秒鐘了，你可以確保聖誕節如期登場嗎？」

「當然，」賈菲笑著說。

「當然，」莫利一邊轉動方向盤，讓車子在愈來愈彎曲的道路上行駛，一邊說，「他們正搭乘馴鹿灰狗特快車，前往在內華達山脈深處舉辦的季前交心幸福會議，地點離一家簡陋的汽車旅館有一萬零五百六十碼遠。這比任何分析都還要新穎，而且出乎意料地簡單。如果你弄丟了來回車票，你可以變成一個地精，他們的服裝很可愛，而且有傳言說，演員權益協會會接收從退伍軍人協會被擠出來的人。或者反之，史密斯，」（說著轉過頭看著後座的我）「而當你找到回到情感荒野的路，你一定會收到一份禮物……來自某人。來點楓糖漿會讓你感覺好一點嗎？」

「當然，亨利。」

這就是莫利。這時候，汽車開始開在了山麓上的某處。我們途經一些陰沉沉的小鎮，並在其中一個停下來加油。街道上空空蕩蕩，只看到一些一身貓王打扮，等著找誰來揍揍的傢伙。不過，在他們身後傳來一條清新山澗的奔湧咆哮聲，給人一種高山就在不遠處的感覺。

SECTION 六

那是一個清澈柔美的夜，而最後，我們終於開在了狹窄的山路上，確定無疑地向著高山前進。高大的松樹開始出現在路旁，偶爾還看得見一些懸崖峭壁。空氣寒冷而讓人振奮。這個晚上，湊巧也是狩獵季開始的前一晚。在途中一家酒吧停車小酌時，我們看到許多戴著紅色鴨舌帽、穿著羊毛襯衫、車廂裡裝滿槍枝彈藥的獵人。他們興致勃勃地問我們，路上有沒有看到過鹿。我倒是真的有看到過一頭，而且是在到達酒吧的前不久看到的。當時，莫利一面開車一面說：「嗯，賈菲，說不定你會成爲我們海岸邊小小網球派對裡的丁尼生爵士（Alfred Lord Tennyson）[38]，他們會叫你『新波希米亞人』，把你比作圓桌武士，不過要扣掉偉大的阿馬迪斯[39]，也及不上那個非凡輝煌的小小摩爾王國——這個王國在凱撒還在吸吮媽媽的奶頭時，就已經以一萬七千頭駱駝和一千六百名步兵的代價，賣給了衣索比亞。」就在這時，一頭鹿突然出現在路中央，吃驚地看著我們的車頭燈一會兒，然後躍入路旁的灌木叢，消失在森林廣大無邊的寂靜裡（這寂靜是我們在莫利關掉引擎後聽到的）。我們已經在如假包換的高山上了。據莫利說，現在的位置有海拔三千英尺高。我們可以聽得到一些山澗的滾滾奔流聲，

38 編按：丁尼生（一八〇九－一八九二），英國維多利亞時代最傑出的詩人。

39 編按：此處的阿馬迪斯也許是指中世紀騎士小說中的虛構人物。

但卻看不到它們的所在位置。我很想向剛才看到那頭鹿隻喊道：「小鹿兒，不要害怕，我們不會開槍射你的。」

賈菲是在我的堅持下才同意停車到酒吧去小酌一番的。當時我說：「在這種寒冷北部山鄉的午夜，還有什麼比一杯像亞瑟爵士糖漿一樣濃稠而温暖的熱紅波特酒更能滋潤一個男人的靈魂呢？」

「好吧，雷，」賈菲說，「雖然我不認為登山時應該喝酒。」

「喝兩杯又死不了人。」

「好吧，不過，我把星期六買便宜乾糧省下的錢，這下子就要被全喝到肚子裡去了。」

「這就是我的人生寫照，有時候富，有時候窮，又以窮的時候居多，而且是窮到見底。」

我們走入酒吧。那不過是一間裝扮成假內陸山鄉風格的公路邊酒館，樣子就像瑞士農舍，掛著一些麋的頭，座椅上也裝飾著鹿的圖案。酒吧裡的人群本身就是狩獵季節的一幅活廣告，不過他們都喝醉了，身影在昏暗中搖曳不定。我們打他們之間走過，找了三張高腳凳坐下，點了波特酒。雖然在嗜飲威士忌的獵人之鄉點波特酒不可謂不奇怪，但酒保並沒有說什麼，只拿來一瓶「基督徒弟兄牌」波特酒[40]，為我和賈菲各倒了一杯（莫利滴酒不沾）。喝了以後，我和賈菲都感到心情暢快。

「唉，」被酒精和午夜加溫過的賈菲嘆了一口氣，「我打算最近回北美去一趟，到那些雲霧繚繞的山脈走走，看看我那些刻薄的知識分子朋友和伐木工醉鬼朋友。雷，你真的應該去那裡走走的，不管是跟我一道去，還是一個人。如果你沒有去過那裡，等於是沒有活過。接著我就要到日本，走遍所有大小山脈，把所有隱藏著的古代小佛寺給找出來。我還要找出那些一百零九歲的老和尚，他們平常都是住在小茅廬裡，面對著觀音像打坐，而由於進入的冥想狀態太深，他們每次打坐完走出屋外，看到什麼會動的東西都會哈哈大笑。我是喜歡日本，但並不表示我不愛美國。雖然我痛恨這裡這些該死的獵人，他們唯一渴望的，就是舉槍瞄準一個沒有反抗能力的『有情』物，把牠謀殺。他們不知道，他們每殺死一樣有生命的東西，就得接受輪迴的大恐怖一千次。」

「聽到沒，莫利，亨利，你有什麼感想？」

「我對佛教的興趣就僅止於他們畫的一些畫。另外，我必須要承認，卡索埃特寫的一些登山詩裡包含了佛教成分，但我對信仰的部分卻沒有多大興趣。」佛教還是回教還是基督教對他來說根本沒有差。「我是超然的。」他又笑得很開心地補充了一句。賈菲聽了馬上喊道：

40 編按：Christian Brothers port，是加州納帕產區的紅酒，酒精度較高。

「超然就是佛教的精神所在！」

「唉，這波特酒爛透了，難喝到我以後都不想喝優格。你知道我現在更不容置疑地失望了，因爲這裡根本沒有像本篤會或特拉普會釀的葡萄酒，只有一些基督教兄弟的聖水和精神在這裡。而且這間古怪的酒吧也讓我不自在，裡面盡是些寫詩的、搞文學的，還有些亞美尼亞雜貨店老闆，還有一堆心地善良但笨手笨腳的新教教徒，他們組團來這裡放肆狂歡，想用保險套卻連怎麼戴都不知道。這些人肯定是些蠢貨。這裡的牛奶一定不錯，只是牛比人多。這裡的盎格魯人肯定是另一個族群，我不太喜歡他們的外貌。這裡的飆車少年肯定都開到時速三十四英里[41]。「對了，賈菲，」他開始作結，「如果你有朝一日要到辦公室上班，我建議你去買一套布克兄弟（Brooks Brothers）的西裝穿，因爲……」（這時有幾個女孩子走進了酒吧）。「年輕的獵人……這一定就是產科病房會全年開放的原因。」

但酒吧裡的獵人因爲不喜歡我們三個人自成一國談些悄悄話，便紛紛湊過來，要跟我們攀談，這讓我們在這橢圓形酒吧內聽了一大串有關獵鹿的話題，諸如在哪裡可以找得到鹿或獵鹿時該注意些什麼之類的。不過，待他們知道我們原來是來登山而不是來殺生的，無不一臉愕然，把我們看成無可救藥的怪胎，一一掉頭走開。我和賈菲各喝了兩杯葡萄酒之後，就回到車上去，繼續前進。地勢愈來愈高，樹愈來愈高大，空氣也愈來愈冷，最後，在凌晨兩點的時候，有鑑於離布里奇波特和登山步道起點還有一段遠路，我們決定就此打住，在樹林裡夜宿一宵。

「我們等破曉再出發吧，到時，我們會有這個當早餐。」說著，賈菲舉起了他在離家前最後一分鐘才決定要扔到袋子裡去的黑麵包和乳酪。「有了這個，我們就可以把保加麥和其他的好料留待後天當早餐。」莫利把車開入了一條小路，停在一片極廣袤的天然林場的一片空地上。樹林主要由冷杉和黃松構成，其中一些樹木高達一百英尺。這是一個極度寧靜和布滿月光的國度，地上結著霜，除了偶爾從灌木叢裡傳來的踢踏聲外，萬籟俱靜（聲音說不定是一隻正在偷聽我們說話的兔子發出的）。我拿出睡袋，鋪開，脫掉鞋子，然後把穿著襪子的腳伸入睡袋裡。我左右看了看那些高大的樹木一眼，滿懷感激地想：「啊，這樣美好的一個夜，將會帶給我何等甜美的睡眠啊，這樣寧靜的一個無何有之鄉，將會帶給我多少的領悟啊。」但就在這個時候，賈菲卻從車上向我喊道：「壞了，莫利先生忘了帶他的睡袋了！」

「什麼？……那可好，現在要怎麼辦呢？」

他們商量了一陣子，一面說話一面用手電筒在結霜的地上照來照去。然後，賈菲走過來

41 編按：約五十四公里，意味很慢。

對我說：「爲今之計只有把兩個睡袋打開，連在一塊，供我們三個人當毯子蓋。不過那會他媽的有點冷就是。」

「什麼？寒氣會從我們的屁股四周滲進來的！」

「沒法子，總不能讓亨利睡在車上。車子沒有暖氣，他會被凍死的。」

「該死，我才剛準備好要享受一個好覺。」我嘀咕著從睡袋裡爬起來，重新穿上鞋子。沒多久，賈菲就把兩件尼龍披風在地上鋪開和把兩個睡袋連在一塊，並隨即躺了下來睡覺。經擲銅板決定，睡中間的人是我。溫度現在已降至冰點以下，星星冷冰冰地一閃一閃，彷彿是在竊笑。我躺下以後，聽見神經病莫利在吹他那個今晚不可能派得上用場的充氣床墊。而等他吹好，就開始在睡袋下面翻來覆去和唉聲嘆氣。賈菲已在打呼，一點都沒有受影響。最後，莫利因爲睡不著，爬起來跑到車裡去坐，大概是對自己說他那些瘋言瘋語。這讓我得以睡了一下子。不過，幾分鐘後，他就因爲冷得受不了而跑了回來。躺下以後，又開始翻來覆去，而且每過一會兒就詛咒一聲或嘆一口氣。好個瘋莫利！而這只是他將要給我們捅的第一個婁子呢。古往今來忘了帶睡袋的登山者，大概就只有他一個。「耶穌基督，」我在心裡叫苦連天，「爲什麼他就不能把他的寶貝充氣床墊忘了，好好睡覺呢。」

七

從我們到他家跟他會合那一刻起，莫利就不時會突然迸出一聲吆喊。他吆喊的雖然只是一聲簡單的「呦得勒嘿」（Yodelayhee），但卻總是在最匪夷所思的時間和不合時宜的環境下發出。當他那些中國和德國朋友在場的時候，他就這樣幹過好幾次，開車的一路上也是如此。後來我們下車要到酒吧去的時候，他又是突如其來的一聲「呦得勒嘿」。現在賈菲已經醒來了，他看見已經天亮，就從睡袋裡爬起來，跑去收集了一些柴枝，生了一個小火。莫利跟著也起來了，打了個呵欠以後，就是一聲「呦得勒嘿」，回聲從遠方的溪谷回傳回來。我跟著也爬了起來。溫度實在太低了，以至我們除了抱緊身體以外，唯一能做的就是跳上跳下和拍拉手臂，就像當日我和聖德蕾莎流浪漢在火車上所幹的那樣。不過，沒多久賈菲就找來了更多的圓木頭，讓火變旺變大，最後甚至熱到我們必須轉過身去背對營火。好一個漂亮的清晨，像混沌初開的紅色陽光，從山巒的另一邊，穿過冷冰冰的樹木，斜照而下，宛如射入大教堂裡的光線。霧氣升起，向太陽會合，隱蔽山間的溪流奔騰咆嘯聲始終環繞左右，它四周的水池想必已經結上一層薄冰。眞是個再適合釣魚不過的地方。沒多久，就連我也喊起了「呦得勒嘿」來。賈菲再去撿柴枝，這一次去了許久都沒有回來，於是莫利就用「呦得勒嘿」喊他，但賈菲只是回應了一聲簡單的「嗚呃」（Hoo）。回來後他告訴我，「嗚呃」是印第安人在山裡的互相呼應的方式，聽起來更優美。於是我也改口喊起了「嗚呃」來。

重新啓程後，我們在車裡吃麵包和乳酪。早上的莫利和晚上的莫利並沒有任何的分別，唯一的不同是，他的聲音帶點微微的粗礪和熱切，就像個早起而急於要迎接新一天到來的人。太陽未幾就變大變暖。黑麵包是辛恩．莫納漢（Sean Monahan）的太太做的，他在科爾特馬德拉（Corte Madera）有一間空置的小屋，歡迎我們隨時去住，房租全免。乳酪是味道很強的切達起司（Cheddar）。這樣的早餐雖然是不錯，卻不能滿足我。我渴望能吃到一頓熱騰騰的家常早餐，只是四望都沒有房屋或人家。然而，打一條橋上經過一條小溪之後，路旁卻突然出現了一家山中小店。它的煙囪上冒著輕煙，櫥窗上有霓虹招牌，還貼著一張海報，表示裡面有賣鬆餅和熱咖啡。

「我們進去吧，要爬一整天的山，我們需要男人分量的早餐。」沒有人反對，所以我們就走了進去，找了個高背椅座位坐下。爲我們點餐的是個親切的婦人，她有著鄉下人那種開朗和多話個性。「嗯，你們幾個小伙子是要去打獵的對嗎？」

「不是，」賈菲回答說，「我們是要去爬馬特洪峰。」

「馬特洪峰？給我一萬塊錢我都不幹！」

在等早餐送上來的中間，我到店後面的木頭小屋上了個廁所，上完後扭開水龍頭，把流出來的水潑在臉上。水冷冽而怡人，讓我的臉感到刺激緊繃。我喝了幾口，感覺像是有液體冰雪進入我的胃裡，停留在那裡。狗兒們在從百英尺高的冷杉和黃松枝頭上篩下來的金紅色陽光中吠叫。一些白雪覆頂的山峰在遠處閃耀，它們其中之一就是馬特洪峰。回到快餐店以後，鬆餅已經煎好了，冒著騰騰熱氣。我澆上糖漿、塗上三小塊牛油，切成三塊後，就著熱咖啡，咕嚕嚕地吃將起來。賈菲與莫利也是如此。好一陣子，我們沒人說話。待我們把所有食物都沖到肚子裡之後，就看到一群穿著獵靴與羊毛襯衫的獵人走進來。他們沒有一個是醉醺醺的樣子，每個人都精神抖擻，準備好用過早餐就大開殺戒。快餐店旁是一間酒吧，但今早誰都沒興致喝酒。

重新上路後，我們開過了又一條橋，途經一片可以看到一些牛和幾間小木屋的綠茵地，然後進入一個平原。這時，馬特洪峰已清晰在望，高高聳立在南邊，它那些參差不齊的山峰讓人望而生畏。「就在那兒了，」莫利很自豪地說，「眞漂亮，對不對？你們說像不像阿爾卑斯山？我家裡有很多覆雪山峰的照片，你們什麼時候一定要來看看。」

「我喜歡看眞實的東西，」賈菲說，表情很嚴肅。從他那遙遠的凝視裡，我聽到了一聲悄無聲息的輕嘆聲，我知道，他回到家了。布里奇波特是一個死氣沉沉的平原小鎮，和新英格蘭的小鎮出奇的相似。鎮上有兩間餐廳、兩個加油站和一所學校。三九五號公路從它的旁邊劃過，一頭可以通到畢曉普（Bishop），一頭可以通到卡森城（Carson City）。

八

在布里奇波特，行程又不可思議地延遲了：莫利先生決定去找找看有沒哪家店是開著的，想買個睡袋或最少買個帆布罩之類的（從昨晚夜宿在四千英尺海拔的經驗，可以推知九千英尺肯定會相當冷）。莫利去買東西的時候，我和賈菲坐在學校的草地上等他。這時是早上十點，陽光燦爛，我們看著公路上往來經過的寥落車輛打發時間。路旁有一個年輕的印第安人正在攔便車，豎起的大拇指指向北方。「那就是我喜歡的樣子，搭順風車四處去，自由自在的，想像自己是個印第安人，愛做什麼就做什麼。靠，史密斯，我們過去找他聊聊和祝他順風吧。」那印第安人並不健談，但態度還算友善。他告訴我們，三九五號公路已經耽擱了他不少的時間。我們祝過他好運後，接下來繼續等莫利。但他卻久久沒有出現，就像是失蹤了似的。

「他在搞什麼鬼，難不成他是要把全鎮的店東給叫起床嗎？」

最後莫利終於回來了，卻說他什麼都沒買到，唯一的辦法就是到湖邊的旅館去借幾床毯子。我們重新坐上車，沿著公路往回開了幾百碼，然後折向南，朝著那些在湛藍天空下閃閃發光的雪峰馳去。我們沿著漂亮的雙子湖（Twin Lake）湖岸開到湖畔的旅館。那是一間白色的木構式旅館，莫利走了進去，交了五美元的押金，借了兩床毯子，只能借一晚。一個女人兩手叉腰站在門邊，狗在吠叫。路上塵土飛揚（那是一條土路），但湖面卻是澄清的天藍色，清晰地倒映著四周的山麓小丘和峭壁。這條路正在整修當中，我們看得見前方施工的地點漫天塵土。到那裡以後，我們就得把車停下，改爲用走的，然後，我們還得先穿過一條溪和一些低矮的灌木叢，才會到達山徑的起點。

我們把車停好以後，就把所有裝備拿下，放在被太陽照得暖暖的地上。賈菲把它們的其中一些放到我的背包裡，說要嘛我就揹它們，要嘛就跳湖去。他的樣子非常認真，很有領袖的架式，我很喜歡。接下來，他又帶著同樣孩子氣的嚴肅，蹦蹦跳地跑到路中央，用鶴嘴鋤在地上的沙土裡畫了一個大圓圈，又在圓圈裡畫了一些什麼東西。

「這是什麼東東？」

「我在畫一個有法力的曼陀羅（mandala）圈。它不只可以保佑我們此行平安順利，而且在我持咒以後，還可以助我預知未來。」

「什麼是曼陀羅？」

「它們是一種佛教的圖案，由一個包圍著東西的圓圈所構成。圓圈代表的是『空』，它圍住的東西代表幻象。明白了嗎？有時候你會在一些佛像的頭上看到這個圖案，你稍加研究就會知道，那是源自西藏佛教的佛像。」

我腳上早就穿著賈菲的網球鞋，而現在，我又把他給我的一頂登山帽戴上。那是一頂小小的黑色法國貝雷帽，我把它斜扣在頭上，然後揹起背包，準備好要出發。一頂貝雷帽加上一雙網球鞋，讓我覺得自己像個波西米亞畫家多於登山者。至於賈菲，腳上穿的是他那雙上好的登山鞋，頭上戴的是插著根羽毛的瑞士鴨舌帽，這身打扮讓他看起來像個淘氣小精靈——不過卻是個刻苦耐勞的淘氣小精靈。我看過一張賈菲穿著這身裝束所拍的照片，那是他在內華達山脈上一個晴朗乾燥的早上拍的。在照片的遠處，可以看到冷杉成蔭的山坡，而更遠處，則是像針尖一樣的積雪山峰；在照片的近處，賈菲戴著瑞士帽，揹著大背包，在枝繁葉茂的松樹下大踏步地前進著，挽住背包肩帶的左手上拿著一朵花，而眼睛則閃爍著快樂的光芒，彷彿是正在跟他的偶像們——約翰．繆爾、寒山子、拾得、李白、約翰．巴洛茲[42]、保羅．班揚[43]和克魯泡特金[44]——聯袂而行。照片中的他，胸部厚實而兩肩寬闊，下腹凸著一個逗趣的小肚子，但這並不是因爲他眞的有個小肚子，而只是因爲他爲了讓步伐加大（他的步幅一點都不亞於一個高個子），走路時背會微微向前彎，把肚子壓迫得微微凸出。

「幹，賈菲，這個早上讓我覺得棒透了。」我在莫利鎖車門的時候說。接著，我們就揹上背包，沿著湖邊的道路漫不經心地往前走，有時走在路的左邊，有時走在中間，有時走在左邊，活像三個掉隊的步兵。「這裡比『好地方』酒吧要強千百倍！這樣一個清新的星期六早晨，換成是在『好地方』裡喝得醉醺醺、病懨懨的，那就太糟蹋了。老天，在空氣那麼清新的湖邊漫步，這本身就是一首俳句。」

「比較是可憎的，史密斯，」他說，引用塞萬提斯[45]的話回應我，又說了一個佛理，「不管你是身在『好地方』還是正在爬馬特洪峰，都是同一個『空』，老兄。」我玩味他的話，覺得很有道理，比較是沒意義的，一切都沒有分別。然而，此時此刻的我，卻又確實是感到心曠神怡，而且猛然意識到，登山對我的健康是有益處的（雖然我的腳靜脈已經開始在鼓脹），可以讓我遠離酒精，甚至有可能讓我展開一種新生活。

「賈菲，我很高興能認識你。你讓我明白了，當我厭倦了文明的時候，就應該揹起背包，到這些深山野嶺來走走。事實上，我應該說，能夠認識你，讓我滿懷感激。」

「我也一樣。能夠認識你，我也滿懷感激，史密斯，我從你那裡學到自發式寫作[46]和其他許許多多的東西。」

「那沒有什麼。」

「對我來說卻意義重大。好了，動作快一點吧，我們已經沒有時間可以浪費了。」

走著走著，我們就走到了那個塵土蔽天的所在，也就是挖土機正在施工的地方。挖土機的操作員都是又肥又壯的漢子，他們汗流浹背，邊工作邊咒罵。如果你想要他們去登山的話，那可得要付他們雙倍甚至四倍的工資，還是在星期六。

42 譯註：約翰．巴洛茲（John Burroughs，一八三七—一九二一）：美國散文家與自然主義者。他按照梭羅的方式生活和寫作，研究和讚美大自然。

43 譯註：保羅．班揚（Paul Bunyan）：美國傳說中的伐木巨人，是巨大、強壯和活力的象徵。

44 譯註：克魯泡特金（Peter Kropotkin，一八四二—一九二一）：俄國無政府主義運動的最高領袖和理論家。

45 譯註：塞萬提斯（Cervantes）：小說《唐吉訶德》的作者。「比較是可憎的」一語可能就是出自《唐吉訶德》。

46 譯註：凱魯亞克是個認爲反覆琢磨會妨礙文思的作家，主張寫作應該不假思索，讓文思自行泉湧，所以他寫作時總是日以繼夜，廢寢忘食，也從不在寫作的過程中刪改，務求能夠一氣呵成。他稱自己的文體爲自發式文體。

想到這個，我和賈菲都不禁莞爾。我對於自己頭上戴著一頂蠢蠢的貝雷帽，微微感到尷尬，但那些挖土機司機根本不瞧我一眼。我們一下子就從他們旁邊走過，慢慢接近位於山徑起點處的最後一間小店。那是一間小木屋，坐落在湖末端一個V字形漂亮山腳的下方。我們坐在它的台階上休息了一下子。雖然已經走了近四英里的路，但因爲都是平路，所以並不費什麼氣力。四英里下來，莫利的嘴巴都沒有停過。他的裝扮很滑稽，偌大一個硬框登山背包裡裝著充氣床墊和一堆有的沒有的；因爲沒有戴帽子，所以他的樣子和平日在圖書館工作時沒有兩樣，只不過配上一條大而鬆垮的褲子。我們在小店裡買了糖果、脆餅乾和可樂，但這時候，莫利卻突然想起，他忘了把曲軸箱的油放乾。

「老亨利的大腦忘了加油，讓他忘了放乾曲軸箱油。」我開玩笑地說。我是注意到他們的凝重表情，卻不知道事情的嚴重性，因爲我對於汽車機械方面的事情是個外行。

「不，這事情很嚴重，如果今天晚上這裡的溫度低於冰點，汽車的散熱器就他媽的會報銷，而那意味著我們必須走十二英里的路回布里奇波特，再想別的辦法回家。」

「但今晚不一定會那麼冷。」

「不能冒這個險。」莫利說。但這時候我卻火了起來，明明是一趟很簡單的登山之旅，他卻狀況百出，忘這個忘那個，把我們弄得團團轉。

SECTION 八

「那你要我們怎麼辦呢，難道往回走四英里不成？」

「爲今之計只有我一個人往回走，去把曲軸箱的油放乾，再去找你們。我晚上會到營地跟你們會合。」

「好，我會生一個很大的營火，」賈菲說，「你看到火光就大聲吆喊，我們會引導你的。」

「這簡單。」

「但你得在天黑前趕到營地。」

「我會的，我現在就回去。」

但這時，我卻對可憐搞笑的亨利起了惻隱之心。「算了吧，管他媽的什麼曲軸箱油不曲軸箱油的，跟我們一道走吧。」

「今晚這下面眞的結霜的話，我就得花大把鈔票修車子，史密斯。不行，我還是回去一趟的好，否則不放心。我不會寂寞的，我會一面走，一面想你們兩個一路上聊些什麼。好啦，我要動身了。不過你們可要千萬小心，說話時不要吵到蜜蜂，走路時不要踢到雜種狗。而如果你們碰上一群沒穿衣服的姑娘在打網球，不要死死盯著她們的車頭燈看，否則從她們屁股上反射回來的陽光，會讓你們眼睛受傷的。」又說了一大堆這一類的不知所云以後，他才捨得出發往回走，一面走一面喃喃自語。爲了怕他磨蹭，我們在後面喊了一句：「保重了，亨利，早去早回。」他沒有回答，只是聳了聳肩膀。

他走遠以後，我對賈菲說：「你知道嗎，我認爲這對他來說根本沒差，他本來就是個喜歡東晃西晃和丟三落四的人。」

「他那拍肚子和悠哉悠哉的模樣，讓我聯想到莊子。」看著亨利搖搖擺擺、邊走路邊說話的瘋樣子，讓我和賈菲笑了好一陣。

「好啦，上路吧，」賈菲說，「等我揹累了這個大背包，再換你揹。」

「我準備好了。老兄，現在就給我吧，我喜歡揹重物的感覺。你不知道我有多喜歡揹重的東西。來吧，兄弟，給我吧！」於是我們互換背包後啓程。

我們的心情都很愉快，一面走，一面天南地北地暢談。我們談到文學，談到山，談到女孩，談到普琳絲，談到詩人，談到日本，談到各自過去的冒險，而我突然意識到，瘋莫利忘了把曲軸箱油放光，其實是美事一件，否則，我就沒有機會在這蒙福的一天聽到賈菲的許多高見了。跟賈菲一起登山，讓我聯想起兒時的玩伴麥克（Mike），因爲他就像賈菲一樣，總是喜歡走在前頭，像巴克．瓊斯（Buck Jones）[47]般的老硬漢，眼神總是凝視著遙遠的地平線，像納蒂．邦波（Natty Numppo）[48]，常常會提醒我小心這個那個，「這裡水會很深，讓我們到下游一點的地方再過溪吧。」或是「底下很泥濘啊，最好繞路走。」而且像賈菲一樣對很多事情都極其嚴肅又愉悅。看著賈菲走路，我也彷彿看到了兒時的賈菲在俄勒岡東部森林裡漫遊的樣子。他走起路來的方式就跟他說話的方式沒兩樣。從他後面，我可以看得見他走路的時候，腳尖是微微向內彎而不是往外翹的；但等到要攀爬的時候，他的腳尖就會翹得像卓別林一樣高，以增加腳底接觸地面的面積。途中我們行經一個泥濘的河床，需要從一些濃密的低矮灌木之間穿過，四周還有一些楊柳樹。一出河床就是山徑的起點。那裡有清楚的標示，而且最近才經山徑清道隊整修過。不過，我們卻在一個地點碰上了一塊不知從何處掉下來的大石頭，擋在路上。賈菲小心翼翼地把它推到了山下去。「我過去也當過山徑清道員，所以不能忍受這樣的東西。」隨著我們愈爬愈高，雙子湖開始出現在我們下面，而突然間，在它清碧湖水的深處，出現了一些湧著水的洞口，就像一口口黑色的水井，它們就是湖水的源頭。我們還看得見一群群的魚在游來游去。

「啊，這裡真像是中國的早晨，而在無始的時間裡，我只是個五歲大的小孩。」我很想

47 編按：巴克．瓊斯（一八九一－一九四二），知名的美國西部片演員。

48 編按：詹姆斯．費尼莫爾．庫柏（James Fenimore Cooper）系列小說《皮襪子故事》（*Leatherstocking Tales*）中的虛構主角，是一個典型的美國遊騎兵角色。

坐在路旁，拿出小筆記本，把這裡的樣子記錄下來。

「看看那邊，」賈菲說，「是黃色楊樹（yellow aspens）。它們讓我想起一首俳句……『那些黃色的楊樹，在談論著文學的生活。』」在這樣的地方，你很容易就可以領略到日本俳句的精粹所在。寫他們的詩人，都是用有如孩子般的清新眼光看世界，而不使用任何文學的技巧或眩人的字句。我們一面往上走一面創作俳句。路現在變得蜿蜒，路旁長滿小樹叢。

「那些貼在山壁上的岩石，」我問，「爲什麼不會往下翻滾？」

「你這個問題本身就夠得上是一首俳句，美中不足是複雜了一點。」賈菲說，「任何眞正的俳句，都會簡單得像一碗稀粥，與此同時，卻又能讓人歷歷如繪地看到它所描寫的事物，就像這一首：『麻雀在涼廊裡蹦跳，爪子溼漉漉的。』這是正岡子規（Shiki）[49]寫的，我認爲是俳句中最上乘的一首。你看，它讓你可以很鮮明地看到麻雀在地板上踩出來的溼腳印，而且雖然只有寥寥數語，卻可以讓你聯想到才剛下過雨，甚至讓你幾乎聞得到溼松針的味道。」

「再念一首來聽聽吧。」

「好，這一次讓我自己來寫一首，我們再看看。『下方的湖……由黑色的井洞噴湧而成。』不，幹，這算不上是俳句，經營得太刻意了。」

「那你何不讓它們自己湧出來呢?完全不要思考,想到什麼就說什麼。」

「看看那裡,」他突然高興地喊道,「那些是羽扇豆(mountain lupine),看看它們那些纖細的藍色小花。那裡還有一些紅色的加州罌粟花。整片山坡簡直就像被灑滿了顏色。再上去,你就會看到一些如假包換的加州白松樹,我保證你從沒見過那麼多的白松樹長在一塊。」

「你對於鳥啊樹啊之類的事情懂得可真不少。」

「還用說,我一輩子都在研究它們。」我們繼續漫不經心地走著,又談了更多有趣的話題。沒多久,我們就走到一個路彎,而一過路彎,樹蔭就濃密起來。有一條湍急的山澗出現在前方,澗水在布滿浮藻的石頭之間沖擊翻騰,滾滾而下。澗上架著一株充當橋梁用的斷樹。我們走上斷樹後,就俯身趴了下來,把頭湊在澗水裡,喝了幾大口,任由水噴濺在臉上,把頭髮沾溼。我趴在那裡整整一分鐘,享受瞬間的清涼掠過臉龐的快感。

「這眞像是在替雷尼爾麥芽酒(Rainier Ale)打廣告!」賈菲喊道。

「我們坐下來享受一下這裡的風景吧。」

「老兄,你不知道我們還有多遠的路要走!」

---

49 編按:正岡子規(Masaoka Shiki,一八六七—一九〇二),日本明治時代俳人。

「好吧，反正我還沒有覺得累！」

「你遲早會的，老虎。」

SECTION 八

九

我們繼續前進。在下午太陽的照射下，山徑兩旁的草坡就像是被鍍了一層古代的金粉，蟲子在振翅翻飛，風在被曬得一閃一閃的岩石上輕輕撫拂。有時，山徑會突然轉入一些有大樹遮頂的陰影處，這時候，光線就會變得悠遠。我們下方的雙子湖，現在小得像個玩具湖泊，但湖底的孔洞，仍清晰可見。巨大的浮雲倒映在湖心之中。

「你有沒有看見莫利？」

賈菲凝神遙望了好一下子。「我看得到一小團塵埃般的陰影在移動，那說不定就是他。」

不知道爲什麼，這個下午山徑沿路的景色——從草坡上的岩石，到羽扇豆的藍色小花，到那條轟鳴的山澗和架在它上面的斷樹——都在在讓我有一種難以形容的、心痛的似曾相識感，就彷彿，我在很久很久以前就曾經來過這裡——當時，四周的景色和今天一模一樣，與我同行的是一個菩薩同伴，而我們來此，爲的是一個更重要的目的。我很想躺在路旁，把一切給回憶起來。這裡的樹林讓我的這種感覺尤其強烈，因爲它們就像是一個過世已久的親人的臉，就像一個舊夢，就像一首遺忘已久的歌，就像是你已逝童年和已逝成年的黃金永恆歲月。而從我頭頂飄過的那些孤獨而熟悉的浮雲，似乎也是在印證我的這種感覺。不時，我腦海會閃過一些往事的回憶。我開始流汗，並感到有睡意，很想在草上躺下來睡一覺和做做夢。隨著愈爬愈高，我們也開始感到累了，更像兩個登山者，沒有再交談，也無須交談並且感到愉悅。事實上，在經過半小時的沉默後，賈菲轉過頭對我說：「這就是我喜歡爬山的理由之一。爬山的時候，你會覺得沒有說話的必要，因爲單靠心電感應——就像動物一樣——就足以讓你跟同伴溝通。」我們各自沉浸在自己的思緒裡。賈菲的走路方式，正如前面提及的，是一種步幅很大的大踏步，而慢慢地，我也摸索出適合自己的步伐來，以一種緩慢的、耐心的短步上山，速度大約是每小時一英里（約一．六公里）；因此，我總是落後在賈菲後面大約三十碼（約二七．四三公尺）。而每當我們想到一首俳句，就會大喊給對方聽。終於，我們走到了山徑的頂點，接下來已經沒有嚴格意義下的路，有的，只是一片如夢似幻的綠茵地和一個漂亮的水潭。綠茵地再過去，是一望無際的大卵石。

「接下來我們就只能靠『鴨子』認路了。」

「『鴨子』是什麼？」

「看到前面那些大巨石沒有？」

「看到前面那些大巨石沒有？老天，前面連綿五英里都是大巨石！」

「看到那棵松樹附近的巨石上面的小石頭堆沒有？那就是一隻『鴨子』，是其他登山者所做的記號，也搞不好是我一九五四年來這裡登山時留下的，我不記得了。我們在大石塊之間前進的時候，要放亮眼睛，看看哪裡有『鴨子』。跟著它們走，就知道路大約是怎麼個走法。當然，即使沒有『鴨子』，我們也不用怕會迷路，因爲我們要去的台地就在河谷盡頭那塊大山岩的後面——就在那裡，看到沒？」

「台地？老天爺，你是說那上面還不是峰頂？」

「當然還不是。等我們爬到了台地，再爬上一片岩屑坡，爬過更多的山岩後，就會抵達一個不比眼前這個水潭大的高山湖泊，之後，再來一趟一千英尺（三〇四．八公尺）幾乎垂直的攀爬，就會到達世界的最頂部。到時，整個加州都會在你眼底，甚至可以看到部分的內華達州，而風則會直接灌進你的褲管裡。」

「哦……那需要多久時間？」

「我們唯一能指望的，就在入夜前到得了上面那片台地。我雖然叫它台地，它事實上不是台地，而只是高山間的一片岩棚。」

但我覺得，山徑盡頭的這個地點就已經夠漂亮了。我說：「老哥，你看看這四周——」這裡是一片如夢似幻的綠茵地，一邊的邊緣長滿松樹，有水潭，有清新的空氣，有滾滾的金色浮雲……「我們何不乾脆就在這裡過夜？我不認爲我看過有比這裡更美的地方。」

「這裡根本不算什麼。這裡固然是漂亮，但等你第二天早上醒來，卻說不定會看見三打的高中老師在附近煎培根。但在上面的台地，我卻可以用屁股向你保證，你絕對不會看到半個人。就是有，也頂多是一或兩個登山者。但在這種季節，我不認爲會有其他的登山者。另外，你知道隨時都有下雪的可能嗎？如果我們今晚睡這裡，而又碰到下雪，你和我就會再見。」

「好吧，賈菲。不過讓我們先休息一下，喝點水和欣賞一下四周的景色吧。」我們都累了，但心情仍然高昂。我們攤開四肢在草地上躺了一下，卸下背包，再揹上，然後繼續前進。幾乎一過草地，就立刻是巨石區了。自踏上第一塊大巨石以後，我們唯一的動作就是在巨石與巨石之間跳躍。兩旁是高聳的峭壁，就像河谷的兩面牆。一直到大山岩的下面，我們都會在大石塊之間移動。

「大山岩的後面有什麼?」

「有高高的草，有灌木叢，有零散分布的大岩石，有漂亮的山澗，有參天大樹。還有一塊比艾瓦的房子大兩倍的大巨石，它斜靠在另一塊同樣大小的大巨石上，形成一個凹進去的空間，可供我們夜宿。在裡面生個營火，熱力就會從岩面反射回來，無比暖和。過了那裡，就不會再看到草或樹木，那時，我們就差不多在九千英尺高（約二七四三・二公尺）了。」

因爲我腳上穿的是網球鞋，所以在巨石之間跳躍易如反掌。但過了一會兒以後，我才注意到賈菲的跳躍姿勢有多優雅，簡直就跟從容漫步沒兩樣，有時他還會故意在半空中把兩隻腳交剪一下。我跟著他的腳步跳了一下子，但不久就發現最好還是按照自己的韻律和挑適合我的巨石跳躍。

「在這一類地點攀爬的祕訣就像禪，」賈菲說，「什麼都不要想，只要像跳舞一樣往前跳就可以。那是世上最容易的事，甚至比在單調乏味的平地上走路還要容易。你在每一跳之前固然都會有很多選擇，但不要猶豫，只管往前跳，然後你就會發現，你已經落在下一塊你沒有經過刻意選擇的巨石上面。這完全跟禪一樣。」事實果眞就像他所說的那樣。

我們沒有再多作交談。我的腿部肌肉開始累了。我們花了幾小時——大約三小時——才爬上了那個長悠悠的河谷。時間已屆下午的尾聲，日光漸漸轉爲琥珀色，而巨大的峭壁陰影也開始斜曳在河谷裡那些乾燥的巨石上。但這些陰影不但沒有讓我害怕，反而再一次讓我心生那種似曾相識之感。「鴨子」都是被安排在最顯眼的地方，它們通常都是由兩片扁平的石頭疊在一起構成，有時最上頭還會有一塊圓形小石頭，當裝飾之用。這些由先前登山者所留下的記號，其目的是讓人在巨大的河谷裡往上爬的時候，可以省去一或兩英里的路程。往上走的這段時間，那條轟鳴的山澗一直跟在我們旁邊，只是寬度愈來愈窄、水聲也愈來愈細。現在我已經看得見，這山澗是從河谷頂部那塊大山岩（現在離我們約一英里遠）的一個黑色大凹口上流出的。

在巨石之間跳來跳去而不至掉落，還揹著一個大背包，要比想像中容易許多。只要你抓得住韻律，就不用擔心會踩空摔倒。每次往回望，我們身處的高度和遠方群山環繞的地平線都讓我張口結舌。剛才我們歇過腳的那片漂亮的綠茵地，現在看起來就像一個阿登森林（Forest of Arden）的小幽谷。之後，路更陡了，太陽也更紅了，積雪也開始出現在一些岩石的陰影處。沒多久，河谷盡頭那塊大山岩就逼臨我們上方。這時，我看到賈菲把背上的背包扔到地上，手舞足蹈地招喚我到他的位置。

「好了，我們可以先把裝備卸下。爬到大山岩後面的淺溪之後，離營地就只剩幾百英尺的路，我還記得位置。你不妨在這裡休息休息，甚至打個盹，我則先上去探一探。我喜歡一個人在山上閒逛。」

好吧。於是我就坐了下來，把溼襪子和溼透的內衣脫下換上乾的，然後盤腿休息，吹口哨吹了大約半小時。這是一件怡人的差事。賈菲在半小時後回來告訴我，他已經找到營地。我本來以爲那不會有多遠，但結果我們又在陡峭的巨石河谷裡跳躍了幾乎一小時，才到達大山岩後方的台地。又走了兩百碼左右，我就見到一塊巍然聳峙於松樹之間的灰色大岩石。這裡眞是一片洞天福地：地上積著雪，草上也是雪跡斑駁，有一些潺潺而流的小溪，風在吹，兩旁都是巨大靜默的岩石山脈，還有陣陣石楠花的味道。我們涉水走過一條只有一胳膊深淺、純淨得像珍珠的小溪後，就到達灰色大岩石下方的凹洞，洞裡有一些先前登山者所留下來的圓木頭。

「馬特洪峰在哪裡？」

「你從這個位置是看不見它的，但繞過那裡以後——」他指著台地遠方一片向右彎的岩屑坡說，「再走兩英里（約三．二公里）左右的路，就會到達它的腳下。」

「哇噻，那又得要花我們一整天！」

「跟我一起走就不用，雷。」

「哦，小賈，死不了人。」

「好吧，小史，現在我們不妨放輕鬆，享受享受，再煮頓晚餐，等活寶莫利上來。」我們把背包放下，將裡面的東西統統拿出來，然後坐下來抽菸。兩邊的峭壁都鍍上了一層粉紅色，它們上面覆蓋著的粉塵都是打從無始的時間開始以來一直累積至今的。圍在我們四周的這些巉岩怪物讓我有害怕的感覺。

「它們好靜！」我說。

「可不是，老兄。你知道嗎，在我看來，一座山就是一個佛。想想看它們有多大的耐性——千萬年來就這樣坐著，默默爲衆生禱告，祈求我們可以完全擺脫苦惱與愚昧。」賈菲拿出茶葉，撒了一些在一個錫製的茶壺裡，然後又生了一個小火（太陽還沒有下山，還不用生太大的火），靠著一根插在大石頭堆裡的枝條，把茶壺懸在火上加熱。一會兒工夫，水就開了，他把熱騰騰的茶從茶壺注入了兩個也是錫製的杯子裡。水是我從小溪裡打來的，冷冽純淨得像雪和天堂的水晶眼瞼，因此，它泡出來的茶，也是我有生以來喝過最純淨和最解渴的。它會讓你想要一喝再喝，會爲你的胃注入一股溫熱。

「現在你應該明白東方人對茶的激情了吧？」賈菲說，「記得我跟你提過的那本《茶經》嗎？據它形容，第一口茶讓人愉快，第二口讓人喜樂，第三口使人靜謐，第四口讓人陶醉，第五口令人狂喜。」

「對，就像老朋友一樣。」

我們挨著它紮營的那塊大岩石非常龐然巨大，有三十英尺（約九．一公尺）高，底部也是三十英尺寬，形成一個近乎完美的正方形。岩壁上長著些扭曲、斜倚的樹木，從上方窺伺著我們。岩石從基部起向外斜伸出去，形成個凹室般的空間，所以說如果下雨的話，我們將可獲得部分的遮蓋。「這個大塊頭是怎麼來到這地方的？」

「八九成是冰河退卻的時候留下來的。看到那邊那片雪原沒有？」

「嗯。」

「那就是冰河的遺跡。但這塊大岩石也有可能是從一些古老得超過想像的史前山脈滾落到這裡的，或是侏羅紀地底大爆發時從地底迸出來，落在這裡來。雷，你明白嗎，你坐在的這個地方，可不是一間柏克萊的咖啡廳，而是世界的起始和結束之地。看看四周的佛是多麼的有耐性，他們正在無言地看著我們。」

「你說你曾經一個人來過這裡？」

「對，一待就是幾星期，就像約翰．繆爾一樣。我會在石英岩的岩脈之間爬來爬去，不然就是爲營地做些花束，或是赤身露體走來走去、唱唱歌和做做晚餐。」

「賈菲，我要向你致敬。你是這個世界上最快樂的小貓和最了不起的人。上帝可以爲證，我說的是眞話。我眞高興可以從你身上學到那麼多。這個地方也讓我感到敬虔，我的意思是……你知道我是個常禱告的人，但你知道我用的是什麼樣的禱告詞嗎？」

「什麼樣的？」

「禱告的時候，我會坐下來，在腦子裡把我的所有朋友、親戚和仇人一個接一個想一遍。我想他們的時候不會帶著任何的情緒，不會有愛憎、憤怒或感激，什麼都不會有，就只是單純的想著他們的樣子和說類似以下的話：『賈菲．賴德，他同樣是空，同樣值得我愛，也同樣具有佛性。』接下來再想另一個人和爲他禱告：『大衛．塞爾茲尼克（David O. Selznick），他同樣是空，同樣值得我愛，也同樣具有佛性。』當然，我並不會眞的把他們的名字說出來。當我念到『同樣都有佛性』這句話時，我就會想到他們的眼睛，就像你盯著莫利眼鏡後面的藍眼睛一樣。『同樣都有佛性』這句話就是自自然然會讓我想到他們的眼睛，而當你想著他們的眼睛，你就會突然看到他們的佛性，即使對方是你的仇人也是一樣。」

「了不起的禱告，雷，」說著，他就從身上掏出筆記本，把我說的禱告詞記下，難以置信地搖頭。「非常非常了不起，我要拿它去給我在日本認識的僧人看看。雷，你這個人眞不錯，唯一的毛病只是不懂得來像這樣的地方透透氣，而任由這個世界的馬大便把你淹沒，讓你惱火……雖然我說過比較是可憎的，但我現在說的卻是事實。」

他把保加麥、兩袋脫水蔬菜和其他需要的材料倒到鍋子裡，準備黃昏時再加水加熱。之後，我們開始等待莫利的吆喊聲。但左等右等，吆喊聲始終沒有出現。我們開始爲他擔心。

「我他媽的最怕的就是他在巨石河谷跳躍時摔斷了腿，那他就會孤立無援。一個人來這裡登山是很危險……我是一個人來過，但我可是箇中好手。我是一頭山羊。」

「我開始餓了。」

「幹，我也是，希望他馬上就到。我們四處走走，吃些雪球和喝些水來打發時間吧。」

我們走到台地的最末端東走走、西瞧瞧，然後往回走。現在，太陽已落到河谷西壁的後面了，天色愈來愈暗、愈來愈粉紅，溫度也愈來愈冷，而更多不同色調的紫，也偷偷從參差的山岩上冒了出來。天空變深邃了，甚至已經可以看得見一兩顆蒼白的星星。就在這個時候，突然有一聲「呦得勒嘿」從遠處傳來。賈菲馬上跳到一塊大卵石的上面吆喊：「嗚呃、嗚呃、嗚呃。」接著遠方又是一聲「呦得勒嘿」回應。

「他距離多遠？」

「老天，從這聲音判斷，他甚至連開始也談不上呢。他現在還沒有到達大巨石河谷。看來，他今天晚上是怎樣也到不了我們這裡來了。」

「那我們要怎麼辦？」

「我們坐在山崖邊等他個把鐘再做決定吧。我們帶些花生和葡萄乾一道去，一面等他一面哨。說不定他現在的位置要比我判斷的要近。」

我們走到那塊可以俯視整個河谷的懸崖上。賈菲以嚴謹的趺坐[50]姿勢坐在一塊石頭上，拿出他的木頭念珠祈禱。他把念珠拿在手上，用大拇指自上而下一顆一顆念珠地拈，眼睛直通通的望著前方，全身一動不動。我坐在另一塊岩石上，盡可能讓身體保持平衡。我們都只是靜靜地打坐，沒有說話。但我們兩個之中，只有我是閉著眼打坐的。四周寧靜得就像一片濃烈的喧鬧。因為有岩石阻隔的緣故，我們現在所在的位置，聽不到山澗的水流聲。在這等待的中間，我們又聽到了好幾次憂鬱的「呦得勒嘿」，而我們也發出了回喊，只是每一次，都只覺得他的距離愈來愈遠。當我再次張開眼睛的時候，粉紅色的天光變得更紫了，星星開始閃爍。我陷入了更深邃的沉思狀態，感覺四周的山巒確實就是佛和我們的好朋友。一想到偌大一個河谷裡只有我們三個人，我就有一種奇怪的感覺。三，一個神祕的數字：應身、報身、法身[51]。我在心裡為可憐的莫利禱告，為他的安危以至於他的永恆幸福禱告。

每一次當我睜眼看到賈菲在岩石正襟危坐的樣子，都覺得滑稽和想笑。不過，四周的山巒卻顯得無比的莊嚴，賈菲也是，以至於我也變得無比莊嚴。在這種環境裡，就連笑也會是

SECTION 九

莊嚴的事。

天色很美。粉紅色的天光都消退後，一切就籠罩在紫色的暮靄之中，而寧靜的喧囂則像一股鑽石波浪一樣，穿過我們耳朵的門廊，足以安撫一個人一千年。我也爲賈菲做了禱告，祈求他未來會獲得平安、快樂，最後可以實現佛性。我只感到完全的嚴肅和完全的快樂。

「岩石是空間，」我心裡想，「而空間是幻象。」我有千萬個思緒，賈菲也是。我對於他張開眼睛打坐的方式有點詫異。而尤其讓我詫異的，是這個熱中研究東方詩歌、人類學、鳥類學和書本中的一切，而且常常單獨爬到崇山峻嶺的人，居然會突然拿出一串念珠來做莊嚴的禱告，一如古代生活在沙漠裡的老和尚。在鋼鐵工廠和飛機場遍布的美國，會出現這樣一號人物，更是奇上加奇。有賈菲這樣的人在，表示這世界還不算太沒有希望，我爲此而感到高興。我全身的肌肉都酸痛得要死，而肚子也餓得要命，不過，能夠坐在這裡和另一個充滿熱情的年輕人爲這個世界禱告，這件事所帶給我的安撫，就足以勝過一千個吻和一千句柔

50 編按：盤腿疊坐的禪坐姿勢。

51 編按：大乘佛教說佛的三身，應身（Nirmanakaya）是佛陀到凡間入胎的人格身，報身（Sambhogakaya）是顯現出莊嚴的法相，法身（Dharmakaya）是眞身，也是以法爲身。

情話。終有一天，某種永恆的東西會從銀河向我們那未被幻象遮蔽的眼睛開啓的，朋友。我很想把這一切想法告訴賈菲，但我又知道，說與不說都是沒有分別的，何況，即使我不說，他也一樣會知道。金黃色的山脈依舊默默無言。

再一次傳來莫利的吆喊聲時，天已經全黑了。賈菲說：「到此爲止了，走吧，他距離這裡還遠得很。我想，如果他是有大腦的話，理應知道自己該在下面那片綠茵地過一夜。我們回去做晚餐吧。」

「好吧，」我說，然後，在連喊了好幾聲「嗚呃」之後，我們就掉頭離開，把可憐的老莫一個人留在無邊的黑夜裡。我們知道他是有大腦的，而事實證明也是如此。那個晚上，他裹著兩張毯子，躺在充氣床墊上，在那個有水潭和松樹的綠茵福地睡了一夜。這是第二天早上他告訴我們的。

十

擱下莫利回到營地後，我先是找來一些小樹枝來當引火物，然後又去找了大一點的柴枝，最後則是拖回來一些巨大的圓木頭（這樣的圓木頭到處都是，一點都不難找）。我們生起的營火，大得足以讓五英里外的人看見，不過，由於我們生火的地點位於大山岩的後面，所以莫利不可能會看得見。營火釋出大量的熱，而岩壁在把熱吸收以後，又會反射到我們身上來，所以，我們就有如置身在一個熱烘烘的房間裡。不過，我們的鼻尖卻是冷冰冰的，它們是我們四處找木柴的時候被冷著的，至今還未能恢復過來。賈菲把水加到放著保加麥的鍋裡，加以煮沸，一面煮一面攪拌，同時忙著把巧克力布丁的材料混合、煮開。此外他還泡了一壺茶。

然後他揮舞他的兩雙筷子，晚餐很快便就準備好了，我們一面吃一面笑。那是我吃過最美味的晚餐。在我們營火橙色光芒的遠遠上方，你可以看到無數的星星，它們或是單獨閃耀，或是像低垂的金星，或是像廣闊的銀河系一樣成群結隊，超出了人類的理解範圍。它們都是寒冷的、藍色的、銀色的，但我們的食物和營火卻是粉紅色的，而且非常美味。而果如賈菲先前所預言的，我的酒蟲完全沒有蠢動，我根本忘了喝酒這回事。海拔太高了，一天的攀爬太勞累了，而空氣也太稀薄了，單是空氣本身，就足以讓你醉得七葷八素。那是一頓豐盛的晚餐，我們使用的食具是筷子。不知道爲什麼，用兩根筷子夾著食物，小口小口地吃，味道特別好。達爾文的適者生存理論顯然是最適用於中國的：因爲如果你不善於使用筷子，那麼，在習慣一大家人一起吃飯的中國家庭裡，你肯定會餓死。爲免餓死，我最後乾脆改爲用手。

吃過晚餐後，賈菲勤快地拿出鋼絲刷去刷鍋子，又吩咐我去打水。我用一只前面的登山者留下的罐子，打了水回來。「通常，我都不會洗我的碗盤的，只會用我的藍色印花大手帕把它們包起來，因爲洗與不洗，對我來說是沒有差別的……當然，位於麥迪遜大道上那家生產馬油皂的英國公司，是不會欣賞我這小小的智慧的。唉，老哥，這個世界眞是顚三倒四的。告訴你一件事情，每次登山，如果晚上不拿出星圖來看看，我就會渾身不對勁。你知道嗎，在我們頭頂的這些玩意兒，要比你最喜歡的《楞嚴經》裡面的陰魔還要數不勝數。」說著，他就拿出他的星圖，看看天空，又看看星圖，緩緩左右移動了一下身體，然後說：「現在正正好是晚上八點四十八分。」

「你怎麼知道？」

「因爲如果不是八點四十八分的話，天狼星就不會是在現在的位置上……雷，你知道我喜歡你哪一點嗎？是你的說話方式。你說話的方式會讓我憶起這個國家眞正的語言，也就是工人的語言、鐵路員的語言、伐木工的語言。你有聽過這些人怎樣說話的嗎？」

「我黨然聽過。我曾經在休士頓搭過一個油罐車司機的便車。當時是午夜。先前，有一個男同志把我載到他經營的一家汽車旅館前面，說如果我接下來攔不到便車，可以睡在他房間的地板上。我當然不幹。我在空蕩蕩的公路上等了大約一小時，那油罐車就出現了，司機是個切羅基人[52]，說自己叫強生或阿利．雷諾茲之類的。上車後，他對我說：『嗳，小老弟，你曉得嗎，在你還不知道河水是啥氣味的時候，咱就已經撇下了媽媽的小屋，到西部來翻滾，像瘋子般拚了老命在東德州的油田開來開去……』一路下來，他說的全是這一類有韻有調的話，而每說到押韻處，他就會猛踩離合器和換檔。一整個晚上，他都以七十英里（約

52 譯註：北美易洛魁印第安人的一支。

一一二．六公里）的時速呼嘯前進，而他說的故事，則跟著他的車子一起跌宕起伏。眞是精彩透了。我認爲他說的話根本就稱得上是詩。」

「對，我就是這個意思。眞可惜你沒有聽過伯尼．拜爾說話，我覺得你應該到斯卡吉特縣（Skagit country）走走，去聽聽他是怎樣說話的。」

「OK，我會去的。」

賈菲跪在地上，時而看看星圖，時而向前探身一點點，伸長脖子，透過岩壁上的枝椏，望向天上的星星。他的這個姿勢，加上他顎下的小山羊鬍，加上他後面那塊嶙峋的巨石，在在讓我聯想到一個身在曠野的中國禪師，而他手上的星圖，則彷彿是一部佛經。過了一會兒以後，他就去雪堆那裡把巧克力布丁拿回來。布丁現在已經凝固了，美味得非筆墨所能形容。

「也許我們應該留一些給莫利。」

「這東西無法保存，太陽一出來就會融化掉。」

營火已經停止搖曳，只剩下一堆燒紅的木炭，但還是有六英尺那麼高。夜愈來愈讓人感覺到它冰晶般的寒意，但木炭所釋出的煙味，卻美味得像巧克力布丁。我獨自沿著結冰的淺溪走了一會，後來又在一墩土上面打坐，河谷兩旁巨大的山壁就像黑壓壓的沉默觀衆。不過，溫度冷得讓人無法這樣打坐超過一分鐘。我回到營地的時候，賈菲仍跪在地上觀看星星，在這個超拔於俗世一萬英尺高的所在，這眞是一幅讓人感到平靜和安詳的畫面。賈菲這個人還有一個讓我詫異的地方：他總是不吝送別人東西，總是力行佛教所說的「布施波羅蜜」，亦即完全的布施。

現在，當我回到營地，在火旁坐下之後，賈菲就對我說：「雷，我看也是你該擁有一串護身念珠的時候了。」他把一串褐色的木頭念珠遞給我。一顆顆亮澤的珠子用一根粗繩子串著，形成一個漂亮的環形。在繩結的地方，是一顆大一點的珠子。

「噢，這不是你從日本帶回來的嗎，我怎麼能接受！」

「沒關係，我還有一串。你今天晚上告訴我的那篇禱告詞，完全值得我送你這串念珠。」

幾分鐘之後，他把剩下的巧克力布丁全部挖出來，把大部分分給我吃。在安排睡袋的時候，他也讓我睡在比較靠近火堆的位置。他是個經常力行布施的人，而我也從他身上學到了這一點。一星期後，我送了他一件我在「善心人」商店裡找到的幾乎全新的內衣。不過，他馬上就回送我一個可以用來裝食物的塑膠盒子。有一次，我開玩笑地送了他一朵我從艾瓦的院子裡摘來的大花，一天之後，他很鄭重地回送了我一個小花束。「你把我的網球鞋留著穿吧，」他又說，「我還有一雙，雖然比較舊，但穿起來一樣舒服。」

「噢，我可不能拿走你所有的東西。」

「史密斯，難道你不知道，送禮物給別人是一種福氣嗎？」他送人東西的態度也相當迷人：他從不會洋洋得意或興高采烈，反而是帶著點憂愁。

我們在十一點左右鑽進睡袋，而氣溫已在零度以下。我們聊了一會兒，直至其中一個不再答話爲止，很快，我們就都睡著了。他打呼的時候我醒過來了一下。我靜靜地躺著，望著天上的星辰，在心裡感謝上帝讓我能夠來到這座高山上。我的腿酸已經恢復了許多，整個身體都感到精力充沛。行將熄滅的木柴所發出的劈啪聲，仿似是賈菲對我所作的祝福。我望向他，看見他的臉半埋在睡袋裡。他那蜷曲著的身軀——蜷得就像凝聚著強烈的向善熱望——是方圓幾英里的黑暗內我唯一看得見的東西。我心裡想：「人眞是有夠奇怪的東西……正如聖經上所說的：『誰又能估量得到那向上仰望者的精神高度呢？』這個小伙子雖然比我要年輕十歲，卻重新喚醒了我早已遺忘的理想與歡樂，讓我看起來像個笨蛋。最近這些年來，我一直生活在酗酒和失望中。但對他來說，沒有錢又有什麼分別呢？他根本不需要錢，唯一需要的是一個背包、一些可以裝乾糧的塑膠袋子和一雙好的鞋子，好讓他能來到像這樣的好地方，享受百萬富翁才享受得到的歡樂。但試問，又有哪個飽食終日的百萬富翁爬得到這裡來呢，那可是花了我們一整天艱苦攀爬的啊。」我對自己許諾，要展開一種全新的生活。「我要揹著一個背包，走遍整個西部，爬遍東部的所有山、所有沙漠，走出一條清淨的道路。」

我把鼻子埋在睡袋下面，慢慢睡著了，醒來的時候四周是一片黎明時的銀亮。地裡的寒氣滲過了尼龍披風，滲過了睡袋，鑽到我的肋下。我的每一下呼吸都化成了水氣。但我只是翻了個身，就繼續睡去。我做了很多夢，但一律都是清純冷冽得像冰水的夢，都是快樂的夢，不帶絲毫的夢魘。

當我再次醒來的時候，太陽就像一顆鮮亮的橙球，從東方的懸崖峭壁上方照灑過來，穿過芬香的松樹枝椏，落在我身上。我感覺自己像個星期天早上醒來，準備要穿上吊帶褲大玩特玩一整天的小孩。賈菲已經起來了，正坐在一個小火堆前唱歌、對著雙手哈氣。地上都結著白霜。突然，他站了起來，往前奔了一小段路，猛喊：「呦得勒嘿。」謝天謝地，我們聽到了莫利的回喊聲。他現在的位置，要比昨天晚上接近我們。「他在路上了。起來吧，雷，來喝杯熱茶，它會讓你生龍活虎的！」我爬了起來，從睡袋裡把網球鞋給抄了出來；它們在睡袋裡放了一整晚，現在暖呼呼的。穿上球鞋戴上貝雷帽後，我上下跳躍了一下，然後在草地上跑了幾條街那麼遠。那條淺溪的溪面都已經結冰，只餘中間的部分，像一條小水溝一樣，叮叮咚咚地流著。我趴在溪邊，喝了一大口水，讓水把臉沾溼。這世上沒有什麼比在清晨的高山上用冰水洗臉更怡人的了。賈菲把昨晚的剩菜加熱，充當早餐，它們美味依舊。之後，我們走到大山岩的邊緣，向莫利大喊了幾聲「嗚呃」，而突然間，我們看得見他了。他離我們大約兩英里（約三．二公尺），正在河谷中奮力攀爬著，看起來就像一隻在巨大的「空」裡吃力往前爬的小蟲子。「瞧，那個小黑點就是咱們的寶貝朋友莫利吶。」賈菲用伐木工慣用的逗趣洪亮聲音說道。

不到兩小時，莫利就到達了能夠和我們說話的距離，而一躍跳過最後一塊大巨石後，就開始說起話來。我們則坐在被太陽曬得暖烘烘的石頭上等他。

「『女士之友協會』要我來給你們兩個小伙子傳話，問你們是不是有興趣把藍綬帶別在襯衫上。她們說剩下的粉紅色檸檬汽水還有很多，而馬特爵士已經等得很不耐煩了。你們認為她們是不是有必要研究一下最新的中東局勢或是學習學習品嚐咖啡？對於像你們兩位文學紳士，我想她們應該多注意自己的禮節……」他就這樣說個沒完沒了，而且沒頭沒腦地向著快樂的藍天吆喊了幾聲「呦得勒嘿」。因爲爬了一個早上的山，他流了不少的汗。

「你準備攀爬馬特洪峰了嗎，莫利？」

「等我把腳上的溼襪子換掉就行。」

SECTION +

十二

我們在正午左右動身，身上只帶著些許食物和急救藥箱，大背包一律留在營地裡，因爲到明年以前，這裡不太可能會有其他人來。那片河谷比看起來要長，直到兩點，我們都未能走出它的範圍外。太陽提早轉成了金黃色，而且刮起了風。我開始納悶：「老天，我們要多久才會到得了山頂？今晚嗎？」

我向賈菲提出這個問題，而他回答說：「你想的沒錯，所以我們得要快馬加鞭。」

「爲什麼我們非上去不可呢？難道我們不可以現在就回家嗎？」

「噢，拜託，老虎。我們一氣呵成跑到山頂上，然後再回家。」那河谷奇長無比，像是沒有盡頭，而在它的最上方，地勢變得非常的陡，讓我開始有一絲害怕，擔心自己會墜落。地上的石頭細而且滑，讓我那還沒有從昨天的肌肉緊繃回復過來的腳踝隱隱作痛。但莫利卻還是老樣子，一面走路一面說話，這讓我見識到他驚人的耐力。爲了讓自己看起來像個印第安人，賈菲脫掉了長褲。他領先我們有幾乎四分一英里（約四〇二公尺）的路，不時會停下來等等我們，看到我們接近後，又馬上快速前進，一心想在日落前爬到山頂。莫利走在第二位，離我約有五十碼（四十五．七二公尺）之遙。我並不急。不過，到下午稍晚，我開始加快腳步，決定要趕過莫利，跟賈菲並肩前進。現在，我們已身在大約海拔一萬一千英尺（約三三五二．八公尺）高，地上有不少積雪。望向東邊，是一系列白雪蓋頂的巨大山脈，而在它們下方，是一些層層疊疊的河谷地——我們幾乎已經在加州的最頂點上了。途中，我們必須爬過一片極狹窄的岩壁突出處，它眞的是讓我怕到了，因爲一失足，你就會直直掉落到一百英尺下面，足以讓你頸骨折斷。而另一片岩凸就更嚇人了，一摔就會是一千英尺（約三百公尺），而在下墜的過程中，你大約有一分鐘的時間可以爲自己禱告。風也轉猛了。儘管如此，一整個下午下來，四周景物給我的似曾相識感，比昨日還要強烈：我似乎曾經來過這裡，爲的是一個更古老、更嚴肅，也更單純的目的。好不容易，我們終於到達了馬特洪峰的峰腳，那裡有著一個漂亮無比的小湖，它不爲世界絕大部分的眼睛所見過，只有屈指可數的登山者有緣得見。這個高居於海拔一萬一千多英尺的小湖，邊緣上積有雪，四周長滿漂亮的花朵和青草。我馬上就一屁股在草地上躺了下來，並脫掉鞋子。賈菲早我半個小時到達，因爲溫度降低的緣故，他已經把褲子重新穿上。我們坐在草地上，仰視通到馬特洪峰的最後一段路：一片陡峭得像懸崖的岩屑坡。「看來不怎麼樣嘛，我們一定爬得到！」我高興地說。

「不，雷，它比你以爲的要難爬。你不知道它有一千英尺那麼高嗎？」

「有那麼高？」

「除非我們把前進速度加快一倍，否則不可能在入黑前爬到頂，也不可能在明天早上以前下山回到車子去。」

「天哪。」

「我累了，」莫利說，「我不認爲我辦得到。」

「沒錯，」我說，「何況，對我來說爬山的最終目的應該是跟大自然接觸，而不是炫耀自己有爬到峰頂上去的能耐。」

「好吧，我反正是要爬上去的。」賈菲說。

「好吧，如果你要爬我就奉陪到底。」

「莫利？」

「我不認爲我辦得到。我在這裡等你們就好。」風強得不得了。我有一種預感，只要我們再往上爬出幾百英尺，強風就會讓我們舉步維艱。

賈菲拿出一小包花生和葡萄乾說：「這將是我們的燃料。雷，你準備好兼程趕路了嗎？」

「準備好了。如果我在最後一分鐘放棄，還有什麼面目去見『好地方』的一票人？」

「時間很晚了，我們趕快動身吧。」賈菲以很快的速度前進，有時必須沿著岩屑坡向右或向左攀爬時他甚至跑起來。所謂的岩屑坡，是一片山壁坍塌而成的山坡，布滿小石頭和沙礫，爬起來非常困難，有時候還會有小型的坍方。一面往上爬，我一面覺得自己是在一部恐怖的電梯裡往上升，愈升愈高。而每當我往回望，都會害怕得咽一口口水：整個加州就在我們下面，被巨大的藍天環抱著，更遠處可以看到一些河谷和台地，而我知道，整個內華達就在那外面。看著湖邊的莫利逐漸變成只有一個黑點大小，也讓人膽戰心驚。「喔，我爲什麼要充英雄，而不跟莫利一塊留在下面！」我想。我開始害怕繼續往上爬，而唯一的理由就只是現在的高度太高了。我也害怕自己會被風吹走。所有之前做過的那些從高山或高樓上墜落的惡夢，一一以無比清晰的畫面在我的眼前重現。每向上爬出二十步，我們兩人都有筋疲力盡之感。

「這是因爲我們現在是在極高海拔的關係，雷。」賈菲坐在我旁邊說，「來一點葡萄乾和花生吧，吃了以後你就知道它們有多大的威力。」眞的，每次我們吃過葡萄乾和花生，就會像被人一腳踢在屁股上一樣，一躍而起，再往上爬出二十到三十步。不過，那之後我們就會再度頹然坐下，吁吁喘氣，在冷風中流汗，鼻孔下垂掛著兩行鼻涕，就像那些在冬日傍晚還在街上玩耍的小孩。現在，風開始怒號，就像電影裡的西藏裹屍布。坡度陡峭得已經超過我能承受的限度，我向下偷瞄一眼：湖邊的莫利甚至已經小到我無法看見了。

「快一點，」賈菲在我前方一百英尺處喊道，「我們慢得太離譜了。」我抬頭望向峰頂。它就在那裡，儼然只有五分鐘的路程。「只要再半小時就到得了！」賈菲吼著說。我不相信。在憤怒地向上攀爬了五分鐘以後，我摔倒了。抬頭望去，峰頂還是一樣的遠。讓我尤其不高興的是，這時的峰頂整個被籠罩在霧一樣的雲氣中。

「上面根本什麼都看不見，」我嘀咕著說，「那我何苦要拚死拚活爬上去？」現在賈菲已經遠遠把我甩在後面。他把全部的花生和葡萄乾留給我，決心要爬到峰頂上，即使爲此送命也在所不惜。他沒有再坐下來休息過。沒多久，他就距離我一個足球場那麼遙遠，身影愈來愈小。我往回看了一眼，馬上驚嚇得像是羅德的太太那樣[53]。「太高了，別爬了！」我在

[53] 編按：《聖經．創世紀》中描述，義人羅德（Lot）被天使通知要帶著一家人逃出罪惡之城所多瑪和蛾摩拉，沿路不可回望，但他太太卻忍不住回望一眼，隨即變成了鹽柱。

強烈恐懼中向賈菲大聲喊叫，但他並沒有聽見。我又奮力往上爬出了幾步，但卻因爲體力不支而仆倒在地，往下滑了一小段距離。「太高了！」我再次大喊。我眞的害怕了。但該死的賈菲卻像頭山羊一樣，從一塊山岩爬到另一塊山岩，不斷往上，不斷往上（白茫茫的雲氣讓我無法看見他的人，但卻可以看見他靴底的閃光）。「我怎麼可能跟得上這個瘋子嘛！」但我仍然抱著一股傻勁，試著要跟上他。最後，我到達了一片類似岩凸的地方，它讓我可以平趴著，不需要因爲怕下滑而死命抓住坡面。我匍匐著爬進岩凸，把身體緊緊地蜷曲起來，以防強風把我吹走。我左右上下看了一看之後，就作出了最後的決定。「我留在這裡就好！」我向賈菲大聲喊道。

「來吧，雷，你只差五分鐘路程了。我只差一百英尺就到了！」

「我留在這裡就好！太高了！」

他沒有說什麼，只是繼續前進。我看到他一度委頓在地，但隨即爬了起來，喘了喘氣，就再次往前衝刺。

我盡可能把整個身體縮在岩凸裡面。我閉起眼睛，在心裡想：「唉，難道生命就是這麼一回事嗎？老天把我們生下來，難道就是要讓我們可憐的肉身置身在這樣匪夷所思的大恐怖、這樣廣闊無邊的虛空中嗎？」我在恐懼中記起了一句禪宗的名言：「人在高山上的時候，不要多想，只管往上爬。」坐在艾瓦家的草蓆上讀到這句話的時候，我只覺得很雋永，但現在它卻讓我寒毛直豎。我的心噗噗跳，恨自己爲什麼要被生下來。「賈菲愛不斷往上爬是他家的事，至於我這個哲學家嘛，則是留在這裡爲妙。」我閉起眼睛，又想：「你靜靜待著，保持內心的平靜就好，根本沒必要去證明些什麼。」但突然間，我聽到從風中傳來一聲美妙絕倫的長嘯。我抬頭望去，只見賈菲已經站在馬特洪峰的峰頂，正在發出勝利者的歡樂長嘯。他的嘯聲既美妙，又逗趣。我必須要向他致敬，向他的勇氣、耐力、汗水以及瘋狂美麗的歌聲致敬：他現在是冰淇淋頂端的一小球鮮奶油了。但我並沒有力量去回應他的嘯聲。他在峰頂邊緣跑來跑去一陣子之後，就跑到我視線之外的地方去。據他後來告訴我，峰頂是一片小小的平地，大約幾英尺寬，其西端直直往下落，說不定就是眞接落到維吉尼亞城[54]某家酒吧的旁邊。我聽得見他在喊我，但我能夠做的，只是更進一步縮在岩凸裡，簌簌發抖。我往下方的小湖望去，彷彿看到莫利躺在草地上，嘴裡咬著片草葉，我不禁脫口而出大聲說：「現在，這三個人已各造了各的業：賈菲．賴德成功爬上了峰頂；而我是差一點點辦到但最後卻不得不放棄，現在瑟縮在一個小洞裡；但他們三個中最聰明的一個，也就是詩人中的詩人，

54 譯註：位於內華達州西部。

現在正舒舒服服躺在湖邊，翹著二郎腿，一面嚼草葉，一面做白日夢。該死的，他們甭想慫恿我再來這個鬼地方。」

十二

我現在可真是對莫利的智慧佩服得五體投地了。「在家裡看看瑞士阿爾卑斯山覆雪山峰的照片不就得了，幹嘛要自己爬上去？」我想。

但接下來，卻發生了我意想不到的事情，而它所帶給我的巨大驚奇，我只有在爵士樂裡體驗過。那不過是一兩秒鐘之間的事，但卻只有瘋狂兩個字可以形容：當我抬頭望去的時候，竟然看到賈菲正從峰頂上飛奔而下。他眞的是用跑的，而且動輒就是一下遠達二十英尺的跳躍，著地時靠鞋跟插入土裡，止住去勢。他這樣又跑又跳，不時還發出一聲響徹世界的長嘯。就在這一瞬間，我有如電閃般領悟到，我一切的恐懼都是多餘的。根本用不著擔心會掉下山去，白癡，因爲那根本是不可能的。我馬上也長嘯一聲，站了起來，跟在賈菲後面往下跑，用的是同樣的狂奔、同樣的大跳躍。有整整五分鐘的時間，我和賈菲就像兩頭山羊一樣（更像兩個一千年前的中國瘋子），在陡峭的山坡上又跳又叫地飛奔而下，只看得等在湖邊的莫利寒毛直豎，目瞪口呆。隨著最遠的一跳和最響亮的一聲吶喊，我就像從天而降一樣，回到了湖邊，首先著地的是鞋跟，繼而是屁股。賈菲早已到了，正在脫鞋子，把裡面的細沙細石倒出來。我的感覺棒透了。我也脫下網球鞋，把足足兩桶的火山灰倒了出來，一面倒一面說：「啊，賈菲，你教了我最重要的一課：根本用不著擔心會掉下山去，因爲那根本是不可能的。」

「對，這就是『人在高山上的時候只管往上爬』一語的意思。」

「你在峰頂上那聲勝利的長嘯聲，眞他媽的美妙透頂了。我只恨當時沒錄音機可以把它錄下來。」

「那不是要給山下面的人聽的。」他帶著極嚴肅的態度說。

「賈菲，你說得對，他們根本不配。不過當我看著你從峰頂上跑下來的時候，我突然間就開竅了。」

「啊，看來我們的史密斯今天獲得了一個小小的開悟。」莫利說。

「我們不在的時候你都在做些什麼？」

「基本上是睡覺。」

「我沒有爬到峰頂去，眞是該死。我現在感到很慚愧。因爲我懂得了怎樣下山，就表示我不會不懂得怎樣爬上去。但後悔已經太遲了。」

「明年夏天我們再來一趟並且要爬上去，雷。你知道這是你第一次登山，卻已經把老兵莫利給甩在了後面嗎，這已經很了不起。」

「就是說嘛，」莫利說，「賈菲，你認不認爲我們應該爲史密斯今天的傑出表現，封他一個『老虎』的外號？」

「當然應該。」賈菲回答說。他們的話讓我感到很自豪。我是老虎了。

「嗯，下一次我一定要當一頭獅子，不到峰頂誓不休。」

「兄弟們，該走了，從這裡回到營地還有很遠一段路，更別說還有巨石河谷和山徑的路要走。我懷疑天全黑以前我們能不能辦得到。」

「不用擔心，」莫利指著已經出現在粉紅色天空上的銀色月亮說，「它應該可以爲我們提供照明。」

「走吧。」我們一起站起來，踏上歸途。這一次，去到先前那片讓我心驚膽戰的岩凸時，我只是覺得好玩，連蹦帶跳三兩下工夫就走了過去。我一點都不害怕，因爲我已經明白，我是絕不會墜落的。你是否可以從一座山上下墜我是不知道，但我知道我是不可能。這個領悟讓我震撼。

進入河谷之後，視野就變狹窄了，看不見廣闊的天空和它下面的一切，不過卻另有樂趣。最後，天色在五點開始轉灰。這時我獨自走在賈菲他們後面一百碼開外，但我不以爲意，只管邊唱歌、想事情，邊盯著地面，根據鹿隻留下的一小球一小球糞便尋找鹿跡和享受人生。有一刻，我抬眼望去，看到瘋賈菲竟然爲了好玩而爬到一個雪坡上，再滑下來。他滑了大約一百碼，最初是坐著滑，到最後幾碼改爲躺著滑，一面滑一面興高采烈地大呼小叫。不只這樣，他滑的時候還把褲子脫了下來，綁在脖子上。他之所以還穿著內褲，據他表示，只是因爲這樣滑起來比較舒服。其實，他即便是脫光光也沒有什麼好怕的，因爲根本四望無人，不過，我想就算有女孩子在場，對他來說也是沒有分別的。我聽得見莫利在廣大寂寥的河谷中對他說話的聲音，雖然隔著許多岩石，你還是一耳就聽得出來是他的聲音。後來我是如此專心地跟著鹿跡走，以至於走了一條獨自的路線，變得看不見他們（但還是聽得見聲音）。但我一點都不擔心會迷路，因爲我對可愛小鹿兒們的覓路本能深具信心，而牠們也果然沒有讓我失望：就在要入黑的時候，牠們的古老腳步把我帶到了那條我熟悉的淺溪邊緣（過去五千年來，鹿隻都會到這裡來喝水）。我看到賈菲已經生了火，搖曳的火光讓岩壁顯得一陣橘黃、一陣灰黑。月亮高高掛在天上，又大又明。「看來月亮可以讓我們撿回一條老命。我們還有八英里（近十三公里）的下山路得走呢，兄弟。」

我們吃了一點東西，喝了好幾杯茶以後，便收拾起所有東西。我一生中從未有過比剛才沿著鹿跡覓路更快樂的時光，所以離去前，我抬頭再望了那條小路一眼。它已經變得幽暗了。我希望可以看得見幾頭可愛的小鹿，但卻什麼都沒見著。我對它滿懷感激之情，因爲它讓我覺得，自己像個在森林和田野裡玩了一天以後悠閒回家的小孩。「但是，這個世界上還有什麼比追隨鹿跡尋找水源更嚴肅的事呢？」我想。我們走到山崖邊，開始走下那個連綿五英里都是大卵石的河谷。有清澈的月亮照明，要在大卵石之間跳躍一點都不困難。在月光中，一切都顯得潔淨白皙而漂亮。有時候，你還可以看得見那條銀光粼粼的山澗。而在下方的極目遠處，則是那片有著松樹和水潭的綠茵地。

但走到一半，我突然發現自己舉步維艱。我叫住賈菲，向他道歉。我無法再在大卵石之間跳躍了。不只在我的足底起了水泡，足側也是一樣，這是由於走了兩天的路，而網球鞋的保護性又不夠的緣故。賈菲知道之後，就爲我把水泡戳破，並讓我穿上他的登山靴。

一穿上大而輕的登山靴，我頓時感到腳下回復了活力。能夠在岩石與岩石之間跳躍而不需要受水泡壓迫之苦，讓我有如獲大赦之感。另一方面，賈菲換上我的網球鞋以後，也有如釋重負的感覺，因爲網球鞋比登山靴要輕盈，讓他很喜歡。我們以比上來時快一倍的速度下河谷。不過，這時我們都已經累了，每走出一步，腰就多彎一點。揹著沉重的背包，想控制好下山需要用到的那部分大腿肌肉是很困難的，讓人有時候覺得下山比上山還要困難。除了在巨石之間跳來跳去以外，我們還得在巨石上爬上爬下，因爲有時在大卵石之間會隔著一片沙地，讓我們不得不攀爬下巨石，走過沙地，再爬上另一顆巨石，這讓我們多花了不少力氣。途中還會陷入一些極其厚密的灌木叢。若是不能繞道，就只有硬著頭皮強行穿過。好幾次，我的背包被灌木鉤住，讓我進退不得，只能站在月光下詛咒。我們誰都沒有說話。我開始感到生氣，因爲賈菲和莫利都不願意停下來休息，他們說在這個地點休息會有危險。

「有月光照著，有什麼好怕的？我們甚至大可以在這裡睡一晚。」

「不行，我們非得在今晚回到車上不可。」

「那麼至少可以休息一分鐘吧，我的腿受不了了。」

「好吧，但只是一分鐘喔。」

他們答應的休息時間從不長得足以讓我滿意。我認爲他們變得有點歇斯底里。我愈來愈氣，到最後甚至罵起他們來。一度，我對賈菲說：「你這樣逼死自己，意義何在呢？難道你覺得這很好玩嗎？呸！」（「你的主意根本是狗屁！」我在心裡又補充了一句）。一點點的

SECTION 十二

疲倦就可以對一個人有多大的影響啊！灑著月光的山岩、灌木叢、巨石灘和「鴨子」多得沒完沒了，河谷兩邊的岩壁陰森嚇人。好幾次，我都以爲馬上就要走出河谷，結果都是空歡喜一場。我的腿酸痛得對我大聲喊停。我踐踏和咒罵地上的樹枝泄憤，並且不管三七二十一，一屁股坐下來，休息了一分鐘。

「別這樣，雷，路總有盡頭的。」事實上，我從很久以前就知道，我不是一個有膽量的人。但我有愉悅的心。一到達綠茵地的水潭邊，我就馬上趴下來喝水，並在四周的寧靜中自得其樂，但賈菲和莫利卻在一旁憂心忡忡地交談，擔心不能如原定計畫走完剩下的路。

「唉，你們幹嘛擔心那麼多。這樣漂亮的晚上，何必要把自己逼得那麼緊。喝點水，躺下來休息個五分鐘十分鐘吧，每樣事情都會照顧好自己的。」這時我又是個哲學家了。沒想到賈菲竟然同意了我的話，悠然地坐下來休息。這一回合的休息，時間長得足以讓我的骨頭恢復自信，讓我相信自己一定能撐得到湖邊。最後一段山徑的景色十分優美。月光從厚密的樹葉之間灑下，在賈菲和莫利的背上形成斑駁的光影（他們走在我前頭）。我們用帶著韻律的步伐在不斷盤旋向下的山徑上彎來拐去，一面走一面喊口令：「嘿咻，嘿咻。」那條奔湧咆哮的山澗在月色下很漂亮，閃著粼粼波光，翻捲著雪一樣白的泡沫，加上瀝青一樣漆黑的幢幢樹木，眞是好一個光影交錯的小精靈天堂。空氣愈來愈溫暖而怡人，事實上，我甚至開始覺得自己聞得到人味了。從下方傳來的湖水味、花香味和輕塵味，讓人精神爲之一振（在高山上你唯一能聞到的就只有冰雪和岩石的味道）。在中途，我一度覺得前所未有的累，甚至比在巨石河谷的時候還要累，不過，現在既然湖畔旅館的燈光已經在望，那麼再累都無關要緊了。莫利和賈菲一面走路一面聊天，我則默默跟在後面。我們走啊走，走啊走，然後，就像從一場無止境的惡夢中突然醒過來一樣，我們看到了一些房屋和一些停在樹下的汽車，其中一輛就是莫利的。

一走到車子旁邊，我們就把背包卸到地上。「光從從這空氣的味道我就敢說，昨晚根本沒多冷，」莫利挨在車身上說，「我跑回來放光曲軸箱油之舉，看來是白忙了。」

「也難說，有結過霜也說不定。」當莫利到雜貨店去買曲軸箱油的時候，店員告訴他，昨晚不但沒有結霜，還是今年來最溫暖的其中一夜。

「看，你是杞人憂天。」我說。但這已經是過去式了，沒有人再有興趣談這個話題。我們全都餓慌了。「趕快開到布里奇波特找個地方祭祭五臟廟吧。」在湖畔旅館還了毯子以後，我們就直奔布里奇波特，把車停在公路旁的一家餐館門前。我萬萬沒有想到，天不怕地不怕的賈菲，竟會在這裡露出他的罩門。這個膽敢一個人在高山上晃蕩幾星期和奔跑下山的硬漢，竟然在餐廳的門前面露害怕猶豫之色：他嫌裡面的人都太衣履光鮮了。我和莫利都笑了

SECTION 十二

起來：「這有什麼差呢？我們不過是進去吃東西罷了。」但賈菲還是嫌我挑的這家餐廳太布爾喬亞，堅持要到公路對面另一家看起來勞工階級一點的餐廳去。我們順著他的意，改到另一家餐廳。沒想到那裡的侍者非常懶散，我們坐下了整整五分鐘，都沒有人把菜單送來。我被惹毛了，便說：「還是到先前那家餐廳吧。你有什麼好怕的，賈菲？這有什麼分別？說到爬山，可能沒有人比你懂得多，但說到吃，卻沒有人比我在行。」這件事情讓我們起了一點芥蒂，我也爲此感到心情不佳。不過他最後還是讓步了，我們便回到先前的餐廳去。那餐廳比另一家好，在其中一邊有一個酒吧間，很多獵人正在黯淡的燈光中喝酒。至於餐廳本身，則有一張長櫃台和很多桌子，一些快樂的家庭正享用著相當講究的菜餚。這餐廳的菜單豐盛之極：包括山澗鱒魚在內應有盡有。點過菜以後，賈菲問我：「你肯定你付得起？」我發現，原來他還是個害怕一頓飯吃超過十美分的人。我到酒吧間去買了一杯波特酒，然後回到高腳凳上坐下，又取笑了他好一會兒。他這時已經沒那麼神經緊張了。「賈菲，這就是你的毛病：一個害怕社會的頑固無政府主義者。在什麼樣的餐廳吃飯有什麼分別呢？比較是可憎的。」

「史密斯，我只是覺得，這裡面坐滿的，都是腦滿腸肥的有錢傢伙，而且價錢也太高了。」

我承認，我對美國的所有財富都感到害怕。我只是個托缽僧罷了，無法接受這麼高的生活水準。媽的，我這生都是個窮光蛋，所以對某些事情還不習慣。」

「嗯，你的弱點是值得敬佩的，別擔心，我來買單。」我們吃了一頓美妙絕倫的晚餐，內容包括馬鈴薯烤豬排、沙拉、熱騰騰的泡芙奶油麵包和藍莓派。由於眞的是餓慌了，我們吃飯的時候並沒有嬉鬧，只是老老實實埋首地吃。飯後，我到酒鋪買了一瓶麝香葡萄酒（muscatel）。老店東和他的胖子朋友看到我們邋遢狼狽的模樣和一身曬紅的皮膚，好奇問道：「你們幾個小伙子剛才去過哪兒啦？」

「爬馬特洪峰。」我驕傲地說。他們沒說什麼，只是目瞪口呆地看著我們。我頗爲得意，於是又買了一根雪茄，點了起來，說：「我們剛從一萬兩千英尺高（三六五七．六公尺）的地方下來，狠狠吃了一頓，現在需要一點葡萄酒來助助興。」兩個老頭兒仍然目瞪口呆。我們幾個都曬得又黑又髒樣貌狼狽。他們什麼都沒說。他們一定以爲我們是瘋子。

開車回舊金山的一路上，我們都在喝酒、談笑和講一些長長的故事。莫利的駕駛技術很棒，當車子靜悄悄地開過柏克萊的街道時，我和賈菲在後座睡得像兩頭死豬。在某個地點，我像個玩累而睡著了的孩子一樣，朦朦朧朧聽到有人告訴我，我已經回到家了。於是我蹣跚跨出車外，跌跌撞撞走過草地，進入屋裡，掀開毯子，鑽了進去，一覺睡到第二天下午，是一個完全無夢的美好睡眠。醒來的時候，我發現腳上曲張的靜脈都消退了。我感到滿心愉快。

十三

一回想起昨晚賈菲站在高級餐廳門前猶猶豫豫的樣子，我就忍俊不禁。那是我第一次看到他害怕些什麼。我本來打算，如果他今晚會過來的話，再取笑他一番。不過那個晚上卻發生了別的事。首先，艾瓦外出了，要幾個小時才會回來。我一個人在看書，卻突然聽到有腳踏車騎入院子的聲音，我探頭一看，原來是普琳絲來了。

「大夥都到哪去了？」她問。

「妳可以在這裡待多久？」

「我得馬上回去，除非先打電話給媽媽。」

「那妳就打吧。」

「好吧。」

我們一起到街角的加油站去打電話。她在電話裡告訴媽媽兩小時後再回家。從人行道往回走的時候，我一手攬住她的腰，用手指在她的肚子上逗癢，而她說：「噢噢噢，我受不了了！」我們兩個幾乎摔倒在人行道上。就在這時，一個老婦人迎面而來，對我們怒目而視。等她走過以後，我們在黃昏的樹下狂熱地擁吻了一陣，就匆匆趕回屋子裡去。有一個小時之久，普琳絲名副其實是在我的懷裡旋轉。艾瓦回來的時候，我們正在進行最後一次向菩薩獻祭之禮。事後我們又再一次一起洗澡。能夠坐在熱水裡，一面聊天，一面互相擦背，眞是享受。可憐的普琳絲是個很老實的女孩，老實得讓我心生憐惜之心。我忠告她說：「可不要野得和十五個小伙子在山頂上搞狂歡祭典吶。」

賈菲在她離開後來到，接著庫格林也來了，於是，突然一場瘋狂派對又告開始了。把家裡剩下的葡萄酒都喝光以後，我和庫格林就出外買酒去。我們都有一點醉意了。我們拿著新買來的酒，拿著從一個花園摘來的大朵得匪夷所思的花，手挽著手，一面走一面大聲念誦俳句，路上碰到誰都大聲打個招呼，而他們則回報以微笑。「步行五英里，帶著巨大鮮花。」庫格林喊著。我現在已經喜歡上庫格林了，雖然他有著學究般的外表和大冬瓜般的身材，卻是個有血有肉的人。途經一個我們認識的英語系教授的房子時，庫格林在草坪上把鞋子脫掉，瘋瘋癲癲地跳著舞，一路跳到教授的家裡去。雖然當時庫格林已經是個相當有名的詩人，但他這個舉動，還是嚇了那教授一跳，不，是一大跳。當我們赤著腳，帶著花和酒回到艾瓦的小屋時，大約是十點。我今天才剛收到一筆匯款，是為數三百美元的獎學金，於是我對賈菲說：「我現在已經學會了一切，也準備好了。你明天可以載我到奧克蘭去買個背包和其他的登山裝備嗎？我想去沙漠看看。」

「好，我明天一早就借莫利的車子載你去，不過，現在我們先來喝點葡萄酒如何？」我們重新坐下，一面喝酒，一面暢談天南地北。賈菲首先談了些他一九四八年在紐約港當商船水手時的往事。他告訴我們，那時他常常在腰上掛把匕首到處去（聽得我和艾瓦都嚇一跳），而且跟一個住在加州的小姐熱戀：「雖然相隔三千英里遠，但一想到她，我就會勃起，老天！」

之後庫格林說：「把大梅禪師[55]的故事說給他們聽聽，老賈。」

「有人問大梅禪師佛教的精義何在，他回答說是風中的落花，是搖曳的楊柳，是竹針，

55 譯註：指大梅法常，唐代的禪僧。

是亞麻線。換言之就是忘形狂喜，心的忘形狂喜。世界的一切，不外就是心。但心又是什麼呢？不外就是世界。所以馬祖禪師[56]才會既說：『心就是佛。』又說：『無心是佛。』你們知道，談到他的弟子大梅禪師時，他是怎麼說的嗎？他說：『梅子已經熟了。』」

「故事是很有趣，」艾瓦說，「但去年下的雪而今何在？[57]」

「我有那麼點兒贊成你的看法，我覺得，很多禪師都有把世界當成一個夢的傾向，他們看花，抱的是夢裡看花的態度。問題是這個世界卻是該死的眞眞實實的。很多人都是這樣，他們都把自己當成身在夢中一樣，渾渾噩噩過日子，只有痛苦或愛或危險可以讓他們重新感到這個世界的眞實。雷，你認爲我說的對不對？說說看，你怕到縮在馬特洪峰那塊岩凸時，對世界有什麼感覺？」

「當時我覺得一切都是眞實的，好嗎。」

「這就是爲什麼拓荒者一直是我心目中的英雄，因爲他們總是警覺到，在任何眞實的事物中，都既有眞的一面，也有假的一面，所以眞與假是沒有分別的，正如《金剛經》上所說的：『不要有眞的概念，也不要有假的概念。』[58]（或之類的）手銬有朝一日會融化，警棍也有朝一日會折斷，所以我們根本不必執著些什麼。」

「美國總統有朝一日會得鬥雞眼和被水沖走！」我喊道。

「鯤魚也會化成灰！」庫格林喊道。

「金門大橋會在紅得像落日的鐵鏽中搖搖欲墜。」艾瓦說。

「鯤魚也會化成灰！」庫格林堅持說。

「再給我來一口吧。哇，爽，嗚呃！」賈菲跳了起來，「我最近在讀惠特曼[59]的詩，知道他說過什麼嗎？他說：『奴隸們振作起來吧，好震懾外國的暴君。』想想看，如果整個世界到處都是揹著背包的流浪漢，都是拒絕爲消費而活的『達摩流浪者』的話，那會是什麼樣的光景？現代人爲了買得起像冰箱、電視、汽車（最少是新款汽車）和其他他們並不眞正需要的垃圾而做牛做馬，讓自己被監禁在一個工作—生產—消費—工作—生產—消費的系統裡，眞是可憐復可嘆。你們知道嗎，我有一個美麗的願景，我期待著一場偉大的背包革命的誕生。屆時，將有數以千計甚至數以百萬計的美國青年，揹著背包，在全國各地流浪，他們會爬到高山上去禱告，會逗小孩子開心，會取悅老人家，會讓年輕女孩爽快，會讓老女孩更爽快；

56 譯註：指馬祖道一。

57 譯註：Osont les neiges d'antan，十六世紀法國詩人維庸（Francois Villon）〈昔日女士〉詩末句。

58 編按：《金剛經》提到，「所有相皆是虛妄。」

59 譯註：惠特曼：十九世紀美國著名詩人，著有《草葉集》等。

他們全都是禪瘋子，會寫一些突然想到、莫名其妙的詩，會把永恆自由的意象帶給所有的人和所有的生靈，就像你們兩個一樣，雷、艾瓦。這也是我會那麼喜歡你們的原因。沒有認識你們之前，我以爲東岸早就死了。」

「我們倒是原以爲西岸已經死了呢！」

「你們眞的是把一股清風帶到了這裡來。你們知道嗎，內華達山脈那些形成於侏羅紀的花崗岩山岩，和最後一次冰河期結束後長到現在的參天針葉樹，還有我們最近見過那些高山湖泊，都是這個世界最偉大的表述，想想看，美國有那麼雄偉的地貌，如果我們能進一步把它的活力和生氣導向佛法，它將會變得何等的偉大和有智慧！」

「拜託，」艾瓦說，「別又扯佛法的老套了。」

「嗐！我們需要的是一間流動禪堂。這樣，當一個老菩薩從一個地方流浪到另一個地方時，就不怕沒有地方可睡，而且可以在一群朋友中間煮玉米糊。」

「小伙子們莫不歡天喜地，又好好休息了一會兒；傑克在煮玉米糊，作爲對『門』的禮敬。」我念道。

「這是什麼玩意兒？」

「我寫的一首詩。我念一段給你們聽聽：『小伙子們坐在樹林裡，聆聽「大師兄」解說鑰匙的妙用。小老弟們，他說，佛法是門。鑰匙可以有很多把，但門卻只有一道。所以你們務必要聽仔細。我會盡力把很久以前我從淨土堂所聽到的訊息，向你們轉述。但因爲你們都是滿嘴酒氣的小伙子，難於了解這深奧的訊息，所以我會把它簡化，讓它單純得就像一瓶葡萄酒，單純得就像星空下的一團營火。而如果你們聽過佛陀的佛法以後，心生思慕，那就帶著這個眞理，到亞歷桑納的尤馬或任何你們喜歡的地方，找一棵孤獨的樹坐下，閉目沉思。你們不必爲這個謝我，因爲轉動法輪，乃是我存在的理由。我要告訴你們的訊息，就是：心是生造者，不爲任何理由而創造一切，讓一切由生而滅。』」

「哎呀，這首詩太悲觀了，而且黏得像夢，」艾瓦說，「不過韻律卻清純得像梅爾維爾[60]。」

「嗯，我們要弄一間流動禪堂，好讓那些滿口酒氣的小伙子有地方可以去和休息。在那裡，他們將可以像雷一樣學會喝茶，也會學到冥想，這是艾瓦你應該學的。我會是禪堂的住持，養著一大罐子蟋蟀。」

「蟋蟀？」

「對，就是那樣。我們要建立起一系列的佛寺，讓人們來修道和打坐。我們可以在內華達

60 譯註：梅爾維爾：十九世紀美國小說家，著有《白鯨記》等。

山脈或喀斯喀特山脈的北部蓋一群小木屋，甚至像雷主張的那樣，到墨西哥去蓋。然後我們找一大票志同道合的人住進去，一起喝酒、聊天和禱告，我們甚至還可以娶妻生子，一家人住一間茅屋，就像舊日的清教徒一樣。誰說美國人就只能聽任條子和共和黨與民主黨擺布？」

「你那罐蟋蟀是幹嘛用的？」

「對，一大罐的蟋蟀——庫格林，再給我來一杯吧——全都是我自己孵化的，每隻大約十分之一英寸長，有一對白色的巨大觸角。等這些『有情』在罐子裡長大以後，就會唱出最悅耳動聽的歌聲。我希望過的生活，是在河裡游游泳，喝喝羊奶，在河谷到處漫遊，跟老農夫和他們的小孩聊天。你聽過我最新寫的一首詩〈金書〉（Goldbook）嗎，艾瓦？」

「沒有，念來聽聽。」

「孩子們的母親，姊姊，病老頭的女兒，衣衫撕破的處女，如飢似渴，不穿褲子，我也餓了。朋友們，就當這是首詩吧。」

「不賴，不賴。」

「我希望過的生活，是在炎熱的下午，穿著巴基斯坦皮涼鞋和細麻的薄袍子，頂著滿是髮碴的光頭，和一群和尚弟兄，騎著腳踏車，到處鬼叫。我希望可以住在有飛檐的金黃色寺廟裡，喝啤酒，說再見，然後到橫濱這個停滿輪船、嗡嗡響的亞洲港口，做做夢，打打工。

我要去去去，去日本，回回回，回美國，咬緊牙根，閉門不出，只讀白隱（Hakuyu）[61]的書，好讓自己明白……明白我的身體以及一切都累了、病了，正在枯萎。」

「誰是白隱？」

「他名字的字面意義是『白色的隱晦』，表示他隱居在日本北白水後方的山巒裡。我到日本以後準備要到那裡爬爬山。老天，那裡想必有很多很陡的松樹峽谷、竹林河谷和小懸崖。」

「我要跟你一塊去！」我說。

「我要讀一讀白隱。白隱住在一個山洞裡，與鹿隻同眠，吃栗子果腹。有一次，有一個人到白隱所住的山洞，向他請教生活之道。白隱告訴對方，應該停止打坐和——就像雷所主張的——停止思考禪宗的公案，而應該去學習怎樣睡覺和怎樣起床。比方說，睡覺的時候應該兩腿貼著，作深呼吸，並把意念集中在肚臍下方一英寸半的一個點，直到感覺那裡形成像球形的一股力量，就把意念轉到腳跟，再從那裡，慢慢向上，往身體的其他部位移動，一面做一面緩緩呼吸。每到達一個部位就對自己說：這裡就是阿彌陀淨土，就是心的中心。早上

61 譯註：白隱是十八世紀日本僧人、藝術家與著作家。

醒來的時候，在微微伸展一下四肢以後，也應該把上述的步驟重複一遍。」

「很有意思，」艾瓦說，「似乎眞的是饒有深意。他還有什麼別的忠告沒有？」

「他說，在其餘的時間，不要浪費時間去觀空，只要讓自己吃得好（但不要太多）、睡得好就好。老白隱告訴對方，他當時已經三百多歲。照這樣說，他現在已經五百歲好幾。我想，如果眞有這一號人物的話，他一定還活著！」

「否則牧羊人就會踢他狗狗的屁股！」庫格林打岔說。

「我敢打賭，我一定可以在日本找到那山洞。」

「你無法生活在這個世界，卻又無處可去。」庫格林笑著說。

「那是什麼意思？」

「意思是，我所坐的椅子是一頭獅子的寶座，而那獅子正在走著、咆哮著。」

「他在說些什麼鬼？」

「他說，羅睺羅[62]，羅睺羅！輝煌的臉！被嚼碎而又再脹起來的宇宙！」

「鬼扯！」我喊道。

「我打算過幾星期後去一趟馬林縣（Marin County），」賈菲說，「繞著塔馬爾帕斯山（Mount Tamalpais）走一百圈，用誦經聲去淨化那裡的山精水靈。艾瓦，你怎樣看？」

「我覺得那只是可愛的妄想，不過我有幾分喜歡。」

「艾瓦，你的問題出在你不坐禪，你知道嗎，坐禪對你是最好不過的，尤其是在寒冷的晚上。另外，我也建議你討個老婆，生幾個半混血的小嬰兒，搬到離城市不遠的一間小茅屋去住，每隔一陣子就到酒吧樂一樂，並在山間到處溜躂和寫詩，學習怎樣鋸木板和跟老人家聊天，參加插花課程和在門邊種上菊花。看在老天的份上，討個老婆吧，找個善良聰明的，不在乎每天晚上上床和在廚房裡做牛做馬的。」

「哦，」艾瓦笑著說，「還有別的建議嗎？」

「還有就是觀看在田間飛翔的家燕和夜鷹。你知道嗎，雷，我昨天又譯了一首寒山子的詩。你聽聽看：『寒山有一棟房子，屋中無柱也無牆。左右六扇門全敞開，客廳可以看到藍天。房間全都虛虛空空，東牆歪在西牆上。屋內空無一物，不用擔心有人會上門借東西。冷了我就生小火取暖，餓了就煮青菜果腹。我可不想學富農的樣子，擁有衆多的穀倉和草場。他們不過是在爲自己蓋個監獄罷了，一住進去，就休想出來。好好想想吧，這事說不定也會

62 譯註：釋迦牟尼出離前所生的兒子。

發生在你身上。』[63]」

念完詩，賈菲拿起吉他，唱了幾首歌。最後，我拿走了吉他，用老方式撥動弦線，事實上是像敲鼓一樣用指尖猛擊，砰砰砰，邊彈邊唱了一首我即興創作的「午夜幽靈」之歌。「這是首有關午夜幽靈列車之歌，但你知道它讓我想起什麼嗎？它讓我想起了熱，非常的熱，竹子長到四十英尺（約十二公尺）那麼高，在微風中擺來擺去。一群和尚正在某處把笛子吹得鬧嚷嚷，繼而又和著印第安人的鼓聲和反覆往復的搖鈴聲誦經，聽起來就像一頭巨大的史前叢林狼在念咒……你們這些瘋傢伙身上藏著的東西，可以追溯到男人與熊結婚、與水牛聊天的時代。再給我一杯吧。小伙子們，記得要把你們的破襪子補好，把你們的靴頭擦亮。」

但庫格林意猶未足，接著我說下去：「把你的鉛筆削尖，把你的領帶拉直，把你的皮鞋擦亮，把你的褲襠扣好，把你的牙刷好，把你的地板掃好，把你的藍莓派吃掉，把你們的眼睛張開……」

「吃藍莓派是個好主意。」艾瓦以手指撫摸嘴脣，嚴肅地說。

「與此同時，你們可不要忘了，雖然我卯足了勁兒，但杜鵑樹卻還只是處於半開悟的狀態，螞蟻和蜜蜂仍然是共產黨，而有軌電車很是無聊。」

「而 F 車廂裡的日本小男孩唱著 Inky Dinky Parly Voo[64]。」我大叫。

「而山脈則完全處於無明的狀態。但我不會放棄努力的。脫下你們的鞋子，放到口袋裡去吧。現在我已回答了你們所有的問題了——眞遺憾，我們談了個錯話題。再給我酒吧。mauvais sujet![65]。」

「可別不小心踩到了兔崽子！」我在醉中喊道。

「踩到兔崽子倒是無妨，踩到土豚可不妙了，」庫格林說，「可不要一輩子當個哈藥者，一輩子迷迷糊糊，只管哈藥。你們了解我的意思嗎？我的獅子吃飽了，我就睡在牠身邊。」

「老天，」艾瓦說，「但願我可以把你們說的一切記下來。」讓我驚異的是，在我那昏昏欲睡的大腦中，竟然傳出一陣「哈哈哈」的疾笑聲。我們全都醉得頭暈眼花了。那是一個瘋癲的晚上。到最後，我和庫格林還打起摔角來，在牆上戳穿了好幾個洞，只差沒有把整間房子給拆了：艾瓦第二天為這件事情暴跳如雷。摔角的時候，我差點沒把可憐的庫格林的腿

---

63 譯註：原詩爲：「寒山有一宅，宅中無欄隔。六門左右通，堂中見天碧。房屋虛索索，東壁打西壁。其中無一物，免被人來借。寒到燒軟火，飢來煮菜喫。不學田舍翁，廣置牛莊宅。盡做地獄業，一入何曾極。好好善思量，思量知軌則。」

64 編按：一首一九二四年的美國老歌，描寫第一次世界大戰時美國大兵的生活，旋律歡快。

65 編按：意爲令人不快的事情。

給摔斷，而我自己則被一根小木刺刺入了皮膚足足一英寸深，要幾乎整整一年後，小木刺才跑出來。我們喝酒喧鬧的這中間，莫利曾經像個幽靈一樣，無聲無息突然出現在門邊，手上提著兩夸脫[66]的優酪乳，問我們有誰想要一些。賈菲在凌晨兩點左右離開，臨走時說他明天一早會來接我去大肆採購登山裝備。我們這群禪瘋子的聚會沒有受到任何打擾，因爲瘋人院的車子離我們太遠了，根本不知道這裡發生了什麼事。我們雖然瘋癲，但這瘋癲裡面卻並不是沒有包含一點點智慧的。如果你曾經在晚上走過市郊住宅區的街道，就應該明白我的意思。每天到了晚上，市郊住宅區馬路兩旁房子，就會流瀉出黃色的燈光，而每戶人家的客廳裡，都莫不亮著一個藍色的小框框：人人都在看電視，而且看的很可能是同一個節目。沒有人交談，院子裡也是靜悄悄的。狗會向你吠叫，因爲你是用人腿走過而不是用車輪經過。你明白我的意思嗎？當全世界的人都以同樣方式思考的時候，禪瘋子卻用他們沾滿塵垢的嘴脣放聲大笑。對於那一百萬雙又一百萬雙盯著「大獨眼」[67]看的眼睛，我不想苛責些什麼，因爲只要他們是在盯著「大獨眼」看，那就對誰都不會有危害性。不過賈菲可不是這樣的人……我彷彿可以看到，很多很多年之後，他揹著個脹鼓鼓的背包走過市郊住宅區的樣子，我看到他正在苦苦思索著些什麼，而他的思想，是那裡唯一未被電視所同化的思想。至於我自己，也有我苦苦思索的問題，這個問題，被我寫入了我那首「大師兄」詩的最後一段：「蒙大拿瘦子比手畫腳，問正坐在獅穴裡的大師兄：『是誰開了這個殘忍的玩笑，讓人們不得不像老鼠一樣在曠野裡疲於奔命？難道上帝已經瘋了不成？難道祂就像個印第安無賴一樣，是個反反覆覆的給予者？祂給了你一片菜園，卻又讓土變硬變乾，然後引來大洪水，讓你一切的血汗白流。求求你告訴我答案，大師兄，不要含糊其詞：到底這個惡作劇是誰所主使，而這場永恆戲劇又何以會如此刻薄小氣。到底，這一切的荒謬情節，其意義何在？』」我想，答案說不定可以在「達摩流浪者」的身上找到。

66 編按：美制中一夸脫約爲〇．九五公升。

67 譯註：指電視。

十四

不過，我卻有一個小小的計畫，而那是跟上述的「瘋癲」部分無關的。我計畫要爲自己配備好所有登山所必需的裝備，包括睡的、吃的、喝的（一言以蔽之就是把一個廚房和一個臥室揹在背上），然後前往某個地方，尋找完全的孤獨，尋求心靈上的空，讓自己成爲一個超然於一切觀念之外的人。我也打算把祈禱——爲所有生靈祈禱——作爲我的唯一活動，因爲在我看來，那是世上所存唯一的高貴活動。我要到的地方，也許是某處枯乾的河床，也許是曠野，也許是高山上，也許是墨西哥或阿迪朗達克山（Adirondack）的一間小屋。我要在那裡保持安靜與一顆慈悲的心，什麼都不做，只修習中國人所說的「無爲」。我既不想接受賈菲有關社會的看法，也不想附和艾瓦所認爲的，因爲人終有死，所以應該趕快盡量享受人生。

當第二天賈菲來接我的時候，我滿腦子都是上述的想法。他開著莫利的車，把我和艾瓦載到了奧克蘭。我們打算先到一些「善心人」和「救世軍」的商店去，買好幾件法蘭絨的襯衫和內衣。我們下車走過馬路的時候，賈菲因爲看見晴朗明媚的朝陽，有感而發地說：「你們知道嗎，地球是個清新的星球，所以我們又有什麼好憂慮的呢？」但諷刺的是，才幾分鐘以後，我們就置身於一大堆蒙塵的大桶子之間，翻翻找找各種洗過補過的二手衣物（簡直是貧民區流浪漢衣著的大觀園）。我買了一些襪子，其中一雙是及膝的蘇格蘭長羊毛襪，很適合寒夜坐在封凍的地面上打坐之用。另外，我又用九十美分，買了一件小巧漂亮、帶拉鍊的帆布夾克。

之後，我們再到奧克蘭那間巨大的「陸海軍用品店」採購。商店的後方陳列著一個個掛在鉤子上的睡袋和各式各樣的登山裝備，包括莫利那著名的充氣床墊、水罐、手電筒、帳篷、來福槍、帆布套水壺、橡皮靴等等。此外還有很多你想都沒想過的貼心用具。在當中我和賈菲找到了不少很適合托缽僧用的小東西。他買了一副錫製的茶壺夾子，送我當禮物，由於它是錫製的，所以你用不著擔心用它來提茶壺的時候會燙手。他爲我挑選了一個很棒的鴨絨睡袋（他拉鍊拉開仔細研究了好一會兒），之後又爲我挑了一個讓我感到自豪的最新型背包。「我會把我那個舊的睡袋罩子給你，你不用另外買。」他說。然後，我又買了一副雪地護目鏡（我買它單單是因爲覺得它很炫）和一雙新的鐵路手套，用來取代我那雙舊的。要不是我琢磨放在東部家裡那雙靴子應該還可以穿（我在聖誕節就要回家一趟），那我就會買一雙賈菲穿的那種義大利登山靴。

從奧克蘭驅車回柏克萊以後，賈菲又帶我到滑雪用品店去。店員走過來的時候，賈菲用伐木工的腔調交代他說：「給咱兄弟來一全套世界末日的裝備。」店員把我帶到後頭，拿出一件帶兜帽的漂亮尼龍披風給我看。這件披風，大得可以蓋住我連同背包在內的整個人（那會讓我看起來像個駝背的大和尚），那樣，即使下雨，我也將可以獲得完全的遮蔽。除此以外，它還可以充當小帳篷或睡袋的墊布。我買了一個帶旋轉蓋子的不鏽鋼瓶子。買它的當時，我原打算用來裝蜂蜜，不過後來，它卻成了我裝葡萄酒的容器，而更後來，等我賺到的錢多一點以後，它又成了我的威士忌酒壺。我還買了一個很就手的塑膠搖酒器，靠著它，只要一點點奶粉，再加上一點溪水，你就可以爲自己搖出一杯鮮奶來。我像賈菲一樣，買了一整包的保鮮袋。現在，我已名副其實配備了世界末日時會派上用場的全套裝備，因爲如果有一顆原子彈就在今晚擊中舊金山的話，那我只要把乾糧和一切放到背包裡，就什麼都不缺，什麼都用不著煩惱，可以施施然徒步走出舊金山（如果還有路的話）。我最後的一個採購項目是炊具，我買了兩個可以互疊在一起的大湯鍋、一個可以當成煎鍋用的有柄鍋蓋、一些錫杯子和一套不鏽鋼製的餐具組。賈菲又從他自己的裝備裡拿出東西送我。雖然那只是一根一般的大湯匙，但給我之前，他用一把老虎鉗把大湯匙的柄尾扳彎。「看到沒，如果你想把一隻鍋子從大營火上拿起來，用這個去勾它就行了。」我感覺自己像個脫胎換骨的新人。

十五

我穿上新買的法蘭絨襯衫、襪子、內衣和牛仔褲，把背包裝得鼓鼓脹脹的揹上，然後往舊金山走去。我是想要看看，揹著這個新背包在夜晚的舊金山走來走去會是什麼感覺。我在密遜街（Mission Street）溜躂了一會兒，一面走路一面唱歌，然後又到貧民區第三街去，享受了一個我最愛吃的剛出爐甜甜圈和一杯咖啡。那兒的流浪漢對我這一身裝扮都很好奇，議論紛紛，猜我是不是打算去尋找鈾礦。雖然我要尋找的東西，長遠來說對人類的價值要比鈾礦高出千百萬倍，但我並不打算向他們說明，只是靜靜地聽著他們的意見。

「老兄，想找鈾礦的話，你去科羅拉迪縣（Colorady country）就對了。到那裡以後，你放下背包，再在地上放一個小巧可愛的蓋革計數器[68]，那你就會變成百萬富翁了。」貧民區的每一個人都想成爲百萬富翁。「沒問題，老兄，」我說，「我會試試看的。」「育空縣(Yukon)也有不少鈾礦。」「去奇瓦瓦吧，」一個老頭說，「我用人頭擔保奇瓦瓦一定有鈾礦。」

離開貧民區後，我揹著大包包在舊金山的街頭開心地閒逛。然後，我跑到羅希的住處，想看看她和寇迪最近怎麼樣。看到羅希的時候，我吃了一驚，因爲我們不見才沒多久，她卻完全變了個樣子，瘦得只剩皮包骨，兩眼鼓凸，眼神裡充滿恐懼。「她是怎麼啦？」我問寇迪。寇迪把我拉到另一個房間，悄聲說：「她過去四十八小時都是這樣子。」

「她怎麼啦？」

「她告訴我，她寫了一份名單，上面有我們所有人的名字和我們犯過的所有罪行。她說她上班的時候本來想把名單用抽水馬桶沖走的，沒想到名單太長，把馬桶給塞住了，公司只好找人來通。通馬桶的人穿著警察制服。他把名單帶回警察局去了。她說警察很快就會來把我們所有人逮捕。她瘋了，就這麼回事。」寇迪是我的死黨，好些年前曾讓我借住在他家的

68 譯註：可以偵測放射線的儀器。

閣樓裡。「你有看到她手臂上的傷痕嗎？」
「有。」我剛才就有注意到，她手臂上布滿刀疤。
「她拿了一把刀子想割腕，但沒有割對地方。我很擔心她。今天晚上我去工作以後，你可以幫我看住她嗎？」
「噯，老哥，這個嘛……」
「不要這樣嘛，老哥。聖經上不是說：『你們爲我兄弟中最小一個做的事，等於是爲我在做……』69」
「好吧好吧，我今晚本來想去找些樂子的。」
「樂子可不是一切，有時你也應該盡盡朋友的道義嘛。」
我本來想到「好地方」去秀秀我的新背包的，事到如今只好作罷。寇迪開車把我載到附近一家快餐店，給我錢幫羅希買了一些三明治，然後我再自行步行回她住處。羅希坐在廚房裡，兩眼圓睜地看著我。
「你還不明白發生了什麼事！」她反覆地說，「他們如今已經知道了關於你們的一切底細了。」
「誰的一切底細？」

「你們。」

「我？」

「你、艾瓦、寇迪，還有那個賈菲．賴德。你們全部人，還有我——總之包括每一個整天泡『好地方』的人。我們馬上就要被抓去坐牢了，最遲不超過明天。」她帶著極大的恐懼望著門看。

「妳爲什麼要把自己的手臂割成那樣呢？妳不是在作賤自己嗎？」

「因爲我不想活了。我告訴你，馬上就有一場政治大革命要發生了。」

「不，將要發生的是一場『背包大革命』。」我一面說一面笑，沒有意識到事情的嚴重性。事實上，我和寇迪都太無知了，未能從羅希割腕這件事情察覺到她的理智已紊亂到什麼樣的程度。「聽我說……」我嘗試要開解她，但她根本不聽我的。

「你難道還不了解有什麼事情將要發生嗎？」她瞪著一雙又大又狂亂又誠懇的眼睛看著

69 譯註：《聖經．新約》記載，耶穌比喻，當天主在天國接見升天的義人時，讚揚他們對基督所行過的許多好事。這些義人都大惑不解，因爲他們從未對基督做過任何事。但基督卻解釋說，他們爲最微不足道的人所做的好事，就等於是爲他做。

我，試圖透過瘋狂的傳心術說服我，她所說的一切全都是眞的。她站在小小公寓的廚房裡，兩手張開（這是爲了加強她的說服力），兩腿僵直，一頭紅髮亂得像個雞窩，人抖個不停，不時用雙手去攥臉。

「妳說的全都是狗屁！」我突然火了起來，大吼說。每一次，當我努力向別人說明佛法，但他們卻不當一回事的時候，我都會有這種感覺。不管是艾瓦、我媽媽、我的親人還是我的女朋友，從來沒有一個會願意聽我說的話，而總是想要我去聽他們說的。他們自以爲什麼都懂，而我卻什麼都不懂，以爲我只是個小毛頭，只是個不切實際的笨蛋，不明白這個世界有多麼眞實、多麼重要。

「警察立刻就會蜂擁而至，逮捕我們所有人。不只這樣，他們還會盤問我們好幾星期又好幾星期，甚至好幾年，直到我們抖出自己所犯過的每個罪行爲止。他們會把抓人的行動，以我們爲起點向四面八方延伸開去。他們會逮捕北灣區的每個人，逮捕格林威治村的每個人，然後是巴黎的每個人。到最後，全世界的人都會被他們抓到牢裡去。你不明白，他們逮捕我們只是個開始。」只要門外面有什麼風吹草動，她都以爲是警察已經臨門。

「你爲什麼不願好好聽聽我說的話呢？」我反覆懇求她，但我每次說這話時，她都只是把眼睛瞪得大大的，企圖以此催眠我、說服我，想讓我相信，她的心所造作出來的一切，都是眞實的。我有那麼一下子，幾乎被她的眼神說服了。「妳的這些愚蠢想法都是子虛烏有的。難道妳不明白，生命只是一場大夢嗎？何不放輕鬆，好好享受上帝？上帝就是妳[70]，知道嗎，傻瓜！」

「啊，他們準備要摧毀你，雷。我看得到這一點。他們準備要把所有的宗教狂熱分子抓起來，把他們修理正常。這只是個開始罷了。雖然他們沒有明說，但這一切全都是針對俄國佬而發的……雷啊雷，這個世界將會完全變一個樣子！」

「什麼世界？那有什麼分別呢？拜託妳冷靜一下，妳把我嚇壞了，我不想再聽妳說的任何話了！」我怒沖沖地往外走，跑到「牛仔」酒吧喝了點酒，然後和幾個樂手一起回羅希家（他們就住在同一棟大樓的地下室），繼續喝酒。「羅希，來喝點葡萄酒吧，它可以把一些智慧注入妳的大腦。」

「不，我已經戒酒了。所有你喝的酒都是劣酒，它們會把你的胃燒穿，會讓你的腦袋變得遲鈍。我敢說，你身上一定是哪裡出了毛病，只是自己不知道罷了，否則你不會那樣遲鈍。難道你不明白有什麼事情要發生嗎？」

70 譯註：佛家認爲，每一個人都有佛性，都可以成佛。

「噢，拜託。」

「這是我在這個世上的最後一晚了。」

我和幾個樂手喝酒聊天一直到深夜。羅希現在看來已經恢復正常。她躺在沙發上，喃喃自語，有時還會笑一笑。她吃了三明治，又喝了我泡給她的茶。那些樂手離開後，我攤開新睡袋，睡在地板上。寇迪回來後我就離開了。接下來發生的事情是：羅希趁寇迪睡覺的時候跑上了屋頂，把一個屋頂天窗敲破，拿碎玻璃片割腕，然後靜靜坐在屋頂上，任由手腕上的血不停地流。要直到黎明，才有一個鄰居發現這事，打電話報警。警察來了，但羅希卻以爲他們是要來抓她的，就在屋頂的牆垛上跑了起來；一個年輕的愛爾蘭警察看狀況不對，一個飛身想抱住她，但他抓到的只是羅希身上的浴袍，至於羅希本人，則從浴袍中滑脫，赤條條地掉落到六層樓下面的人行道上。曾經和我一起喝酒的那幾個樂手，聽到了重物墜地聲，打開地下室的窗戶往外看，看到了極其恐怖的畫面。他們馬上把窗簾拉起，顫抖個不停。「老兄，我們嚇壞了，那個晚上根本無法演奏。」他們後來告訴我。而羅希跳樓的當時，寇迪還在酣睡……第二天，當我聽說了這件事情，看到報紙的照片上畫在羅希墜落地點的 X 記號時，一個掠過腦袋的想法就是：「如果她當時願意聽我說的話，恐怕就不會……但我的表達方式是不是太笨拙了呢？難道我認爲人應該怎麼生活的那些想法，是愚蠢和幼稚的嗎？而這件事情的發生，又是不是意味著我應該立刻起而行去追隨我認爲是對的生活方式呢？」

那就是了。隔週，我就打包收拾，決定離開舊金山這個充滿無明的現代城市，踏上旅途。我跟賈菲和其他朋友道別後，就爬上一列通往洛杉磯的貨運火車。可憐的羅希，她曾經絕對肯定世界是眞的，而且爲她所認爲是眞的事情恐懼不已，但如今又有什麼是眞的呢？「至少，」我這樣想，「她現在人在天堂上了，而她會知道這一點的。」

十六

而我也對自己這樣說：「我現在要踏上通往天堂的道路了。」突然間，我清楚地意識到，在有生之年，將有很多教化別人的工作等著我去做。正如上面提及的，我在離開舊金山之前，曾經找過賈菲。我們在「南園」吃過一頓晚餐後，就走入唐人街的公園，憂鬱地隨意溜韃，後來又坐在草地上。突然間，出現了一群黑人傳道者，來向公園裡散漫的遊人傳道。但那些帶小孩來公園草地蹦蹦跳的中國家庭，根本興趣缺缺，而流浪漢對傳道者的興趣，又只比中國人多一丁點兒。一個長得很像雷尼（Ma Rainey）[71]的胖女人，叉著雙腿，嗓子扯到最大，站在那裡用轟炸般聲音講道，講一下子道就哼一下子藍調的音樂。精彩，眞是個了不起的傳道者。而這樣了不起的傳道者之所以不在教堂裡講道而跑到公園來講道，則只有一個原因：她三不五時就會轉過臉，「嗯——噗」一聲狠狠吐一口痰。「我要告訴你們的是，只要你們能認清你們有一片新土地，那上帝就會照顧好你們！」說完又是一口像飛鏢一樣的痰。「看到沒，」我對賈菲說，「她可無法在教堂裡幹這樣的事。不過我從來沒看過比她更棒的傳道者。」

「你說得對，」賈菲說，「但我不喜歡她滿嘴都是耶穌。」

「耶穌有什麼不好呢？耶穌不是也常常談及天國嗎？而天國不就是佛家所說的涅槃嗎？」

「根據你的詮釋是這樣，史密斯。」

「爲什麼要區分什麼佛教和基督教、東方與西方呢？這種區分有什麼鬼意義呢？我們現在置身的不就是天國嗎？」

「是誰說的？」

71 譯註：著名黑人藍調女歌唱家，被稱爲「藍調之母」。

「我們現在所身在的，不就是涅槃之中嗎？」

「我們同時身在涅槃和輪迴之中。」

「文字啊文字，一個字算什麼？涅槃換個名稱還是涅槃。再說，你不是聽到那個大胖黑妞對我們說，我們有一片新土地——一片新的佛土嗎？」我這話聽得賈菲很愉快，兩眼閃閃有光。「有一整片佛土向四面八方展開著，等著我們每一個人投身進去，而羅希卻是一朵我們任由其凋萎的花朵。」

「沒有比你說的這個更對的了，雷。」

這時，大胖黑妞注意到了我們（特別是我）對她的注意，走了過來。事實上，她還把我喊作親愛的：「我從你的眼睛可以瞧得出來，你聽得懂我說的話，親愛的。我想要你知道，我希望你能夠上天堂和得到快樂。我希望你能聽得懂我的每一句話。」

「我聽得懂。」

在公園的對街，有一間佛寺正在興建中，那是唐人街一個商會的年輕人自己動手興建的。前陣子有一晚，我喝醉經過那裡的時候，曾經幫忙用獨輪車推沙子。在這裡幫忙的，都是一些充滿理想主義的年輕人，他們雖然有個舒適的家，卻樂於穿條牛仔褲，出汗出力幫忙蓋佛寺，就像劉易斯（Sinclair Lewis）[72]筆下的人物一樣。這樣的人，在中西部的小鎮並不罕見，但在高度世故的舊金山，卻是鳳毛麟角了。賈菲對舊金山唐人街的佛教並不熱中，因爲這裡信奉的是傳統佛教，而不是他喜愛的那種知性的、充滿藝術氣息的禪佛教。但我卻想試著讓他理解，一切都是沒有分別的。在餐館裡用筷子吃東西的時候，我們還是歡天喜地的，但現在卻因爲分別在即，不知道什麼時候才能再見而滿懷愁緒。

在那大胖黑妞的後面，有另一位男傳道者在講道，他閉起眼睛，反覆搖擺身體，三不五時就說一句：「沒錯！」她對我們說：「祝福你們兩個願意聆聽我說話的小伙子。要記住，萬事都會互相效力，叫愛上帝和按祂的旨意被召的人得益處。這是《新約．羅馬書》八章十八節說過的話[73]。有一片新土地在等著你們吶，千萬不要怠忽自己的每一個責任，懂了嗎？」

「懂了，女士。」之後，我就和賈菲揮手作別。

我又在寇迪家裡盤桓了幾天才離開。羅希的死讓他陷入極大的憂傷。他告訴我，他日夜都在加緊爲羅希禱告，因爲他相信，羅希是自殺死的，所以靈魂還在陰陽界之間徘徊，不知

72 譯註：美國作家，一九三〇年諾貝爾文學獎得主，也是美國以至美洲第一個獲此獎項的人。

73 譯註：事實上是八章二十八節。

道最後命運是會被投入煉獄還是地獄[74]。「我們必須盡力幫她一把，讓她可以升到煉獄裡去，老哥。」有鑑於此，每晚睡覺前（我用新買的睡袋睡在寇迪家的草坪上），我都會爲羅希做個禱告。白天的時候，我則會把寇迪幾個小孩作的小詩記在筆記本裡：「呦吼，呦吼，我來找你；吧呼，吧呼，你說愛我，咯咕，咯咕，天是藍的；我比你高，吧嗚，吧嗚。」這期間，寇迪一再勸我：「老酒可不要喝太兇了。」

最後，我出發的日子終於到了。那是星期一的下午，我跑到聖荷西的調車場，想坐四點半的一班「大拉鍊」，沒想到今天正好是它的例行停駛日，所以只好改爲等七點三十分的一班。天暗下來以後，我就在鐵路邊的濃密野草叢裡撿了一些枝條，生了個印第安式的小火，熱了一罐通心麵果腹。後來，當火車開入調車場的時候，一個友善的轉轍員勸我最好不要上車，因爲有個鐵路警察會守在轍岔的地方，用大手電筒照看有沒有人偷溜上火車，有的話他就會打電話通知沃森維爾（Watsonville）那邊的人，把偷溜上車的傢伙攆下車。「會把關把得這麼嚴，是因爲現在是冬天，有些攀火車的傢伙因爲怕冷，就撬開火車廂的鎖，跑到裡面去坐。他們還會打破車窗玻璃並且在車廂裡留下滿地酒瓶，把車廂弄得髒亂不堪。」

聽了這話，我揹著沉重的背包，躡手躡腳繞過了轍岔，走到調車場的東端，在「大拉鍊」開出的時候爬了上去。我打開睡袋，脫了鞋子，把它用外套捲起來，當成枕頭，躺了下來，睡了一個美美的覺。火車到達沃森維爾以後，我先下車躲在野草叢裡，等火車重新開動再偷溜上車。多麼漂亮的海岸啊佛陀，多麼漂亮的月夜啊耶穌基督！火車以八十英里的時速前進，經過海，經過海，經過瑟夫，經過丹該爾（Tangair），經過加維奧塔，像飛一樣，帶著我向聖誕節、向家飛去。睡袋裡的我溫暖得像烤吐司。我睡得很沉，直到第二天大約早上七點火車慢慢駛入洛杉磯的調車場時，我才醒過來。我穿上鞋子，揹上背包，正準備要跳下車的時候，看到一個調車場的工人向我揮手喊道：「歡迎光臨洛杉磯！」

不過我得趕緊離開那裡。那裡的煙霧又濃又密，嗆得我兩眼流淚。太陽又大，空氣又混濁，就像洛杉磯一貫的地獄感。先前，我曾經從寇迪的小孩那裡感染了感冒，現在雖然好了，但仍有若干加州的細菌殘留在身上，讓我感到衰弱。我從冷藏車廂那裡接了一手掌滴出來的水，洗了把臉，把頭梳了梳，就往洛杉磯街上走去。我準備等傍晚再回來，搭七點三十分的一班「大拉鍊」，到亞歷桑納的尤馬（Yuma）去。那是一天難熬的等待天。我在南大街的一家咖啡屋裡吃了一份十七美分的咖啡餐點。

74 譯註：根據天主教的教義，犯有大罪的人死後靈魂會被投入地獄，永不超生；犯有小罪的人則會被置於煉獄，暫時受苦，待罪過煉淨，即可升天。

夜幕低垂後，我回到火車站附近隨意溜躂，看一個坐在門邊的流浪漢用饒感興趣的眼神打量我，便上前去跟他攀談。他說他以前是個海軍陸戰隊員，來自紐澤西州的派特森（Paterson）。聊了一會以後，他抽出一張小紙條給我看，說那是他在火車上有時會拿出來讀一讀的東西。那是引自《長阿含經》的文字，記錄的是佛的話語。我微微一笑，並沒有說什麼。他除了是個極爲健談和滴酒不沾的流浪漢以外，也是個理想主義者。他告訴我：「我唯一喜歡的事情就是攀火車到處去和在樹林裡生火煮罐頭吃。我覺得，這種人生，要勝過當一個有錢、有家庭或有工作的人。我對現在的生活很滿意。我過去曾經得過關節炎，在醫院裡躺了好幾年，後來還是靠我自己研究出來的方法才治好的。出院後我就開始四處流浪，一直到現在。」

「你怎樣治好你的關節炎的？我有靜脈炎的問題。」

「哦，是嗎？那我的方法應該會對你有用。那就是每天倒立三或五分鐘。我每天起床後都會這樣做，不管我是在一片枯乾的河床還是一列行進中的火車。我會在地上放一張小墊子，然後頭頂著小墊子，把身體倒過來，從一數到五百。那大約就是三分鐘，你說對不對？」看來，他很在意從一數到五百是不是就是三分鐘。我懷疑，他念書的時候是個常常擔心數學成績的人。

「對，大概是三分鐘。」

「你照這個方法每天做，那你的靜脈炎就會像我的關節炎一樣，不藥而癒。你知道嗎，我已經四十歲了。另外，你每晚睡覺之前，最好是能喝一杯加蜂蜜的熱鮮奶。我經常都會帶一小罐蜂蜜在身邊——」他從包包裡掏出一罐蜂蜜給我看。「我會把它跟鮮奶倒在一個罐子裡，放在火上加熱再喝下。就這兩件事情。」

「我會照做的。」我發誓要照他的方法去做，因爲我認定他是個佛。結果是，大約三個月以後，我的靜脈炎就很神奇地無影無蹤了，而且沒有再發作過。自此以後，每遇到一個醫生，我都會告訴他們這個方法。但他們都認爲我瘋了。陸戰隊流浪漢，不管你是誰，我永遠都不會忘記你的，因爲你讓我明白到，美國不管工業有多發達，仍然是個充滿奇異和魔法的國度。

「大拉鍊」在七點三十分開進了調車場，等待扳道工的調度。我躲在野草叢裡，半隱身在一根電線桿後面等著。一看到它開出來，我就馬上往前走去。但它的速度卻比我預期的要快，我揹著五十磅重的大背包，拚命追趕，最後終於抓到一根連接杆，一攀而上。我直接爬上車頂，以便看看整列火車的全貌，找出哪裡有可以讓我棲身的平板車。但一看之下，我的心登時涼了半截。該死，那是一列由十八節密封車廂構成的火車，根本沒有什麼平板車！理論上這時我有兩個選擇，一是趕快跳下火車，一是繼續留在車頂上，但事實上我除了跳車以外，別無選擇，因爲這火車最後會加速到八十英里那麼快，而沒有人是可以在這樣的速度下留在車頂上的。我趕緊沿著梯級往下爬，但我的皮帶扣子卻被卡住了，花了我一點時間去解，所以當我爬到最下面一級階梯，準備要跳車時，火車已加速到非常快的速度。我一手抓住背包的肩帶，然後使出吃奶之力，雙腳一蹬，身體隨即離開了火車，只感到整列火車在我身後快速掠過。落地之後，我跌跌撞撞向前衝出了幾英尺遠，還好安全著地。但此時我已被帶入了洛杉磯的工業叢林有三英里之深。那裡的廢氣煙霧濃得化不開。我別無選擇，只好夜宿在鐵軌附近的一條溝渠裡，一整晚都被轟隆隆的火車聲和扳道工的吆喝聲吵得睡睡醒醒。煙霧在午夜稍見消退，讓我的呼吸稍微好過一點，但未幾就再次轉濃。我裹著睡袋睡，覺得很熱，但不蓋睡袋卻又冷得無法忍受。總之，那是一個要命的漫漫長夜，唯一的補償是破曉時的鳥鳴聲。

唯一要做的事就是離開洛杉磯。起床後，我按照陸戰隊流浪漢所教我的，倒立了三分鐘（靠著一片鐵絲網支撐身體），它讓我的寒冷稍稍退去。然後我便徒步走到洛杉磯的巴士總站，登上一輛廉價巴士，坐到了二十五英里之外的里弗賽德（Riverside）。走向巴士總站的沿途，條子們都用疑心重重的眼神打量我的大背包。我和賈菲一起在高山營地的歌唱星空下享受過的清淨安寧，此時已蕩然無存。

十七

整整坐了二十五英里的巴士，才讓我得以逃離洛杉磯的廢氣煙霧。里弗賽德陽光普照。巴士開過通入里弗賽德的橋梁時，一條漂亮的河床在下方展開：兩旁都是白沙子，只有中間流過一條淙淙的小河。我認爲這是一個理想的夜宿地點，可以讓我好好打坐，悟出一些什麼來。不過，在炎熱的巴士總站裡，卻有一個黑人聽說我的打算後，勸我打消此意：「不，先生，我勸你別這樣做，這個鎮上的條子是這個國家裡最難纏的。如果他們看到你睡在那裡，準會把你抓起來，扔到牢裡去。我也很想今晚可以露宿，但這是違法的。」

「難道這裡是印度不成！」我痛心地說，但卻決定無論如何都要一試，因爲即使那是違法的，即使要冒坐牢的風險，那仍然是你唯一應該做的事。如果一個九世紀的中國老和尚搖著鈴四處雲遊時竟然還要躲警察，那會是什麼樣的滑稽場面呢？一想到這個，我就不禁噗嗤一聲笑了出來。我想不出來，除了露宿、攀火車和做自己想做的事情以外，還有什麼生活是值得過的，難道是在精神病院裡和其他一百個病人一起聚精會神地盯著電視看嗎？我到超市買了一些濃縮橙汁、奶油乳酪和全麥麵包，這樣，我就有了夠吃到明天的豐富食物了。沿路我碰到很多巡邏車，裡面的條子都用疑心重重的眼神打量著我。他們都是些油光滿面，坐領高薪的條子，開的是裝有昂貴通訊器材的新款汽車——這一切的花費，爲的就是以防會有托缽僧睡在樹林裡。

走到高速公路旁的樹林前面以後，我向兩旁打量了一眼，確定附近沒有巡邏車，就迅速竄了進去。因爲不想費事去找童子軍走過的路，我只得在一片灌木叢之間強行通過。我採取最直接的路線，朝前方遠遠在望那片金黃色河床的方向走去。灌木叢上方是有一條高速公路的高架橋經過，但除非開車的人停下來，下車向下張望，否則是看不見我的。就像個逃犯一樣，我在尖利的灌木之間奮力掙扎，出來的時候已是滿身大汗，之後，涉水走過一條及踝深的小溪以後，我就來到了一片有竹林圍繞的怡人空地。我爲怕會被人發現，所以一直等到黃昏才敢生起一個小火。我拿出尼龍披風和睡袋，攤開，鋪在一堆枯樹葉的上面。白楊樹的氣味充滿空氣中。除了有時會從河橋上傳來轟隆隆的大貨車聲以外，這裡是個絕佳的夜宿地點。我感到頭部很冷和靜脈竇鼓脹，於是倒立了五分鐘。我倒立的時候笑著想：「如果有人看到我這個樣子，不知會作何感想？」我雖然笑，但事實上並不覺得有趣，反而感到相當悲涼，心情就像昨晚在洛杉磯工業叢林裡度過的恐怖霧夜一樣。畢竟，一個無家可歸的人是有理由哭的，因爲世界的一切都是針對他、打壓他的。

入夜後，我拿鍋子去打了一些水，但因爲沿路要穿過很多難纏的灌木，所以等我回到營地，水已經灑出來了十之七八。我把水和濃縮橙汁放到搖酒器裡，搖出了一杯冰涼的橙汁，然後拿出奶油乳酪和全麥麵包享用，感到心滿意足。「今天晚上，我要在星空下祈求上帝，讓我可以完成我的佛工和獲得我的佛性。阿們。」想到聖誕節已經臨近，所以我又補充說：「願主保守你們每一個人，並把快樂柔美的聖誕節，降臨在你們的屋頂。也願天使們會蹲在每顆又大又亮的星星上面，看顧好這個世界。阿們。」稍後，躺在睡袋上抽菸時，我又想到：「每件事情都是可能的。我就是上帝。我就是佛。我固然是不完美的雷．史密斯，但與此同時，我也是空，也是萬物。我在時間中漫遊，從一個生命活到另一個生命，以完成一切我應該做的事情，完成一切過去、現在和未來的工作，完成一切無所謂過去、現在和未來的工作。我還有什麼好哀哭，有什麼好煩惱的呢？我的內在是無限完美的，完美得就像眞如，就像香蕉皮。」想到香蕉皮，我就想起了舊金山的一票禪瘋子朋友，不由得笑了起來。我開始想念他們了。我又爲羅希做了一個小禱告。

「如果她還活著，而又能夠來到這裡，也許我可以跟她說一些什麼話，讓事情變得不一樣。又也許我什麼都不會說，只是跟她做愛。」

我盤腿打坐了許久，一切都寧靜而柔美，只有從河橋往來經過的大貨車咆哮聲讓人覺得討厭。沒多久，星星就出來了，而我生的小火堆則把絡絡輕煙升向它們。我在十一點鑽進睡袋，一整晚都睡得很好，只有竹子拔節的聲音會讓我在睡夢中翻個身。「寧可睡在不舒服的床上當自由人，也不寧可睡在舒服的床上當不自由人。」我入夢前這樣想。每當我一個人流浪時，總會發明各式各樣的格言。我已經帶著全新的裝備展開了全新的生活，我現在是一個溫柔的唐吉訶德了。

第二天早上起來時，我感到精神煥發，第一件做的事情就是打坐，並禱告說：「我祝福你們，所有有生命的東西。我在無盡的過去祝福你們，在無盡的現在祝福你們，在無盡的未來祝福你們，阿們。」

這個禱告讓我感到愉快受用。之後，我就把東西收拾好，揹上背包，走到一條從高速公路另一頭一座山岩上流過來的滾滾山泉邊，洗臉刷牙和暢飲了幾口美味的泉水。現在，我一切都準備就緒，可以迎向一趟以北卡羅萊納州的洛磯山城（Rocky Mount）爲目的地、全程三千英里的順風車之旅了。我媽媽正等著我回去過聖誕，說不定她此時正在可愛而窄小的廚房裡洗著碗呢。

十八

當時很流行的一首歌曲是漢密爾頓（Roy Hamilton）唱的《每個人都在回家除了我》（*Everybody's Got a Home but Me*）。我一面唱它，一面搖搖擺擺地走著。一到里弗賽德另一頭的高速公路，我馬上就攔到一輛便車，開車的是一對年輕男女。他們把我載到鎮外五英里的一個空軍機場，接著又有一輛便車，把我幾乎載到了博蒙特（Beaumont）——就只差五英里。但接下來我卻攔不到車，於是我乾脆用走的，在漂亮燦爛的天空下走到博蒙特去。在博蒙特，我吃了熱狗、漢堡、一袋炸薯條，外加一大杯的草莓奶昔。在我旁邊吃食的全都是嘰嘰喳喳的高中生。然後，我走到城市的另一頭，攔到另一輛便車。駕駛是個墨西哥人，名叫賈米，自稱是下加利福利亞州（Baja California）[75]州長的兒子，但我卻不相信。他是個酒鬼，要求我買葡萄酒請他喝。他的目的地是墨西卡利（Mexicali）[76]，這固然有一點點偏離我的原定路線，但卻可以讓我更接近亞利桑那州一些，所以還是很划算。

我們到達卡萊克西科（Calexico）[77]的時候，正值採購聖誕節禮物的高峰時間，大街上的墨西哥美女多得目不暇給，一個比一個漂亮，以至當一個先前被我認爲是絕世無雙的美女再次打我前面走過的時候，我都會覺得不過爾爾了。我站在街上，一邊吃冰淇淋，一邊東張西望，一邊等賈米。他先前告訴我，他先去晃一晃，待會兒再回來接我，等把我載到墨西卡利之後，他要介紹他的一些朋友給我認識。我計畫在墨西卡利吃過一頓便宜又美味的墨西哥大餐後，再攔夜車上路。不過，一如我所料的，賈米並沒有再出現。於是，我就自行越過邊界，進入墨西卡利。我一過邊界柵欄後就馬上右轉，以避開擁擠的攤販街道。經過一個建築工地時，我對著一堆建築廢料小了個便。但等我方便完畢，卻有一個穿著制服的神經墨西哥守夜人走過來，對我說了一些我聽不懂的話（但看他表情，我知道他認爲我的小便之舉是對他的

75 編按：墨西哥最西北邊的州，和美國加州鄰接。

76 編按：墨西哥下加利福尼亞州的首府。

77 譯註：卡萊克西科是加州一城市，與墨西卡利僅隔一道柵欄。

嚴重冒犯）。當我回答說我聽不懂時（「No se」），他卻說：「No sabes police?」他顯然是表示他要叫警察。我覺得匪夷所思：我不過是在一個廢物堆上撒了一泡尿罷了，有嚴重到需要叫警察嗎？但我隨即注意到，我小便的地方，堆著一個小小的木炭堆，那顯然是他晚上坐著生火取暖的地方。於是我趕緊離開，內心滿懷著歉意。我走出一段路回頭看的時候，看到他仍然以不高興的目光盯著我。

我走到一座山坡上，看到一大片布滿惡臭和泥沼的河床，糟糕的小徑上有一些婦女和驢子走著。一個華人乞丐引起了我的注意，我們攀談了起來。當他聽說我打算到那片淤泥灘夜宿的時候（事實上我想去的是淤泥灘再過去一點的小山麓），面露驚惶之色，並用手勢比給我看（他是個啞巴），如果我眞的那樣做，肯定會遇搶和被殺。我這才猛然想起，這裡不是美國，而他說的事是眞有可能發生的。看來，不管是在邊界的哪一邊，一個無家可歸的人都只能是一隻熱鍋上的螞蟻。我要在哪裡才可以找到一片小樹林，是可以讓我安靜地打坐，甚至永遠地住下去的呢？當那個老乞丐用手勢告訴我他的身世之後（我看不懂），我跟他揮揮手並微微一笑，走開了。我走過了淤泥灘，又走過一條窄窄的木板橋（下面流過的是混濁的黃色河水），走到了墨西卡利的貧窮土磚屋區。在那裡，墨西哥生活的魅力一如以往一樣讓我心醉神迷。我喝了一碗美味的鷹嘴豆湯。一邊坐在餐館的櫃台邊吃東西，一邊打量泥濘街

SECTION 十八

道上的人們、可憐的母狗、小酒館、妓女、音樂、在狹窄的道路上嬉戲摔跤的男人。在對街有一間令人過目難忘的漂亮美容院，屋裡放著光禿禿的椅子，一名十七歲的小美女對著鏡子發呆，別著滿頭髮夾，旁邊是一尊戴假髮的舊石膏胸像。一個蓄八字鬍的大個子在後面剔牙，身上穿著一件北歐式滑雪衣，一個小孩坐在旁邊的椅子上吃香蕉。而在外面的人行道上，一群小孩圍在門前觀看，就像那裡面是一間電影放映廳。「啊，多麼美好的墨西卡利星期六下午啊！主啊，感謝祢，感謝祢讓我重拾生活的熱情，感謝祢繁茂那肥沃子宮裡不斷輪迴的生命。」我的所有眼淚都沒有白流。一切終將會開花結果。

又溜躂了一會兒，買了一根熱燙的甜甜圈棒，並從一個女孩那裡買了兩顆柳橙之後，我就在黃昏的灰塵中，沿著回頭路快快樂樂地朝邊界欄柵走去。不過，我的快樂心情卻在邊界欄柵被三名美國海關守衛破壞了。他們把我的整個背包搜了個底朝天。

「你在墨西哥買了些什麼？」

「什麼都沒買。」

但他們卻不相信，搜了個遍。我在博蒙特吃剩的一小包薯條，一包當零嘴的花生和葡萄乾，一些我買來準備路上吃的豆子豬肉罐頭，還有半條全麥麵包，統統被他們從背包裡掏了出來。看看抓不到我的把柄後，他們才悻悻然放我走。眞是好笑。他們預期我的背包裡裝了一包從錫那羅亞（Sinaloa）[78]買來的鴉片，要不就是從馬薩特蘭（Mazatlan）買來的大麻，或是從巴拿馬買來的海洛因。說不定，他們還以為我是從巴拿馬一路走路到墨西哥來的呢。

我到灰狗巴士站坐上一輛開往埃爾森特羅（EL Centro）[79]的巴士。我估計，我應該來得及趕上從埃爾森特羅開往亞歷桑納州的「大拉鍊」，這樣的話，我就可以在晚上到達尤馬，並在我嚮往已久的科羅拉多河河床睡一夜。不過，當我在埃爾森特羅火車站的調車場跟一名扳道工聊天時，才知道我這個如意算盤打不響。

「怎麼沒看到『大拉鍊』？」

「它根本不會從埃爾森特羅這裡經過。」

我傻眼了，罵自己是白癡。

「在這裡你唯一可以搭得到的只有穿過墨西哥再到尤馬去的貨運火車。不過，途經墨西哥的時候你準會被發現和踢下車，然後被送進墨西哥的拘留所。」

「我已經受夠墨西哥了。謝啦！」

於是，我只好走到鎮上那個大十字路口，向著向東開的每一輛車舉起大拇指。我等了一小時都沒有著落。但突然間，一輛大卡車停在我前面，司機走了下來，手上拿著個小行李箱。

「你要到東部去嗎？」我問。

「對，但我打算先到墨西卡利晃一晃。你對墨西哥熟嗎？」

「我在那兒住過幾年。」他把我全身上下打量了一遍。他是個中西部人，和善、肥胖而快活。他喜歡我。

「那好，如果你願意在墨西卡利當我一個晚上的導遊，我就載你到土桑（Tucson）[80]去。怎麼樣？」

「太棒了！」於是我就坐上他的大卡車，把先前坐巴士走過的一段路，倒過來再走了一遍。不過如果這樣可以讓我有到土桑的順風車可坐的話，還是超值的。我們在卡萊克西科（Calexico）把車停下的時候已經是晚上十一點，街道上變得靜悄悄的。越過邊界進入墨西卡利以後，我帶他避開那些把遊客當冤大頭的低級酒吧，帶他去了一些貨眞價實的墨西哥沙龍。在那裡，只要一披索，小姐們就會陪你跳一支舞，還有其他許許多多的樂子。那是一個歡樂的夜，他跳舞跳得很盡興，喝了近二十杯龍舌蘭酒，又跟一位小姐合照了一張照片。半夜的

78 譯註：錫那羅亞是墨西哥西北部一州，其西部與美國加州鄰接。
79 編按：美國加州南部的城鎮。
80 編按：位於美國亞利桑那州，靠近墨西哥。

時候，我們認識了一個黑人，他是某種酷兒，但為人卻逗趣到了極點。他把我們帶到一家妓院去。但當我們出來的時候，一個墨西哥條子卻過來，沒收了他身上的一把小刀。

「那是我這個月第三把被那些王八蛋搶走的小刀。」他忿忿地說。

早上，博德雷（那個司機）和我帶著惺忪睡眼和宿醉走回大卡車去。他連洗臉的時間都省掉，直接就把車開向尤馬。但他並沒有開回埃爾森特羅，而是取道九十八號高速公路，以一百英里的時速狂飆。用不了多久，我們就到了土桑。途中，路過尤馬的郊區時，我們曾經停車吃了一頓簡單的午餐，當時他向我抱怨說，一路上都沒有吃過夠好的牛排。「這些貨車休息站唯一美中不足之處是沒有夠大塊的牛排。」

「那容易，你把車停在土桑任一家高速公路旁的超市，讓我去買一些兩英寸厚的丁骨牛排，然後我們再開到沙漠的什麼地方生個火，把牛排煎來吃，那你就可以享受到生平最大一塊牛排。」他不是很相信我的話，但還是把我載去了超市，買了牛排。然後，他又把車駛入可以遠眺得到土桑燈火的沙漠裡去——這時的沙漠已籠罩在像火焰一般紅的薄暮中。我用牧豆樹（mesquite）的樹枝生了火，稍後又加入大一點的樹枝和圓木頭。我本來是想用木籤叉著牛排來烤的，但木籤被燒斷了，於是改為用我新買的鍋蓋來煎牛排。我沒有加任何的油，因為牛排本身的豐腴脂肪就足以讓它被煎得滋滋作響。煎好以後，我把牛排端給博德雷，又給了他一把折疊小刀。「嗯，哇！這是我吃過最棒的牛排！」

我還買了鮮奶。牛排加上鮮奶，一道扎實的高蛋白質大餐。「你是打哪學來這麼多有趣的事的？」他笑著說，「雖然我用的是『有趣』兩個字，不過我卻覺得有點感傷。你知道嗎，我常常開著這輛大東西，在俄亥俄和洛杉磯之間沒命地跑來跑去，而我跑一趟的錢，說不定要比你當流浪漢一輩子能賺的還要多。但你不必工作，不需要多少錢，卻可以享受人生。所以，誰比較聰明？你還是我？」他在俄亥俄州有一個溫暖的家：有太太、有女兒、有聖誕樹、有兩部汽車、有車庫、有草坪——但他卻無法享受這一切，因爲他是一個沒有自由的人。這是個讓人黯然的事實。但這並不表示我比他強。事實上，他是個大好人。我喜歡他，而他也喜歡我。「知道我有什麼打算嗎？我決定要把你一路載到俄亥俄去。」

「哇噻，太棒了，那我幾乎就要到家了！從俄亥俄再往南沒多遠就是北卡羅萊納了。」

「我先前有一點點猶豫，那是因爲我怕會被麥基爾保險公司的人給逮到，你知道，如果他們發現我搭載過別人，我的飯碗就會不保。」

「太過分了……這種事不是很常發生嗎。」

「常發生。但讓我告訴你一件事：在吃過你爲我煎的牛排以後，我就決定不鳥他們。沒有錯，買牛排的錢是我出的，但煎牛排的人卻是你，用沙子洗盤子的人也是你。如果我們眞的碰上麥基爾的保險員，那我就會告訴他們，我不幹了。因爲現在你已經是我的朋友，難不成我連載朋友一程的權利都沒有！」

「好吧，你放心，我們不會有事的，」我說，「沿途我都會爲這件事情禱告的。」

「我們可以避過他們耳目的機會很大，因爲現在是星期六，他們都在休假。只要我能把這輛大卡車操得夠狠，那我們就能在星期二清晨到達俄亥俄的春田鎮（Springfield）。」

他果然把他的大卡車操得狠極了！他從亞歷桑納的沙漠一路狂飆到新墨西哥州。途經拉斯克魯塞斯（Las Cruces）的時候（拉斯克魯塞斯就是第一顆原子彈試爆的地點），我看到了一個奇怪的異象：山脈上方的浮雲化成了一行字，寫著「這是不可能讓任何東西活下去的」（This Is the Impossibility of the Existence of Anything）。過了阿拉莫戈多（Alamogordo）之後就是阿塔斯卡德羅（Atascadero），那一個美麗的印第安山鄉，沿途都是青翠的河谷、松樹和綠茵地。接下來是奧克拉荷馬、阿肯色、密蘇里和聖路易。我們到達伊利諾的時間是星期一的晚上，然後是印第安納，然後就是白雪皚皚的俄亥俄。一間間農莊映照出來的可愛聖誕節燈影讓我滿心喜悅。「哇，」我想，「一趟快車就可以把我從墨西卡利姑娘溫暖的臂彎載到俄亥俄冰天雪地的聖誕節，眞神！」車子的儀表板上有一部收音機，沿途博德雷都把它放得震天價響。我們沒有太多交談。但他每隔一陣子就會突然大吼一聲，然後告訴我一件趣聞軼事。他的吼聲幾乎可以震穿我的耳膜。每次他突然大吼，我的左耳都會感到疼痛，而且會被嚇得從座椅上彈起兩英尺。他是一個精彩絕倫的人。我們在沿途他愛去的那些用餐地點吃了很多頓美餐，例如，我們在奧克拉荷馬州一家餐廳所吃到的地瓜佐烤豬排，味道就不輸我媽媽的手藝。雖然我們吃了又吃，但他總是喊肚子餓，事實上我也是。現在已經是隆冬了，田野間一片聖誕節的景象，食物都豐腴美好。

在密蘇里州的獨立鎭（Independence），我們停了唯一的一次，在一間旅館裡睡了一晚。每個人的收費是五美元，簡直跟搶劫沒兩樣。但我們別無選擇，因爲博德雷總不能不睡覺，而我又不可能坐在氣溫零度以下的卡車上等他。第二天（星期一）早上醒來後，我看到窗外有很多朝氣蓬勃、穿著西裝的年輕人正準備上班去，看來，他們每個人都希望有朝一日會成爲像杜魯門一樣的大人物。星期二破曉，博德雷在春田的市中心把我放下車。揮手道別時，我們都帶著一點點離愁。

我去一輛快餐車喝了杯紅茶，算了算自己身上還剩多少錢，然後就找了家旅館，狠狠睡了一覺，起床後到巴士總站買了一張到洛磯山的巴士票。我選擇坐巴士，是因爲在這樣的深冬季節，想攔到一輛從俄亥俄到北卡羅萊納的便車（途中要經過積雪的藍嶺山脈和其他山脈），幾乎是不可能的。但上了巴士以後，我卻對它的慢吞吞感到不耐，於是決定不管三七二十一，還是去攔順風車。我在市郊叫司機把車停下，下了巴士，步行回巴士總站，要求退票，但站方卻不肯把錢退給我。我爲這個非理性的一時衝動所付出的代價就是得再等八小時，等下一班開向維吉尼亞州的查爾斯頓（Charleston）的巴士（因爲我根本攔不到一輛車）。爲了解悶，我計畫步行到下一個城鎮去等巴士，但走到半路就被凍得手腳發麻，只能沮喪地站在被薄暮籠罩的鄉村道路旁邊發呆。幸好有一位好心的駕駛，將我載到了一個小鎮，我就在那裡的巴士站（由一間小小的電報站權充）等到我要坐的巴士。車上很擁擠。它花了一整晚在山脈間爬行，在日出時費力地翻過藍嶺和它漂亮的雪中林地，接下來是一整天的開開停停，好不容易才開出山區開進芒特艾里（Mount Airy），又過了不知幾個世紀才到達羅利（Raleigh）。之後，我換上一班本地巴士，上車時知會司機在一條鄉村道路的路口放我下車。這條路會蜿蜒三英里，穿過一些松樹林，通到我媽媽在大伊森伯格森林（Big Easonburg Woods）的家去。大伊森伯格森林位於洛磯山城的城郊，是個十字路口。

司機在晚上八點左右放我下車，我在寧靜而封凍的卡羅萊納道路上走了三英里。途中，有一部噴射機從我頭頂飛過，長長的尾流橫過月亮的臉，把雪白的圓切成兩半。路兩邊的樹林靜悄悄的，偶爾會出現一間農宅，傳出小小的燈光。松林荒地赤裸而憂鬱，鐵軌通入灰藍色的森林，通向我的夢境。白雪覆蓋下的東部非常漂亮，我對自己能在聖誕節回到這裡感到欣喜。

九點時分，我拖著沉重的步伐走進媽媽家的院子，看到她正站在廚房的白瓷磚水槽前洗碗，臉上帶著愁容，看來是在擔心我爲什麼還沒有回來（我已經回來晚了），甚至擔心我能不能趕得及在聖誕節前回來。說不定，她此時心裡所想的是：「可憐的雷，爲什麼他不能像其他人那樣，好好待在家裡，而非老是要在外頭瞎闖不可，讓我擔心個半死？」站在寒冷的院子裡看著我媽媽時，我不期然想起了賈菲：「他爲什麼要那麼痛恨有白磁磚水槽的廚房呢？人們即使不是過得像『達摩流浪者』，也並不代表他們沒有善良的心腸啊。要知道，慈悲才是佛教的根本精神。」房子後面有一片廣袤的松樹林，我計畫一整個冬天和接下來的秋天都到那裡去，坐在樹下打坐，靠自己去悟出萬事萬物的眞理。我感到很快樂。我繞著屋子走了一圈，一面走一面望向窗內的聖誕樹。在路下方一百碼開外，是兩間鄉村雜貨店，它們傳出的燈光，讓一個原來荒涼空寂的所在變得有暖意。我走到狗屋去看老包，發現牠正在寒冷中打顫和咆哮。一看到我，牠就高興得嗚咽起來。等我解開牠的狗鍊後，牠就在我四周跳上跳下，吠個不停，又尾隨著我走進屋子裡去。我在溫暖的廚房裡和媽媽相互擁抱，而我妹妹、妹夫聽到我回來，也從客廳走過來打招呼。我的小外甥小路易跟在他們旁邊。我又一次回到家了。

十九

家人都希望我睡在客廳的沙發上，因爲旁邊有燒煤油的火爐，可以讓我睡得舒舒服服的。但我堅持要像以往一樣，睡在有加蓋的後門廊裡。那裡裝了六扇窗户，可以看得見光禿禿的棉花田和更後面的松樹林。我把所有窗户打開，把睡袋鋪在後門廊的沙發上，然後鑽進睡袋，頭埋在裡面。不過，等家人都上床就寢後，我就爬出睡袋，重新穿上夾克，戴上有護耳的鴨舌帽，將全身罩在尼龍披風裡，像個披著裹屍布的和尚那樣，走到棉花田裡，大踏步向前走。大地覆蓋在被月亮照得銀光燦爛的霜雪裡，路下方那個老墓園也在霜雪中閃閃發光，附近農舍的屋頂白得像一片片白板。我走過一片片棉花田，身後跟著獵鳥大犬老包、喬納家養的小仙蒂和其他幾隻流浪狗（所有的狗都喜歡我），一直走到樹林的前面。在那裡，上一個春天，我曾經闢了一條小路，通往我最喜歡坐在其下打坐的那棵小松樹。如今路還在，我進入森林的正式入口也還在。這入口由兩株平直而等距的松樹構成，它們就宛若兩根門柱。我一如以往那樣，先在入口處合什鞠躬，感謝觀世音賜我這片打坐的福地，再往裡走，由被月亮照得雪白的老包爲我引路。我看到我從前鋪在樹下的那一團稻草還在，我理了理披風，盤起雙腿來，開始打坐。

幾隻狗也趴在我的旁邊打坐。我們誰都沒有發出聲音，保持著最絕對的寂靜狀態。整個鄉間都籠罩在寒霜孤月的寧靜中，連兔子小小的動靜聲也沒有，有的，只是三〇一號公路上（離這裡有大約十二英里遠）傳來的極其微弱、極其微弱的汽車聲。似乎有一隻狗正在五英里外吠叫。眞是一個蒙福的夜。我馬上就進入了一種空明的恍惚狀態，並聽到一個聲音對我說：「一切思緒都停止了。」我爲自己不用再思考什麼而舒了一口氣，並感到整個身體慢慢融入一種幸福之中，跟這個鏡花水月世界的一切和平共處。各種思緒充滿著我，其中之一就是：「一個人在曠野裡禱告，其價值要勝過全世界的廟宇加在一起。」我伸出手撫摸老包，牠以心滿意足的眼神看著我。「所有有生之物，都像這些狗和我一樣，都是來而復去，並沒有任何延續性或自我實體可言的，所以主啊，我們是不可能存在的。多麼奇怪，多麼美好啊！

如果世界是眞實的話，那會是多麼的可怕，因爲如果世界是眞實的話，它就會是永存的。」我的尼龍披風就像一頂貼身的帳篷一樣，幫我抵擋寒冷。我這樣盤腿在冬夜的樹林裡坐了一小時，然後回家，在起居室的火爐邊暖過手腳，就鑽到睡袋裡去睡覺。

第二晚是平安夜，我一面喝葡萄酒，一面看電視轉播紐約聖派翠克主教座堂（Saint Patrick's Cathedral）[81]正在舉行的彌撒。主教面向著一大群的信眾講道，教士們穿著有蕾絲的雪白法衣，站在一個個大祭壇前面（但在我眼中，它們沒有我鋪在松樹下打坐用的草蓆一半好）。午夜的時候，一對小父母（我的妹妹和妹夫）躡手躡腳走入客廳，把他們要送給小孩的禮物擺到聖誕樹的下面，我覺得，他們比羅馬教會的《榮光歸主頌》（*Gloria in Excelsis Deos*）[82]和它的所有主教所散發的榮光都要多。「畢竟，」我這樣想，「奧古斯丁不過是個黑鬼，而方濟各不過是我的白癡弟兄罷了。」我的貓戴維突然跳上了我的大腿上，像是要爲我帶來祝福。我拿出聖經，靠在溫暖的火爐和璀燦的聖誕樹旁邊，讀了一點點聖保羅的書信。「倒不如變作愚拙，好成爲有智慧的。」[83]這段經文讓我想起了賈菲，我祝願他現在也正是在享受平安夜的平靜。「你們已經飽足了！已經豐富了！豈不知聖徒將要審判世界嗎？」聖保羅說得眞是對極了。接著又是一段美麗的詩句，它比舊金山所有詩人的詩加起來都要美麗：「食物是爲肚腹，肚腹是爲食物；但神要叫這兩樣都廢壞。」

「可不是嗎，」我想，「爲了看那些短命的電視節目，你得費盡九牛二虎之力去賺錢……」

接下來一星期，白天都只有我一個人在家，因爲媽媽到紐約參加一個喪禮去了，而我妹妹、妹夫都需要工作。每天，我都會在幾頭狗的陪伴下，到松樹林去，在冬日溫暖的南方太陽下閱讀和打坐，到薄暮再回家爲每一個人做晚餐。晚上，等所有人都就寢，我會披上披風，再回樹林去，坐在星光下（偶爾是在雨中）打坐。松樹林用盛情接待我。我寫了一些狄金生式的小詩[84]來自娛，例如：「點一盞燈，打一個僧，這在存在上說，差別何有？」或者：「一顆西瓜籽，產生一種需要，大而多汁，好一個獨裁統治。」[85]

「願天賜的福分籠罩萬物，直至永遠，多而更多。」我晚上會在樹林裡這樣禱告。我總

81 編按：是天主教紐約總教區的主教座堂，是一所哥德式建築，一八七八年落成，國家歷史地標。每年聖派翠克節也在此舉辦遊行。

82 譯註：這是天主教彌撒儀式上常唱的讚美詩之一。

83 編按：出自〈哥林多前書〉3:18，「人不可自欺。你們中間若有人，在這世界自以爲有智慧，倒不如變作愚拙，好成爲有智慧的。」

84 編按：艾蜜莉．狄金生（Emily Dickinson，一八三〇－一八八六）：美國著名女詩人，風格新穎，不強調韻腳整齊。

85 編按：原文是 Light a fire, fight a liar, what's the difference, in existence? 和 A watermelon seed, produces a need, large and juicy, such autocracy.

是努力去想一些更新、更好的禱告。我也努力去寫更多的詩。像下雪的時候，我就寫道：「不常有，這聖雪，多輕柔，我這鞠躬。」而碰到一些無聊的下午，當佛教、詩、葡萄酒、孤獨或籃球比賽都引不起我一身懶骨頭的興致時，我就會這樣寫：「無事可幹，何其可憐兮兮兮！亦復鬱悶兮！」一度，我這樣寫道：「四必然。一、發霉的書本。二、無趣的大自然。三、沉悶的存在。四、空虛的涅槃。信吧。」有一個星期天下午，我在觀察一群在路對面的泥沼地裡啄食蚯蚓的鴨子時，收音機裡傳來了聲嘶力竭的講道聲，讓我有感而發地寫下這首詩：「想想看當你祝福所有有生的蚯蚓永恆蒙福，卻看見牠們被鴨子吃掉，你會作何感想？這就是你星期天上到的主日學課。」在一個夢裡，我聽到如下的話：「痛苦，那不過是小老婆所發的怨嘆。」不過，換成是莎士比亞，他一定會說：「啊，我敢說，痛苦有冰霜的聲音。」然後，有一天，當我吃過晚飯，在寒冷、風大而漆黑的院子裡踱步時，一陣巨大的沮喪突如其來把我攫住。我整個人撲到地上，直喊：「我要死了！」但就在同一剎那，一個頓悟閃過我的腦海，而我緊閉著的眼瞼裡也彷彿被塗上一層牛奶，讓我感到溫暖。而我知道，這就是羅希現在所知道的眞理，也是每一個死人都知道的眞理。對，每一個死人，包括我已逝的父親、哥哥、叔叔、表哥、阿姨。這個眞理，是體現在死人的骨頭裡的，是連佛陀的菩提樹和耶穌的十字架都夠不著的。相信這世界是一朵虛無飄渺的花朵，但又活下去。我知道這個道理！我同時知道自己是世界上最糟的流浪漢。鑽石的光芒在我眼裡閃爍[86]。
走入屋內時，我的貓站在冰盒上咪咪叫，焦慮地想看看裝在裡面的好東西。我餵了牠。

86 譯註：鑽石是作者經常使用的意象，這一點可能與《金剛經》在英語世界被稱爲《鑽石經》有關。

二十

過了一段時間的打坐和閱讀終於開花結果了。那是發生在一月下旬一個結霜的晚上。樹林裡一片死寂，但我卻幾乎可以聽得見有聲音對我說：「萬事萬物永遠永遠都會是好端端的。」這讓我忍不住大聲地喊了一聲「嗚呃」（當時是午夜一點），幾頭狗都跳了起來，興奮不已。我也很想對著星星引吭長嘯。我合起雙手禱告說：「啊，智慧而安詳的覺者啊，我明白了，萬事萬物永永遠遠都會是好端端的，謝謝你，謝謝你，謝謝你。阿們。」我又何須在意食屍鬼之塔，何須在意精子、骨頭和塵埃。只要我感覺我是自由的，我就是自由的。

我突然有一種想馬上給庫格林寫封信的衝動。每當我和艾瓦和賈菲在那裡作徒勞的吶喊時，他都總是很低調而且保持安靜，但此時此刻，我卻意識到他才是一個眞正的強者。我想寫信告訴他：「是的，庫格林，當下是金光燦爛的，而我們已經做到了：我們業已把像發光毯子般的美國，帶入了更光亮的無何有之鄉。」

隨著二月的到來，天氣開始回暖，積雪融化了一點點，松樹林裡的夜變得更柔和了，而我在門廊上的睡眠也變得更甜美。天上的星星看起來像是溼溼的，而且顯得更大顆了一些。有一晚在樹下盤腿打坐時，我在半睡半醒中對自己這樣說：「摩押（Moab）[87]？誰是摩押？」醒來的時候，我發現自己手上多了一球毛茸茸的東西，再細看，那是原來黏在某隻狗身上的一團棉球。「所有這一切——我的假寐、毛茸茸的棉球，還有摩押——不過是同一件事情的不同表相罷了。它們全都是一個的大夢，全都是空。當頌讚！」接著我在腦子裡反覆念誦如下的話，用來規戒自己：「我是空。我不異於空，空也不異於我。空就是我。」離我不遠的地上有一灘水，水中反照著天上的星星。我往水裡吐一口口水，星星的倒影馬上就被打散。「誰還敢說星星是眞實的？」我對自己說。

但我得承認，雖然我認爲一切是空，但對於家裡那個等著我回去取暖的小火爐，卻並不

87 譯註：摩押是《聖經．創世記》中的人物。

是沒有期待的。小火爐是我妹夫好意提供給我的；不過，他對我終日遊手好閒、無所事事的樣子已經開始有點感冒。有一次，我引用某處的一句話告訴他，人可以透過受苦而長大，他聽了之後說：「如果人可以透過受苦而長大，那我就有這屋子那麼大了。」

當我到我家附近那間雜貨店買麵包和牛奶的時候，裡面那些傢伙問我：「你到樹林去都是幹嘛？」

「我只是去那裡做功課罷了。」

「你年紀都一大把了，又不是大學生，還做什麼功課？」

「好吧，老實說，我去那兒只是爲了睡覺。」

其實，他們自己何嘗不喜歡整天在田裡瞎晃，裝著在忙什麼的樣子。他們這樣做，是想騙他們老婆，他們是勤快苦幹的人。但他們可騙不了我。我知道，他們私底下也渴望可以到樹林去，睡睡覺或是無所事事地坐著，只是他們不像我，厚不起臉皮這樣做罷了。他們從不會到樹林裡來打擾我。我又有什麼方法可以告訴他們我所領悟到的眞理呢？我要怎樣才可能讓他們明白，我的骨頭、他們的骨頭，以至所有死人的骨頭，都不過是同一個單一的實體，而且是永遠清靜和蒙福的呢？不過，他們信也好，不信也好，對我都是沒有分別的。有一個晚上，我在如注大雨中打坐，一面聽雨滴打在我兜帽上的聲響，一面唱一首小歌：「雨滴是狂喜，雨滴不異於狂喜，而狂喜也不異於雨滴，對，狂喜就是雨滴。啊，雲朵兒，繼續下吧！」所以，我又何必在乎雜貨店裡那些嚼菸草的傢伙，對我的奇怪舉止作何感想呢？反正或早或晚，我們都會在墓穴裡成爲同一樣的東西。不過有一晚，當我和其中一個雜貨店的小伙子喝得酩酊大醉，他開車載著我在路上到處亂逛的時候，我倒是告訴了他有關我在樹林裡打坐的事，沒想到，他表現出一副相當理解的樣子，還說如果有時間，想學學我的樣子。他的聲音帶著一點點忌妒的味道。每個人都是有慧根的。

二十一

春天隨著幾場大雨而來到。雨水沖刷了一切，溼溼黏黏的田裡到處都是褐色的水坑。強烈的煦風把雪也似的白雲趕過晴朗乾燥的長空。這時候，我已經把打坐的地點移到了一個我稱之爲「佛陀澗」的所在。那是一片松樹林裡的小空地，旁邊有一條小溪流過。有一天，我外甥小路易跟著我一起到「佛陀澗」去。到達以後，我從地上撿起一樣東西，然後靜靜坐在樹下。小路易問我：「那是什麼？」「那是『它』，」我說，一面說一面把闔著的手舉上舉下，「它就是『它它它』，就是如來[88]，就是『它』。」等到我告訴他我撿起的是顆松果之後，小路易才從「松果」這個字產生聯想，在腦海裡出現松果的影像。佛經上說的「空即是識」一點都沒有錯。「讓我也來作首詩吧。」小路易說，他希望用詩把這個時刻紀念下來。

「好吧，但不要反覆思考，想到什麼就說什麼。」

「好……『松樹在搖，風在想說些什麼，鳥在喳喳喳，鷹在呃呃呃……』啊，壞了，我們有危險了。」

「爲什麼？」

「因爲鷹在呃呃呃。」

「那又怎樣？」

「呃……沒怎樣。」

我靜靜地一口一口吸著菸斗，內心充滿平靜與安詳。

我把現在打坐的這片樹林稱爲「雙子樹樹林」，那是因爲我打坐時背靠著的兩根樹幹，是彼此盤纏在一起的。它們是白色的雲杉，在晚上會泛出白光，你人在幾百英尺之外就會看得見，不怕會找不著（當然，即使沒有這白光，老包一樣會在黑暗的小路裡爲我引路）。有

88 譯註：「如來」（Tathata）一詞與「它它它」音近。作者這裡所說的「它」，也有終極眞理的意思。從一個松果看到終極眞理，猶如佛家所說的「一花一世界，一葉一菩提」。

一個晚上，我在小路上遺失了賈菲送我的念珠，但第二天就找回來了，我心裡想：「在一條損之又損的道路上，佛法是不可能遺失的，沒有什麼是可能遺失的。」

在明媚的初春早晨，我常常會把佛法擱在一邊，只管跟狗隻一起陶醉在喜樂中，只管觀看四周尚未長肥的小小鳥飛翔。草在搖曳，雞在咯咯叫。有一晚，在多雲的夜空下修習「禪那」（Dhyana）[89]時，我看到了這個眞理：「此時此刻此地，就是『它』。這個世界，如其所是的樣子，就是天堂。我一直東張西望，想在世界之外尋找天堂，殊不知這個値得憐惜的可憐世界就是天堂。啊，如果早知這一點，我就會忘記我自己，而獻身於爲所有有生之物的解放、覺醒和得福而沉思禱告。」

每天長長的下午，我都會坐在稻草上打坐，到「觀空」觀累了，就會躺下來睡個覺。我做了很多一閃而過的小夢，其中包括如下一個怪夢：我夢見自己身在一個像閣樓的陰暗地方，搬媽媽舉上來的一些灰色的肉手提箱[90]，搬了一會兒以後，我任性地說：「我不會再下來了（表示我不願再做這種此世間的白工）。」我感覺自己是個空空如也的存在，被召喚去享受無盡法身的狂喜。

日復一日，我都穿著吊帶褲，不梳頭髮，不太刮鬍子，只與貓狗爲伴，過著回到童年的快樂生活。與此同時，我寫了一封信給美國森林保護局，申請在接下來的夏天，到華盛頓州喀斯喀特山脈的孤涼峰（Desolation Peak）當一季的林火瞭望員。我計畫三月的時候先到加州去找賈菲（他現在搬到了科爾特馬德拉），這除了是因爲想跟他聚一聚以外，也是因爲加州離華盛頓州比較近。

星期天下午，家人希望我陪他們一起出遊，但我卻寧願一個人留在家裡。這讓他們很生氣，私底下說：「他到底哪根筋不對啦？」我聽到他們在廚房裡竊竊私語，說我是中了佛教的毒。等他們都坐上車子離開以後，我就會走入廚房，學法蘭克．辛那屈唱《你在學習憂鬱》（*You're Learning the Blues*）的腔調唱道：「每張桌子都空了，每個人都走了。」到了下午，我會帶著狗隻到樹林去，坐下，伸出雙掌，接收一盈掌溫熱的陽光。有一次，我打坐過後，睜開眼睛看到的第一件事情是老包在綠草中揮來揮去的爪子（牠正在睡覺），便說：「涅槃就是揮來揮去的爪子。」之後，我就沿著清淨的小路回家去，等著到晚上再回來看隱藏在夜空中的無數佛。

89 譯註：禪那（Dhyana），一譯靜慮，佛家語，禪定的一種修行方式。
90 譯註：作者在本書中三番兩次使用「肉」這個意象，其意義似乎是指虛幻的肉身，而與下面所言的「法身」（即佛身）相對。

但我的寧靜最後卻受到了我與妹夫的一場奇怪摩擦所干擾。他看不順眼我老是解開老包的狗鍊並帶牠到樹林去。「我花了很多錢在牠身上，可不想看到牠走失。」

我說：「如果你被別人用狗鍊拴住一整天，你會有什麼樣的感覺？」

他回答說：「我沒有必要去爲這個問題傷腦筋。」我妹妹搭腔說：「也不在乎。」

我氣瘋了，氣沖沖地跑到了樹林裡去。那是星期天的下午，我決定坐在那裡，不吃不喝，直到午夜，然後回家把我的東西收拾好，馬上離開。幾小時以後，我媽媽從後門廊處喊我回家吃晚餐，但我不願意回去。最後，小路易來找我，求我跟他一道回去。

在我打坐地點附近的一條小河裡，常常會有一些青蛙在最奇怪的時間發出幾聲嘓嘓叫，就像是存心想要打斷我的冥想似的。有一次，一隻青蛙在中午叫了三聲以後，就安靜了一整天，彷彿是在向我開示「三乘」的道理。現在，當小路易來求我回家的時候，一隻青蛙又突如其來嘓了一聲。我認爲，這是一個訊號，叫我不要再計較，於是我決定回家去，把整件事情（包括我對狗的同情心）反省一遍。晚上，當我再度坐在樹林裡打坐時，我拈著念珠，這樣禱告說：「我的驕傲是痛，那是空；我對佛法的投身，那是空；我爲自己對動物的仁慈而沾沾自喜，那也是空；我對狗鍊的想法，是空；就連阿難陀[91]的仁慈，也是空。」要是我跟妹夫爲狗的事情爭吵時，有一位禪師在場，說不定他會走到到院子去，把被拴住的狗狠狠踹幾腳，好讓所有人突然醒悟過來。我的痛苦來自於未能排除人、狗，甚至我自己的觀念。眞正讓我難受的，是老想否認事情其實就是那樣。

無論如何，這件事都成了這一帶鄉間星期天一件小小的新聞：「雷不想讓狗被拴住。」但那之後，有一個晚上，我卻得到了一個驚人的領悟：「萬事萬物都是空與覺（awake）！每一件處於時間、空間和心靈中的事物都是空（empty）。」我把這想法琢磨又琢磨，感到雀躍萬分，也覺得把這一切解釋給家人聽的時間已經到了。但第二天，在聽了我說的話以後，他們的唯一反應只是笑，而且笑得比任何人都要厲害。「不，不要笑，聽好。這是很簡單的道理，我會盡可能把它解釋得簡單明瞭的。所有的一切都是空，難道不是嗎？」

「不管你說的『空』是什麼意思，但我現在手裡握著的，不確確實實是個橘子嗎？」

「那是空，一切都是空。事物都是來而復去，生而復滅的。一切之所以都會有滅，單單只因爲它們是被造出的！」

沒有人理我。

「你開口閉口都是佛。爲什麼你就不能信我們固有的宗教呢？」我媽媽和妹妹不約而同

91 譯註：釋迦牟尼的堂兄及弟子。

地說。

「每一件事物都是會滅的，而且都是已經處於滅的過程中，都是處在生而復滅的過程中。」我喊著說，「唉，難道你們不明白嗎？」我踱了開去，然後又踱回來。「事物是空的，你們看見的都只是假相。你們以爲你們看得見什麼，但事實上，萬物都是由原子構成的，而原子是無法量度，沒有重量，也無法抓住的。這個道理，就連那些笨科學家現在都明白了，你們怎麼會不明白呢？一切都是由原子在空間裡排列組合而成的，看起來都像是堅固的實體，但事實上卻是沒有大小、遠近或眞假可言的。它們簡單純粹得就像鬼魂。」

「鬼……鬼……鬼魂！」小路易害怕地喊了起來。他是很贊成我的意見，但對「鬼魂」二字卻感到害怕。

「聽著，」我妹夫說，「如果一切都是空，我又怎麼看得見這個橘子，嚐得到它的味道和能夠把它吃到肚子去呢？你解釋給我聽聽。」

「是你的心讓你看得著它、聽得著它、摸得著它、嗅得著它、嚐得著它和想得著它的。而如果沒有這個心的話，橘子就不會被看到或聽到或聞到或嚐到甚至思想到！橘子事實上是要靠你的心才能存在的！你難道看不出來嗎？就它本身來說，它是一件無物，是由心所造的。換言之，它是空與覺。」

「哦，是嗎？但就算是那樣子，我也不介意。」

但這樣的挫折並沒有澆熄我的熱情。晚上，我回到樹林裡，思索另一個問題：「到底，當我思考到我自己就是空與覺、思考到一切無非空與覺的時候，所意味著的什麼呢？難道不就是意味著，我就是空與覺，而且知道我自己就是空與覺、知道我和萬物是沒有分別的嗎？換言之，我和萬物已經一體了，我已經成佛了。」我眞的有這種感覺，也相信我的想法是事實。我滿懷興奮，等不及要到加州去把這個想法告訴賈菲。「即使別人不愛聽，至少他會聽我說的。」我對四周的樹木滿懷柔情，因爲我們本是同一物。我摸摸幾頭狗，牠們從不會跟我爭辯些什麼。所有狗都是愛上帝的。牠們比主人更有智慧。每當我把我的想法告訴牠們，牠們都會豎耳聆聽，又舔我的臉。只要有我在牠們身邊，牠們就什麼都不在乎。即便我什麼都不是，最少我是「愛狗的聖雷」。

有時在樹林裡，我就只是坐著，凝視四周的事物，試圖參透存在的奧祕。我盯著那些神聖的、黃色的、長長的、彎腰的野草，它們面向我的「如來淸淨座」（Tathagata Seat of Purity）[92]，四散伸展，在風的指引下，毛茸茸地交談著，發出「它、它、它」的聲響，像是

92 譯註：指他坐在上面打坐的那團稻草。

一群群在閒聊。有些孤零零的野草則驕傲地在旁邊炫耀，也有一些病懨懨的、半死不活的。整片在風中搖曳的野草群突然像鈴鐺般響起，跳動著，顯得興奮不已，它們全都由黃色的物質構成，緊緊地貼在地面上，我心想：「正是如此。」我朝著野草喊道：「咯咯咯！」它們彷彿心領神會般，朝風吹的方向伸出靈動的觸鬚，或指示，或胡亂擺動，或唬弄，有些深深扎根在泥土中，彷彿花朵的想像、泥土的溼潤和各種擾動的意念都已融入它們的根莖，成爲了它們的命運……感覺眞是詭異。然後我會睡著，夢到「以此教法，世間走向終結」這句話。我還夢到我媽閉著雙眼，莊嚴地點頭，發出「嗯」的一聲。我何必在意世間所有惱人的鳥事和瑣碎的錯誤？人類骨骼不過是無意義地晃來晃去的一根根線條，整個宇宙不過是個空洞的星辰模型。「我是虛無鼠僧！」我在夢中喊道。

我何必在意那四處遊蕩的小小自我的叫囂？我正在周旋的是切斷、剪短、爆破、熄滅、關閉、不發生、消失、散去、折斷、涅、槃！」「在這無始無終的孤寂中，我的思緒塵埃凝聚成一個球體。」我想，然後我眞的微笑起來，因爲我終於在萬事萬物中看到了白光。

有一個晚上，隨著松樹被一陣暖風吹得竊竊私語，我也開始進入了「三摩缽底」(Samapatri) 的境界（「三摩缽底」是梵文的音譯，意指超驗的觀照）。我的心靈有一點昏昏欲睡，但身體卻極端清醒，筆直地坐在樹下。突然間，我看到了一片花海，粉紅色的世界，一堵堵粉紅色的花牆，是那種鮭魚的粉紅色，四周的樹林寂靜得有若一聲「噓」（得涅槃如得寂靜）。然後我又看到了古老的燃燈佛（Dipankara Buddha）——也就是那個從來不說話的佛。我所看到的燃燈佛，像一座巨大已極的雪白寶塔，祂正用一雙像似約翰．劉易斯[93]般帶有粗黑濃眉的眼睛，投射出一個駭人的凝視，而祂所身在的，是一片有如阿爾班的古代雪原（那個黑妞傳道者曾高喊：「一片新土地」）。整個異象讓我毛髮悚然。我還記得它在我內心深處激起的那聲奇異而充滿魔力的終極呼喊（無論那是什麼意思）：科亞爾科洛爾（Colyalcolor）。在這個異象裡，我沒有任何我是我的感覺，那是一種純粹的無我狀態，只是一些自由奔放、飄渺不定的活動，沒有任何錯誤的謂語……既不汲汲於什麼，也沒有任何的過錯。「萬事萬物都是好端端的，」我這樣想，「色即是空，空即是色，我們永遠都會在這個或那個色身裡流轉，不過它們都不異於空。這就是死人們所達致的境界，是清淨福地最豐富的寂靜聲。」我很想向著北卡羅萊納州的樹林和家家戶戶的屋頂大喊，宣布這個耀目而簡單的眞理。之後我對自己說：「現在已經是春天了，我要揹起我那脹鼓鼓的背包，前往西南部的乾土地，前往德州那些廣袤而寂寞的土地，前往奇瓦瓦。我要一探墨西哥晚上的那些歡

93 編按：劉易斯（John L. Lewis，一八八〇—一九六九）是當時美國的勞工界領袖，有一對非常粗的濃眉。

樂的街道。到時，將會有音樂從大門流出來，將會有女孩、葡萄酒、大麻，吔呼！這又有什麼不可以的呢？既然螞蟻可以一整天什麼都不做而只是挖土，我又何嘗不可以什麼都不做，而只做我想做的事情，但與此同時卻保持慈悲之心、不爲假相所左右和爲光禱告呢？」所以，當我坐在我的佛堂裡，在那片叫做「科亞爾科洛爾」的粉紅色、紅色和象牙白的花牆前，周圍是成群以甜美奇特的叫聲（無徑之雲雀）認出我覺醒心靈的神奇鳥兒，沐浴在神祕又古老的空靈香氣中，感受著佛國的極樂，我意識到我的人生是一張巨大發光的白紙，我可以做任何我想做的事。我明白了我的生命是一片燃燒著光的巨大空頁，沒有什麼是我想做而不能做的。

第二天所發生的一件奇事，證明我確實從這些魔法般的靈視中獲得了眞正的力量。我媽媽已經咳嗽了五天，一直在流鼻水，而現在喉嚨也開始痛，讓她咳起來更加難受。從她的咳嗽聲判斷，她病得不輕。我決定透過自我催眠，去探明她的病因和找出治療的方法。我坐下來，反覆對自己說：「一切都是空與覺。」慢慢地，我進入了深度的恍惚狀態。霎時間，在我緊閉著的眼簾裡，我看到了一個白蘭地酒瓶，但繼而，它又變成了一瓶「希特牌」（Heet）的藥膏。然後，在藥膏的上方，就像電影的淡入效果一樣，緩緩出現了一個畫面：是一些圓形、細瓣的白花。我立刻站了起來。當時是午夜，我媽媽正在床上咳嗽。我把我妹妹上星期種在屋裡的幾盆矢車菊，統統挪到屋外，然後到藥櫥裡，拿出一些「希特牌」藥膏，叫我媽媽擦到脖子上。第二天，她的咳嗽就好了。後來，一個護士朋友在我家聽到此事（當時我已經去了西岸），就說：「對，看來妳的咳嗽是因花粉過敏而起的。」這件事情讓我清楚地明白到，人們之所以會生病，是因爲他們昧於自己的佛性或上帝性或阿拉性（你用什麼名稱喊它其實都是一樣的），而用一些物質性的東西去懲罰自己所致。這是我行過的第一件「神蹟」，也是最後一件，因爲我擔心對這一類事情太入迷，會變得分心和自驕。另外，我也有一點害怕會醫壞了別人，擔待不起。

家裡每個人都聽說了這件事，但他們並沒有太把它當一回事，而事實上，我自己的態度也是一樣。我認爲，這才是正確的態度。我沒有什麼好計較的，因爲我已經是個富人了，是個擁有「三摩缽底」福分的兆萬富翁（我之所以會得享這種福分，說不定是因著我所做的一些卑微善業而來的，像憐憫狗隻和原諒別人之類的）。我現在已經知道，我是個蒙福的繼承人，而我身上留下的最後的罪，充其量就只有正直。所以，我沒有再提這件事，而只是一心準備上路去找賈菲。「可不要讓憂鬱壞了你的心情。」法蘭克．辛那屈這樣唱道。在森林裡打坐的最後一晚（也就是我要舉起大拇指攔車的前一晚），我聽到有聲音對我說了「星身」（star-body）兩個字。它要告訴我的道理，似乎是萬物並非爲滅而生，而是爲覺而生，是爲了臻於他們無限清淨的「法身」和「星身」而生。我明白了，我根本沒必要去做任何事情，因爲根本沒有任何事情發生過，也不會有任何事情將要發生，一切一切，不過都是空之光罷了。

就這樣，我揹起背包，跟媽媽吻別過，就踏上旅途。先前，我媽媽花了五美元，請鞋匠爲我的舊靴子打上一個厚厚的橡膠鞋底，所以，我夏季所需要的登山裝備，至此已一件不缺。我那位雜貨店朋友湯姆是個很有個性的人，他開車把我載到了六十四號公路。跟他揮手作別以後，我踏上回加州的三千英里旅程。下一次回家，將會是下一個聖誕節。

〔二十三〕

這個時候的賈菲，正在加州科爾特馬德拉（Corte Madera）一間漂亮的小木屋裡等著我。小木屋是辛恩．莫納漢（Sean Monahan）的隱士居，就蓋在他家後方的一個長滿尤加利樹和松樹的陡峭小山坡上。小屋原來是一個老頭所蓋，蓋得很好，他一直住到去世。辛恩曾經邀請我去住，說是想住多久就住多久，房租全免。小屋荒廢空置多年，一度變得不宜人居。後來，辛恩的大舅子惠特．瓊斯（Whitey Jones，他是個木匠）打算搬進去住，便把小木屋修葺得煥然一新，又在木牆上貼上細麻布，放入一個柴爐和一盞煤油燈。不過，等小屋翻修好，惠特．瓊斯卻因為在城外找到了工作而沒有入住。賈菲為了完成手邊的研究工作和過真正孤獨的生活，就搬遷到那裡去住。任何人想找他的話，都得先經過一番費力的攀爬。他在地板上鋪了草蓆，過得悠閒自得。在一封信裡他向我這樣形容他的生活：「我最喜歡做的事情就是坐著抽菸斗喝茶，聆聽風吹尤加利樹和柏樹的聲音。」他預定住到五月十五日，然後就要坐船前往日本：一個美國的基金會邀他到日本一家佛寺住一段時間，追隨一個禪師學習。「這段期間，」他在信中又這樣說，「來這裡跟一個野漢子分享一間幽暗的小屋吧，跟他分享葡萄酒、週末夜的妞兒、一鍋鍋的美食和溫暖的柴火吧。不用擔心錢的問題，辛恩會提供我們買食物的錢，唯一的條件就只是幫他砍幾棵大樹，再把樹幹劈成木柴。來吧，我會教你一切有關伐木砍柴的知識。」

冬天的時候，賈菲曾經靠攔便車的方式，到西北部的故鄉旅行了一趟。先是穿過雪中的波特蘭，然後往上去了藍色的冰河之鄉，最後又去到華盛頓州北部的諾沙克河谷（Nooksack Valley），住在一個朋友的農場裡。在那兒，他當了一星期的採草莓工，又在四周的山脈攀爬了一番。他提到的像「諾沙克」、「貝克山國家森林」這些名字，無不令我神往，它們在我腦海裡展開一幅包含著冰雪和松樹的水晶畫面，非常美麗，就像我兒時對美國極北地區的想像一樣……只不過，現在的我，卻是人在北卡羅萊納非常灼熱的四月路面上，等著第一個好心人把車停下來，載我一程。這個人很快就出現了，他是個高中生，把我載到了一個叫納什維爾（Nashville）的鄉村小鎮。從那裡，我被太陽烤炙了半小時後，又遇到一個沉默寡言卻仁慈的海軍軍官，把我一路載到格林維爾（Greenville）。幾個月來過慣了平靜舒適得不可思議的生活，攔便車的旅行方式對我變得前所未有的難熬。在格林維爾，我頂著大太陽向北走了整整三英里，才找到高速公路的所在（我在市中心那些迷宮般的後街裡迷了好一陣子的路）。行經一個類似鍛造工廠的地方時（裡面的黑人全都是大汗淋漓而滿身煤屑），一股巨大的熱氣像爆炸一樣向我襲湧而來，讓我忍不住放聲大喊說：「我忽然間又到地獄來了！」

不過，後來天開始下雨，而幾趟連續的順風車，把我帶入了喬治亞州的雨夜。我坐在一排五金店的遮雨棚底下，喝了半品脫的葡萄酒。在下雨的夜晚想有便車可搭，可說難之又難。當灰狗巴士經過的時候，我把它截停下來，乘坐到蓋恩斯維爾（Gainesville）。我本來是想睡在調車場裡的，但一個走出來轉轍的鐵路員看見了我，將我趕走。於是我便退而求其次，想到鐵路旁邊一個空空蕩蕩的停車場夜宿，卻看見一輛巡邏車打著探照燈，在附近兜來兜去（說不定他們是從鐵路員那裡聽到附近有流浪漢徘徊）。我最後乾脆打消睡覺的念頭，走回到鎮上，站在一家小吃店外面的人行道上攔便車。由於我是站在很光亮的地方，可以一目了然，所以駕駛巡邏車經過的條子並沒有懷疑我或是搜查我。

我一直攔不到車子，而天又快要亮了，我只好花四美元，到一家旅館投宿一宿，淋浴睡覺，睡得很好。然而，就像聖誕節時我向東部進發時候一樣，一種無家可歸的落寞感又開始向我襲來，而唯一可資安慰的，就只有我的厚底靴和大背包。早上，我在一家裝著一把吊扇和蒼蠅亂飛的陰鬱喬治亞餐館吃過早餐後，就徒步走到熱氣騰騰的高速公路去。一個貨車司機將我載到了弗勞爾里布蘭奇（Flowery Branch），之後，幾趟短程的便車把我載到一個叫石牆（Stonewall）的小鎮。在那裡，一個戴寬邊草帽的駕駛讓我上了他的車。他是個肥壯的南方人，一面開車一面仰頭喝威士忌，笑話說個不停，又不斷轉頭看我有沒有在笑，好幾次不小心把車子鏟過路肩的泥地，揚起一大片塵土。我愈坐愈害怕，所以還沒有到達目的地，我就拿想吃點東西爲藉口，請他讓我下車。

「哈，小伙子，你要吃東西我就陪你吃，你要到哪我就載你去。」他喝醉了，車開得飛快。

「好啊，但我得先上個廁所。」我聲音漸弱地說。經過這個教訓，我決定改弦易轍。我對自己說：「攔什麼鳥便車嘛！我身上的錢還夠讓我坐巴士坐到埃爾帕索，到那兒之後再改搭南太平洋鐵路公司的火車。那會比現在安全十倍。」想到可以一口氣到達德州的埃爾帕索，想到西南部的萬里藍空和它那些無邊無際的沙漠（它們可以供我夜宿而又不會有被條子爲難之虞），我的心意益發堅決。我迫不及待想離開南部，離開喬治亞州的飆車族。

巴士在四點開出，而到達阿拉巴馬州的伯明罕（Birmingham）則是在午夜。坐在巴士總站的長凳等下一班巴士時，我試著趴在放在大腿上的背包睡一下，但卻不斷被來來去去的蒼白遊魂所吵醒（美國的巴士總站盡是這樣的遊魂）。我用遊魂兩個字絕不是誇張之詞，事實上，我眞的看到一個女的像一綹輕煙一樣，從我面前飄過，而我敢很確定地說，她是不存在的。她的臉上流露出不知道自己在幹嘛的表情……至於我嘛，說不定也是同樣的表情。出伯明罕沒多久就是路易斯安那州，然後是德州東部的油田區，然後是達拉斯，然後是廣袤無邊的德州荒原。巴士在荒原裡開了一整天才開到它的盡頭埃爾帕索。我在埃爾帕索下車的時間是午夜，而這時的我，業已筋疲力竭，唯一想做的事情就是睡覺。但我並沒有上旅館，因爲我得看緊我的荷包。我直接往調車場走去，打算把我的睡袋攤開在調車場某處的鐵軌旁邊。但接下來發生的事，卻讓我明白了當初我買大背包時所做的夢，並不是虛無飄渺的。

那是一個美麗的夜，而我也睡了有生以來最美麗的一覺。我首先是走到了調車場，但卻沒有停下腳步，因爲突然間，我看到黑暗的遠方有一片沙漠。在星光的照明下，我可以看到一些朦朧的山岩、枯槁的樹叢和巨大的山影。「既然只要再走一段路就可以去到一個不會被條子或其他流浪漢騷擾的地方，我幹嘛還要在調車場這裡耗？」我這樣盤算。於是，我就繼續沿著主鐵軌向前走。因爲腳上有一雙厚底靴，所以我在枕木之間的石頭上走得輕鬆自如。走了幾英里以後，我就置身於一個開闊的沙漠山區裡。現在大約已是午夜一點，我盼著可以趕快睡一覺。最後，我看中了位於我右方的一座山，於是便沿著一條河谷向上走去。河谷的其中一邊有一座大建築，上面有很多閃耀著燈光的窗戶，看來不是一座感化院就是一座監獄。「老兄，你還是遠離調車場為妙啊！」我對自己說。最後，我走到一個旱谷，那裡的沙子與岩石在星光下都是白色的。我爬了又爬。

突然間，我感到很興奮，因為我意識到，我已經完全孤獨和安全了，接下來的一整夜，都肯定不會有人來吵醒我。多麼驚人的好消息啊！而我所需要的一切，都盡在我的背包裡，何況，先前在巴士站的時候，我才在水壺裡灌滿了水。我爬到旱谷的上方，最後，當我轉過身的時候，整個墨西哥、整個奇瓦瓦[94]，還有它那片沙子一閃一閃的沙漠，都盡在我的眼底。一輪又大又亮的月亮，就掛在奇瓦瓦的山脈上方。南太平洋鐵路公司的鐵軌在埃爾帕索的外面與里奧格蘭德河（Rio Grande River）平行邁進，而從我所在的位置，可以清清楚楚看到里奧格蘭德河把美墨兩國邊界切分開的樣子。旱谷裡的沙細緻如絲，我把睡袋攤開在沙面上，脫去鞋子，喝了口水，點燃菸斗，盤腿而坐，感到很暢快。在這個沙漠裡，季節仍然是冬天，四周極度寧靜，唯一聽到的，只有從極遠方的調車場傳來接駁車廂的聲音——這種足以驚醒埃爾帕索一城居民的砰然巨響，傳到我這裡來的時候已細若遊絲。唯一和我作伴的，是奇瓦瓦的月亮。隨著我的仰視，它愈沉愈低，顏色也從白亮變成牛油的黃色。不過，在我要睡覺的時候，照在我臉上的月光還是太亮了（亮得像一盞燈），讓我不得不側過身去。我每在一個地點露宿，都有爲它命名的習慣，而我把現在的這個地點命名爲「阿帕契旱谷」（Apache Gulch）[95]。我睡得又香又甜。

早上我發現沙面上有響尾蛇爬過的痕跡，不過，說不定那是上一個夏天所留下的。地上很少看到靴印，有的都是獵人的靴印。早晨的天空湛藍無瑕，太陽很熾熱。到處都是乾枯的樹木，要找柴枝生一個煮早餐用的火輕而易舉。在我那個寬大的背包裡，放著好幾罐豆子豬肉罐頭，它們讓我享受了一頓豐盛的早餐。不過我現在卻碰上了一個問題：缺水。水壺裡的水早被我喝光，而太陽又大又熱，讓我感到口渴。我爬到旱谷的最上方，想進一步把這裡探個清楚。旱谷頂部的盡頭處是一塊像牆壁一樣的大山岩，而地面上的沙子，比我昨晚睡的地方還要柔軟。我決定今晚要在這個地點夜宿。但在這之前，我要先到華雷斯城（Juarez）溜躂溜躂，看看那裡的教堂、街道和享受享受墨西哥食物。我一度想過要把背包藏在岩石之間，但最後還是打消了主意，因爲這裡會出現另一個流浪漢或獵人的機率雖然很小，卻不是全無

94 譯註：奇瓦瓦（Chihuahua）：墨西哥北部一州，其北部與東北部與美國接鄰。
95 譯註：阿帕契是居住在北美西北部的一族印第安人。

可能。於是，我就再次把背包扛起，走下旱谷，沿著鐵路往回走，把背包寄存在火車站收費二十五美分的置物櫃裡。然後，我穿過城市，走到邊界柵欄，花了兩便士的費用，進入華雷斯城。

結果，我過了荒唐的一天。這趟華雷斯之旅，開始得一點都不荒唐。我先是參觀了瓜達盧佩聖母教堂和在一個印第安市集逛了逛，接著走入一個公園，坐在長凳上觀看歡樂的墨西哥小孩玩耍。然而，在接下來逛過幾家酒吧和喝了一大堆酒之後，情形便不同了。最後，我甚至認識了一群邪惡的墨西哥阿帕契人，他們把我帶到一間會滴水的石頭小屋，拿起蠟燭照著我的臉，把我介紹給裡面的朋友認識，接下來，我們就在燭焰與暗影之間，吞雲吐霧起來，但我很快就覺得煩膩。我想起我的白沙旱谷，想起我今晚要露宿的地點，於是就向他們告別，但他們卻不願放我走。他們其中一個還在我的購物袋裡偷了幾樣東西，但我並不在乎。其中一個墨西哥小伙子是個男同志，他愛上了我，想和我一起到加州去。華雷斯現在已經是晚上，所有夜總會都在轟鳴。我們在一家夜總會裡喝了一會兒啤酒，裡面清一色都是黑人大兵，人人四仰八叉的，每個的大腿上都坐著個小姐，點唱機裡播著搖滾樂，仿似人間天堂。那墨西哥小伙子想要我跟他一道到某條橫街窄巷去「唔唔」，又告訴那些美國士兵，我知道哪裡有正點的女孩子。他悄悄對我說：「我會帶他們到我的房間去『唔唔』。等他們發現沒有女孩

SECTION 二十二

的時候已經晚了，哈！」我唯一可以擺脫他的地方就是邊界柵欄。在那裡，我們揮手作別。這是個邪惡之城，但在邊界的另一邊，卻有個聖潔的沙漠等著我。

我焦急地走過邊界，穿過埃爾帕索的街道，走到火車站，拿回我的背包，舒了一口大氣。之後，就馬上往旱谷的方向走去，有月光的幫助，路非常好辨認。往上走的時候，我的靴子發出如同賈菲走路時一樣的啪噠啪噠聲，這讓我想起，教會我怎樣驅趕世界和城市的邪惡、找尋自己純淨靈魂的人，就是賈菲。只要有一個高貴的背包揹在背上，我就不用擔心會受到邪惡的汙染。到達夜宿的預定地，打開睡袋以後，我就禱告感謝主賜給我的這一切美好。現在，跟一群戴著斜帽的墨西哥人一起吸大麻的那個邪惡下午，就恍如一場已經結束的惡夢，就像我在北卡羅萊納的佛陀澗所做過的許多惡夢一樣。我坐下來打坐和禱告。只要你有一個夠好夠溫暖的鴨絨睡袋，那世界上就沒有任何的睡眠，可以勝得過冬夜沙漠裡的睡眠。這裡的靜，濃烈得讓我可以聽見自己耳鼓裡的血液流動聲，但與此同時，它又包含著某種神祕的喧鬧，就像是一聲響亮已極的「噓」，似乎是要提醒你某件自出娘胎以後，就因爲生活的緊張而遺忘了的重大事情。我很希望可以把這個領悟分享給我所愛的人，包括我媽媽和賈菲，然而，它的空無與清淨，又是難以言詮的。「有什麼確定無疑的教誨，是我可以告訴所有生靈的呢？」我很想問濃眉雪白的燃燈佛這個問題，但我知道，他的回答將會是怒吼般的鑽石寂靜。

二十三

第二天早上，我趕緊啓程，因爲再耽擱的話，只怕我永遠也到不了加州那間可以給我庇蔭的小屋去。我身上只剩下八美元了。我走到高速公路上，舉手攔車，指望好運會快快來臨。一個推銷員載了我一程。他說：「你知道嗎，埃爾帕索這裡一年有三百六十天是大太陽，但我太太最近卻跑去買了一台烘衣機，你說是不是見鬼！」他把我載到新墨西哥州的拉斯克魯塞斯（Las Cruces）。我沿著高速公路，步行穿過這個小小的城鎭。快要走出拉斯克魯塞斯的時候，我看到一棵很漂亮的大樹，決定不管三七二十一，先躺下來休息一會兒再說。我對自己說：「這不過是個夢罷了，我其實早已到了加州，早已在拉斯克魯塞斯那棵漂亮的大樹下休息過。」而我確實躺了下來，甚至愉快地小睡了片刻。

醒來後，我再次動身，走過一條跨越鐵路的高架橋。一出高架橋，就有一個人把我叫住，對我說：「你有興趣以兩美元的時薪，幫忙搬一部鋼琴嗎？」我需要那些錢，便接受了。他載著我，把小貨車開到拉斯克魯塞斯近郊的一戶人家。有一群穿著體面的中產階級正在門廊上聊天。我們用一台手推車把鋼琴和一些其他家具從房子裡搬出來，抬上車，開到這戶人家的新家，再把東西搬進去。事情就這樣搞定。由於這趟工作花了我兩小時，所以得到的工資是四美元。有了錢，我跑到一個卡車休息站吃了一頓足以撐一個下午和晚上的大餐，然後再次攔車。很快就有一輛車在我面前停下來，開車的是個戴闊邊帽的大塊頭德州佬，後座坐著一對墨西哥小夫妻，女子手上抱著個嬰兒。那德州大塊頭表示，如果我願意付十美元的話，可以把我載到洛杉磯。我說：「我願意給你身上全部的錢，但我只有四美元。」「幹，四美元就四美元吧。」在穿過亞歷桑納和加州的沙漠沿途，他都喋喋不休，並在第二天早上九點，把我載到離洛杉磯火車站的調車場只有一箭之遙的地方。沿途唯一的意外狀況是那個墨西哥小媽媽把一些嬰兒食物濺到我的背包上，我憤怒地把它們掃走。不過這對墨西哥小夫妻都是很和氣的人。事實上，途中我還對他們講解了一點點佛法，特別是有關業力和輪迴方面的，他們看來也聽得津津有味。

「你是說我們的人生可以再重來一次？」那可憐巴巴的墨西哥小伙子問我。他手腳都綁著繃帶，那是前一個晚上他在華雷斯跟人幹架後的結果。

「佛教是這麼說的。」

「那希望下一次我該死的再次出生的時候，不是當現在這樣的我。」

但如果說有誰的人生最需要重來一次，那肯定就是搭載我們的那個德州大塊頭。他一整個晚上所說的，都是自己因爲某某事而揍了誰和誰，但如果他說的是眞話，那被他揍過的人，已盡夠組成一支考克西（Coxie）的復仇幻影悲傷者大軍[96]，爬向德克薩斯州的土地。他一整晚喋喋不休，但他說的話，我連半句都不相信，所以，從午夜開始，我就把耳朵的接收器關閉了。我在洛杉磯下車的時間是早上九點。我先在一家酒吧裡吃了一頓便宜早餐（包括甜甜圈和咖啡），一面吃一面和吧台後面的義大利酒保聊天，他想知道我揹著一個大背包要到哪裡去、想幹些什麼。然後，我就走到調車場去，坐在草地上，看著工作人員在準備火車的情景。

由於我曾經當過制動手，所以引以爲榮。但我卻犯了一個錯誤，那就是我不應該揹著一個大背包，在調車場裡悠哉悠哉地閒逛，又跟那裡的扳道工聊天。因爲當我問他們下一班慢車什麼時候會到達時，突然間出現了一個鐵路警察。他的腰間斜掛著一把槍，樣子就像電視裡的懷特．厄普（Wyatt Earp）警長一模一樣。他在一副墨鏡後面用冷冰冰的目光看著我，命令我馬上滾出調車場。他雙手叉腰，一直盯著我，直到我走過到高速公路的陸橋爲止。我氣瘋了。下陸橋後，我跳過鐵路旁的籬笆，平躺在草地上，等待火車的到來。稍後我又坐了起來（但仍壓低了身子），嚼著一根草，保持低姿態等著。沒多久，我就聽到有火車要開出的訊號聲，而我從聲音判斷得出來，要開出的就是我要坐的慢車。我連忙走過停在鐵軌上的一些火車車廂，跳上了我要坐的火車，躺了下來。火車開出調車場的時候，先前那個鐵路警察發現了我，但此時卻拿我沒輒，只能叉著腰，用絕不寬恕的眼神狠狠瞪我。不過，最後我卻看到他以手搔頭。

地區火車再一次把我帶到聖巴巴拉，我利用等「午夜幽靈」的空檔，跑到海灘去游了個泳，生火煮食。回到調車場的時候，時間還很充裕。「午夜幽靈」主要由平板車構成，每台平板車上都載著用鋼索固定住的大卡車車頭。我坐「午夜幽靈」的時候，常常喜歡把頭枕在用來楔住卡車頭巨大車輪的木板上，所以如果火車發生碰撞的話，那雷．史密斯就肯定要

96 編按：意指老雅各布．S．考克西（Jacob S. Coxey Sr.，一八五四－一九五一），美國政治家，一八九四和一九一四年兩次率領失業男子組成的「考克西軍隊」遊行到華盛頓提出工作權的請願。

說再見了。但我並沒有把這種可能性放在心上，因爲我認爲，若我眞要命喪「午夜幽靈」，那就是命中註定。況且我相信，上帝還有工作要我去做。火車準時到達，我溜上了一台平板車，在一個大卡車頭下面攤開睡袋，脫掉鞋子，用外套將它捲起，當成枕頭，然後舒舒服服地躺下，嘆了一口舒心的氣。隆隆隆，出發了。現在我知道爲什麼流浪漢稱它爲午夜幽靈，因爲，筋疲力盡，罔顧是否有更好的判斷，我很快就睡著了，一直睡到聖路易斯奧比斯波，才被調車場辦公室射出的燈光照醒。相當危險的是，我躺著的那輛平板車，好死不死就停在辦公室的前面。但辦公室四周卻連鬼影都沒半個（當時已是午夜），所以我什麼麻煩也沒碰到。自聖路易斯奧比斯波以後我便一路熟睡，而且是無夢的酣睡，直到第二天早上火車幾乎要開入舊金山，才再次醒過來。雖然我身上只剩下一美元，但我卻一點都不擔心，因爲賈菲就在小屋裡等著我。整個旅程迅疾和有啓發性得就像個夢。我回來了。

二十四

如果要在美國找一位在俗家的「達摩流浪者」（換言之是有家、有太太和有小孩的），那麼辛恩．莫納漢就是其中之一。

辛恩是個年輕木匠，住在科爾特馬德拉（Corte Madera）一條鄉村公路遠端的一棟老舊木構房子。他自己動手把房子的後門廊加蓋起來，充當日後其他小孩的嬰兒房。他相信，人不用賺太多錢，一樣可以過上快樂的生活，而他也選擇了一個生活理念跟自己完全一模一樣的女孩當太太。雖然是個有工作的人，但辛恩卻喜歡不時放自己幾天假，跑到屋子後面山坡上方的小屋打坐和讀佛經，有時則什麼都不做，只是泡泡茶和吃點小點心（小屋是他租來的整片產業的一部分）。他的太太是克莉絲汀（Christine），漂亮而年輕，有一頭垂肩的蜜色頭髮，喜歡赤著腳，在房子和院子裡跑進跑出，烘麵包和餅乾。她是個能從無變出一頓飯菜來的專家。一年前，賈菲送了辛恩夫妻一袋十磅重的麵粉，作爲他們結婚週年的禮物，他們高興地接受了。辛恩有一個舊時代族長的模樣：雖然才二十二歲，卻留著一把像聖約瑟一樣的白色大鬍子。他常常笑，露出扇貝般的牙齒，兩顆藍眼珠子閃閃發亮。辛恩有兩個很小的女兒，而她們就像媽媽一樣，喜歡赤腳在屋子和院子裡走來走去，而且年紀雖小，卻懂得自己照顧自己。辛恩家的地板也是鋪著草蓆的，所以你到他家的時候，也得脫鞋。他的藏書非常多，家裡唯一一樣奢侈品是一部大音響，可以用來放他精心收藏的印第安音樂、佛朗明哥舞曲和爵士樂的唱片。他甚至還有中國和日本的唱片。起居室裡的餐桌是一張和式桌子，低矮而漆著黑漆，所以在他家裡吃飯，或跪或坐都可以。克莉絲汀是個做湯和新鮮餅乾的高手。

我到達辛恩家的那天是在中午。下了灰狗巴士走了一英里的柏油路之後，我就坐在了他家起居室那張矮桌子前面。甫一坐下，克莉絲汀就爲我端來熱湯和溫熱的牛油麵包。她是個體貼溫柔的女孩。「賈菲跟辛恩一塊到索薩力托（Sausalito）工作，大約五點才會回來。」

「我待會兒會到小屋去看看，並在那兒等賈菲回來。」

「你也可以留在這裡，放些唱片來聽聽。」

「喔，我不想妨礙妳工作。」

「你不會妨礙到我的，我要做的事情不過是晾晾衣服、烤些今天晚上吃的麵包和補幾件衣服罷了。」

由於有像克莉絲汀這樣的能幹太太，讓辛恩雖然以三天打魚、兩天曬網的方式工作，仍然能夠在銀行裡存下了幾千美元的積蓄。他不但外貌像個族長，他的慷慨也不輸一個族長：他總是會堅持請你吃飯，而如果有十二個人在他家裡作客，他就會在院子裡的大木板上鋪排一頓盛大的晚餐（簡單但卻美味的晚餐），而且總是備有一大瓶紅酒。不過他有一個嚴格的規定：我們得付酒錢，另外，如果客人來這裡是度週末兩天假期的話（每個週末都有這樣的人），那就得自備飲食，要不就得付飯錢。當大家都吃飽喝足後，辛恩就會拿出他的吉他，唱些民歌娛樂大衆。每當我聽累了，就爬回山坡上的小屋睡覺。

吃過午餐和跟克莉絲汀聊聊以後，我就往山坡上走去。一出辛恩家的後門就是一個陡峭的斜坡，沿途都是巨大的黃松和其他品種的松樹。「哇，這裡遲早要比我家附近那片松樹林要壯觀！」我想。上坡的小徑那麼的陡，以至你往上走的時候，得像頭猴子那樣，彎著腰走路。在辛恩家附近的土地上，有一片夢幻般的牧馬草場，開滿了野花，並有兩個美麗的海灣，馬匹光滑的脖子在烈日下彎向乳脂草。「天啊，這將比北卡羅來納州的森林更偉大！」我開始想著：辛恩和賈菲在草坡上砍倒了三棵巨大的桉樹，並用鏈鋸將它們鋸開（鋸掉了整根原木）；現在木塊已經設置好了，我可以看到他們開始用楔子、大錘和雙刃斧劈開原木。小徑會途經一長排的柏樹，那是多年住在這山坡上的老頭種的，目的是不讓帶霧的冷風從海洋直接吹進來。整段攀爬的路程可以分為三個部分：首先是辛恩的後院部分，然後是一段旁邊豎著籬笆的路，籬笆的外面看起來像個鹿場（有一個晚上我真的在這裡看過鹿，一共是五頭），最後一段路是近山頂的路（旁邊也有籬笆）。但就在快要到達山頂以前，山坡的右邊卻突然凹陷了進去，形成一個廣大平坦的空間，而小屋就蓋在那裡，掩映在扶疏的樹木和花叢之間。那是一棟做工精細的小屋，共有三個大房間（但賈菲只占用了其中一間），裡面放著好些木柴、一個鋸木架和一些斧頭。屋外有一間沒有屋頂的室外廁所。院子裡景致美好得就像是混沌初開的第一個早晨：太陽光從濃密的樹葉灑下，小鳥和蝴蝶肆意飛舞，溫暖而充滿花香。小屋的後頭有一道鐵絲網，過鐵絲網之後再走上一小段路就是山頂。站在山頂上，馬林縣的全景可以盡收眼底。

在小屋的門楣上掛著一塊木板，上面寫著幾個中國字。我從來不知道它們寫的是什麼，但猜也許是「馬拉止步」，馬拉（Mara the Tempter）是天魔的意思。在屋裡，我再一次見識到賈菲那簡單、整齊和有品味的生活方式。首先是好些插在陶罐裡的怒放花束（花是從院子裡摘來的），書本整整齊齊地插在橘黃色的柳條箱裡，地板上鋪著並不昂貴的草蓆，牆壁上貼著細麻布，那是我見過最細緻的壁紙。一張薄床墊鋪在草蓆上，而在床墊的前方，是一個捲得好好的睡袋。他的背包和雜物都收藏在一個門口垂著細麻布的儲物間裡面，所以來客不會見到。牆上掛著一些漂亮中國畫的複製品，還有一幅馬林縣的地圖和一幅華盛頓州西北部的地圖。他把他寫的詩用釘子在牆上釘成一疊，任何想看的人都可以翻閱。釘在最前面的一首（也就是最新的一首）是這樣寫的：「離我兩碼之外，一隻蜂鳥停在門廊上，打斷了我的閱讀。牠一下子就飛走了，而我的視線，隨之落在一根斜插在泥地裡的門柱。門柱上纏繞著一大叢長得比我身高還要高的黃花朵，每次進屋，我都得把它們推開一點點。透過黃花朵的空隙，太陽在門廊上形成一圈網影。白冠的麻雀在樹上放聲高歌，震耳欲聾，山谷下方的一隻公雞啼了又啼。辛恩．莫納漢此時正在室外、太陽下，讀著《金剛經》。昨天我讀了《鳥類的遷徙》，但用不著書本告訴我，我也知道，海鳥行將要沿著海岸向北追逐春天：六星期內，牠們就會在阿拉斯加結巢。」詩最下面的題署是「賈菲．M．賴德，柏樹居，18: III: 56.」。

我不想弄亂屋裡的東西，所以就走到屋外，躺在長得長長的綠草上，準備躺一下午等賈菲回來。但我突然想到：「我何不爲賈菲準備一頓美味的晚餐呢？」於是，我走到山路下方的雜貨店，買了豆子、鹽醃豬肉和其他一些食物雜貨，再回到小屋，在廚房的柴爐裡生火，煮了一大鍋加了糖蜜和洋蔥的豆子燜豬肉。我對賈菲收藏食物的方式感到訝異。就在柴爐旁邊的食物櫥裡，放著兩顆洋蔥、一個橘子、一袋小麥胚芽、一罐咖哩粉、米、一些神祕的乾燥中國海草、一瓶醬油。他的鹽和胡椒粉都有條不紊地裝在小塑膠袋裡，用橡皮圈紮著。這個世界上，沒有一樣東西是賈菲願意浪費掉的。但我現在卻把世界上最豐腴的豆子燜豬肉引入他的廚房，不知道他會不會不高興。廚房裡還放著一大條克莉絲汀所烤的麵包，賈菲的匕首直接了當就插在上面。

天黑了，我在院子裡等著，讓一鍋豆子豬肉放在火上燜著，保持熱度。因爲沒有別的事做，我便劈了一些木柴，堆在木爐後面的木柴堆上面。帶霧的風開始從太平洋上吹過來，讓樹木彎腰和喧鬧得更厲害。在山頂上，你唯一看得到的東西就是樹、樹、樹，一片喧騰的樹海。眞是個人間天堂。當氣溫逐漸變冷，我就走入屋內，在火爐裡生了火，把窗子關起來，一個人唱唱歌。小屋的窗子僅僅是由一些可移動的半透明塑膠片構成，它們可以讓光線照入屋裡，但屋外的人卻看不見屋內的情景，另外，它們也可以抵擋寒風。這個聰明的設計，是克莉絲汀的木匠哥哥惠特．瓊斯的傑作。很快，屋裡就變得溫暖舒適起來。過了不知多久，我聽到從喧鬧的樹木聲中，傳來一聲「嗚呃」的吆喝聲。是賈菲回來了。

我走出屋外去迎接他。他正在走過最後的一片草坡，外套披在肩上，步伐沉重而神情疲憊，顯然，工作了一天下來，他已經累了。「嗯，史密斯，你來了。」

「我煮了一鍋美味的豆子燜豬肉等你回來。」

「眞的？」他滿臉感激地說，「我餓扁了。工作了一天回到家，發現有人已經爲你準備好晚餐，不用自己下廚，簡直是如獲大赦。」我們馬上就一頭栽進了豆子燜豬肉、麵包和熱咖啡裡去。咖啡是我用平底鍋煮的，那是法式的沖泡咖啡，只要加上水，用湯匙攪一攪就可以喝。飽餐一頓之後，我們點起菸斗，坐在搖曳的爐火前聊天。「雷，我保證你在孤涼峰上會有一個頂呱呱的夏天。」

「不過我卻想先在這小屋裡過一個頂呱呱的春天。」

「那還用說。我們要做的第一件事就是在週末時邀一些可愛的妞兒來這裡樂一樂。我認識一對漂亮的姊妹花，賽姬和波莉．懷特摩爾。唔，等一下，我可不能把她們一道邀來。她們兩個都喜歡我，如果同時出現，會互相吃醋的。但不管怎麼說，以後每個週末，我們都要搞一個盛大的派對，先從辛恩家樂起，最後到這上頭來開心。我明天不打算工作，所以我們就利用明天幫辛恩劈些柴火吧。那是他唯一讓你幫忙的事情。不過，如果你願意下星期跟他一道到索薩力托工作的話，你可以賺到一天十塊錢的工資。」

「不賴嘛……十塊錢可以買到不少豆子豬肉罐頭和葡萄酒了。」

賈菲抽出一張細緻的素描畫給我看，畫的是一座山。「這是賀祖米山（Hozmeen），就是那座將要俯臨你的山。畫是兩年前夏天我在克雷特峰（Crater Peak）上畫的。那是一九五二年的事，藉著坐順風車，從舊金山一直坐到西雅圖，又再坐到斯卡吉特縣。當時我頂著個大光頭，蓄著把剛開始長長的鬍子……」

「頂著個大光頭？你幹嘛要把頭髮剃光？」

「想讓自己像個和尚，你知道佛經上是怎麼說的。」

「但你頂著個大光頭攔順風車，人家會怎麼想？」

「他們都以爲我瘋了，但大家都樂於載我一程。我在車上還向他們講解佛學，讓他們得到不少開悟。」

「我下次要學學你這一套……對了，我想告訴你我在一個沙漠旱谷裡的遭遇。」

「等一下，我話還沒說完。我到克雷特峰去，爲的是要當林火瞭望員，不過那一年雪積得很深，所以林務站先派我到格拉尼特峽谷（Granite Creek gorge），去做了一個月清除山徑積雪的工作。我說的這些地點，你在接下來的夏天都會親眼看到。一個月過後，我就跟著一隊騾子完成了最後七英里蜿蜒的西藏岩石小道，走過一些雪原和最後的一些巉岩峭壁，才到達籠罩在大風雪之中的峰頂。我打開瞭望站小屋的門後，煮了我在克雷特峰上的第一頓晚餐。風在外頭呼嘯著，雪則在兩面外牆上愈積愈厚。老哥，你到孤涼峰之後，就會見識到類似的情景。那一年在孤涼峰上當林火瞭望員的，剛好就是我老友傑克．約瑟夫（Jack Joseph）。」

「孤涼峰，好酷的名字！」

「他是第一個當孤涼峰林火瞭望員的人，我透過無線電跟他聯絡上，而他則恭喜我加入林火瞭望員的大家庭。稍後，我又用無線電跟其他山峰上的林火瞭望員聯絡上。對了，我忘了說，森林保護局會配給每個林火瞭望員一部可以同時雙向通話的無線電。林火瞭望員喜歡互相用無線電閒聊，這幾乎已經成了每天的例行儀式。他們會聊的事情包羅萬象，包括自己今天看到了熊，或請教別人要怎樣用柴爐來煎鬆餅之類的。想想看，分散在方圓幾百英里的山峰都用無線電編織成一個網絡，那是多麼壯觀的光景！老哥，你要去的可是一個如假包換的原始地帶，你到了那上頭就會曉得。從我的小屋，可以看見孤涼峰上的燈光。晚上，傑克會閱讀地質學的書籍打發時間。白天的時候，我們會以鏡子互打信號，來校正林火尋視器，好讓它精準得像個羅盤。」

「天啊，當林火瞭望員需要懂那麼多的本事，我學得來嗎？我只是個簡單的詩人流浪者。」

「喔，你學得來的。磁極、北極星，還有北極光，這些都是你統統要學會的。每個晚上，我都會和傑克用無線電交談。有一次，他告訴我，有一大群瓢蟲攻擊他的小屋，不但整個屋頂都布滿瓢蟲，就連水槽裡也爬滿。又有一次，他告訴我他白天在一條山脊上散步時，竟然踩到了一頭熟睡的熊。」

「老天，我以為這地方已經夠野的了。」

「那還不算什麼……你知道嗎，還有一次，我們在通話的時候，正值雷暴逼近孤涼峰，談到最後，傑克告訴我，雷暴太接近了，他必須馬上關機，接著，他的聲音就消失了。當我望向孤涼峰，只見它整個都被黑雲籠罩住了，雷電像跳舞一樣轟個不停。不過，夏天過後，孤涼峰就變得乾燥，繁花處處。天氣好的時候，我喜歡只穿著內褲和登山靴，到處尋找雷鳥的巢，或者爬爬山。我還被蜜蜂螫過好幾次……孤涼峰有海拔六千英尺（約一八二九公尺）那麼高，可以望得見加拿大和奇蘭高原（Chelan highlands）。你在那上面可以看得到鹿、熊、穴兔、老鷹、鱒魚和金花鼠。雷，我保證那裡一定會讓你心花怒放的。」「我會滿懷期待的。我敢說那裡不會有蜜蜂螫我吧。」之後，他就拿出一本書來讀了一會兒，我也一樣。我們各自在一盞油燈旁邊閱讀。那是一個寧靜的夜，帶霧的風在樹叢之間喧囂，在山谷的另一邊，有一頭騾發出了我生平聽過最淒厲的嘶鳴。「每次聽到那頭騾的哭聲，」賈菲說，「我都會有爲所有生靈禱告的衝動。」說完，他就以完全趺坐的姿勢，動也不動地打坐了一會兒，然後說：「好了，該睡了。」這時我卻想把冬天我在松樹林裡打坐時所領悟到的一切告訴他。但他的反應卻讓我驚訝。「那都不過是言語罷了，」他憂鬱地說，「我不想聽你那些用一整個冬天堆砌出來的言語。老哥，我只想透過行動來獲得開悟。」他的樣子，也已經跟去年有所不同。他顎下那把山羊鬍已經剪掉，讓他的臉上原有的一點點喜感消失不見，只剩下純然的瘦削與嶙峋。另外，他也把頭髮理成了平頭，讓他看起來像個日耳曼人，嚴峻而憂鬱，又特別是憂鬱。他臉上流露著某種失落感，一種打從靈魂深處流露出來的失落感，似乎正是這種失落感，讓他不願意聽我告訴他，萬事萬物永永遠遠都會是好端端的。突然間，他跟我說：「我很快就要結婚了。我對這樣晃蕩下去感到累了。」

「但我還以爲你要一輩子奉守淸貧和自由的禪理想吶。」

「噢，也許我對這一切都厭倦了。等我從日本的佛寺回來，說不定就會換一個人生。也許我會去工作、賺很多錢和住在一棟大房子裡。」但一分鐘以後，他又說：「其實，誰又願意被這些鳥東西所奴役呢？我也不願意。我只是有點消沉罷了，而你說的那些事情，只會讓我的消沉再添幾分。我姊姊回來了，你知道嗎？」

「你說誰？」

「我姊姊，蘿妲（Rhoda）。我跟她是一起在俄勒岡的森林裡長大的。她打算要嫁給芝加哥一個有錢的小白臉、一個不折不扣的呆頭鵝。說巧不巧，我爸爸跟我姑姑諾絲（Noss）也有過不愉快。她是個老惡女。」

「你不應該把山羊鬍剃掉的，它可以讓你看起來像個快樂的小和尚。」

「唉，我已經不再是個快樂的小和尚了，我累了。」一整天的工作讓他筋疲力竭。我們決定去睡覺，把一切都拋諸腦後。事實上，我們對彼此都有一點點怨尤。白天的時候，我發現院子裡一叢怒放玫瑰的旁邊，是個很適合夜宿的地點，所以就拔了很多青草，在上面鋪成厚厚的一層。現在，我拿著一個手電筒和從一瓶從水龍頭接來的冷水，向那裡走去。我首先打了一會兒的坐。我已經無法再像賈菲那樣，能夠在室內打坐。經過了一冬天的森林夜間打坐，我已習慣了打坐的時候非要聽到蟲鳴鳥叫和感受到地裡透出的寒氣不可，因爲只有這樣，才能讓我覺得自己跟萬物是血脈相連的，感受到我們全都是空與覺，都是已經獲得了拯救的。我爲賈菲做了個禱告，因爲我覺得他正在轉變，而且是朝壞的方向轉變。破曉時，一陣小雨打在我的睡袋上，我把墊在睡袋下面的披風抽了出來，蓋在頭上，咒罵了幾句，就繼續睡去。太陽在七點的時候重新露臉，在玫瑰花之間翻飛的蝴蝶不時都會從我頭上飛過，一隻蜂鳥甚至嗡嗡嗡地向我俯衝，到極近的距離才又快樂地飛走。事實上，我誤解了賈菲的轉變了。那個早上，是我們一生中最棒的一個早上。他站在門前，口中念念有詞在念咒：「布達沙朗喃戈闌米……曇摩沙朗喃戈闌米……沙岡沙朗喃戈闌米。」念完就向我喊道：「來吧，小朋友，鬆餅煎好了，起來吃早飯吧。」橘色的太陽光從松樹葉之間篩下來，一切又再次美好起來。事實上，賈菲經過一夜思考，認定我勸他堅守佛法的主張是正確的。

二十五

賈菲煎了一些蕎麥做的鬆餅，非常美味，我們配著糖漿和一點點牛油吃。我問賈菲，剛才他念的是什麼咒。「那是日本僧人用三餐前所念的咒，意思是『我皈依佛』、『我皈依僧』、『我皈依法』。明天早上，我會做另一道美味的早餐給你嚐。那是馬鈴薯炒蛋，我保證你從沒吃過。做法很簡單，只要把炒過的蛋再跟馬鈴薯炒在一塊就行。」

「那是『伐木傑克』（lumberjack）的飲食嗎？」

「根本沒有『伐木傑克』這樣的詞兒，那一定是東部佬帶貶意的用語。我們在北部都只用伐木工（loggers）這個稱呼。吃完早餐以後，我們一起到下面劈柴去，我會教你怎樣使用雙刃斧。」他把斧頭拿出來，一邊磨它一面教我磨的方法。「用斧頭砍木頭的時候，記得要在下面墊一截圓木或一塊厚木板。千萬不要直接把木頭放在地上劈，否則斧刃就有可能因爲砍到石頭而變鈍。」

我跑到外面去上廁所，上完回來的時候想對賈菲開一個禪的玩笑，就把一捲衛生紙從窗外拋進屋裡，想嚇賈菲一跳。沒想到他的反應卻是發出一聲日本武士式吶喊，一躍而上窗台（穿著短褲和登山靴、手上拿著一把匕首），然後再縱身一跳，跳到院子裡。這一跳，足足有十五英尺（約四五七公分）遠，只有瘋子才幹得出來。我們帶著高亢的情緒往山坡下面走。先前辛恩在賈菲幫忙下砍的幾棵大樹，現在都已經被鋸成了一截一截的圓木，堆在院子裡。每截圓木的切面，都有好幾條裂隙，劈它們的時候，你只要拿一把鐵製的楔子插進其中一條裂隙，然後把五磅重的大鐵鎚高舉過頭，往下用力敲擊楔子，圓木就會應聲被劈成兩半（但劈的時候你得站後面一點，以免失手時大鐵鎚會敲到你的腳踝上）。繼而，你把剖半的圓木放在一塊厚木板上，揮動利如剃刀的雙刃斧，就可以把它又劈成兩半。同一個步驟再重複兩遍，原來偌大的一截圓木就會被分解成爲八塊木柴。賈菲把運錘和揮斧的動作示範給我看，又交代我，不用施力太猛。不過稍後我卻看到，他劈紅了眼睛以後，每次運錘揮斧，都是使出全身吃奶之力，而且總是伴隨著一聲他那著名的吆喊（不然就是一聲咒罵）。我很快就抓到了訣竅，劈起木頭來像個劈了一輩子的人。

這時，克莉絲汀走到院子來對我們說：「待會兒我會爲你們準備一頓美美的午餐。」

「謝啦。」賈菲回答說。他和克莉絲汀情同兄妹。

我們劈了好一些圓木。每次堅硬的圓木抵受不住大鐵錘的猛擊（少則一次、多者兩次）而一分爲二時，都讓人很有快感。木屑的味道，加上松樹的香氣，加上從大海吹來的微風，加上在草地上蹁躚翻飛的蝴蝶，這一切只能用「完美」兩個字來形容。接下來，我們吃了一頓很好的午餐，包括熱狗、米飯、湯、紅酒和現做的餅乾。吃飽後，我們盤著腿、赤著腳，在辛恩那巨大的圖書室翻看藏書。

「你有聽過一個弟子問他的師父禪師『什麼是佛？』的故事嗎？」

「沒有。怎說？」

「『佛就是一坨曬乾的糞便。』聽到這個答案以後，那弟子馬上獲得頓悟。」

「不折不扣的狗屎。」我說。

「你知道什麼是頓悟嗎？我再告訴你一個故事。有一個弟子問了師父一個問題，但師父卻不回答，反而拿起一根棒子打他，打得他跌落到涼廊下方十英尺一個爛泥堆裡。站起來的時候，那弟子不但不惱怒，反而放聲大笑。他後來也成爲了一位禪師。讓他獲得頓悟的不是言語，而是那把他從涼廊往外健康的一推。」

「讓弟子在泥巴裡打滾，可眞是有夠慈悲的吶。」我這樣想，但沒有說出口。我還不打算向賈菲推銷我的「言語」。

「哇！」他喊著，把一朵花扔向我的頭，「你知道迦葉（Kasyapa）是怎樣成爲禪宗第一代祖師的？有一次，有一千二百五十名比丘，穿著袈裟，盤著腿，圍坐在佛陀四周，等待聽他說法，但佛陀卻什麼都沒有說，只是舉起一朵花，默然良久。在場的每個人都面面相覷，不知道那是什麼意思，只有迦葉一個人發出會心的微笑。於是佛陀就選定他作爲自己衣缽的傳人。這就是著名的拈花開示。」

聽他說完，我跑到廚房拿了一根香蕉來吃，一面吃一面對賈菲說：「嗯，現在讓我來告訴你什麼是涅槃。」

「是什麼？」

我把香蕉吃掉，把皮扔得遠遠的，什麼都沒說。「這就是香蕉開示。」

「嗚呃！」賈菲叫喊了一聲。「我有告訴過你郊狼老人（old man coyote）是怎樣開天闢地的嗎？根據印第安人的神話，他是和銀狐一起不斷踩不斷踩，才在眞空裡踩出一片地來的。對了，快來看看這幅畫。這是著名的馴牛圖。」印在他手上那本書裡的中國畫，可以算得上是一幅中國古代的漫畫。在第一格畫面裡，畫的是一個年輕小伙子，他提著一個包包和拄著根拐杖，走在荒野裡，看起來就像納特．威爾斯[97]在一九〇五年演的那些美國流浪漢。接下來，他發現了一頭牛，便奮力想馴服牠、騎上牠的背，最後終於成功了。不過，在接下來的畫面，他卻甩下了牛不管，坐在月色下打坐。再接下來的畫面一片空白，什麼也沒有畫。而在最後一格畫面，那年輕小伙子已經變成了一個肥胖的大個子，臉上掛著古怪的大笑容，背上揹著一個大袋子，要入城去找一個已經悟道的屠夫買醉去，但與此同時，卻有另一個提著包包、拄著拐杖的年輕小伙子，正要往山裡走去。

「這種情形是重複上演的，師父和弟子都要經歷過相同的求道過程。首先他們需要馴服心靈的野牛，然後又把牠甩掉，之後達到空的境界，就像什麼都沒畫的那一格空白畫面所象徵的。然後，他們就會下山，到城裡去找像李白這一類已經悟道的屠夫買醉去。」這是一幅饒有智慧的漫畫，它讓我憶起自己的體驗。我在松樹林裡的時候，也經歷過一段與自己心靈的野牛角力的過程，那之後，我才了悟到一切都是空與覺，了悟到我根本無須做些什麼，所以，現在我就來這裡來，找屠夫賈菲買醉。我們又聽了些唱片，吸了一陣子菸，就再回到院子裡劈柴去。

到下午天氣轉涼，我們回到山坡上的小屋，為今晚舉行的派對梳洗更衣。這一整天下來，

SECTION
二十五

賈菲在山坡跑上跑下不下十次，有時是去打電話，有時是去看克莉絲汀，有時是去拿麵包，有時是去拿床單（每次他要跟一個女孩相好前，都會在他的薄床墊上鋪上一張乾淨的白床單，這個行爲，對他來說已經成爲了一種不可或缺的儀式）。但我卻什麼都沒做，只是在草地上閒晃，要不就是寫寫俳句和看著一隻兀鷲在山坡上盤旋。「這附近一定有什麼動物死了。」我想。

賈菲問我：「幹嘛你一整天都大剌剌地坐著？」

「我在修習無爲。」

「無爲跟懶洋洋有什麼分別？把你的無爲燒了吧，我的佛教講求的是行動。」說完，他又匆匆忙忙往山坡下走去了。我聽得見他在辛恩的院子裡鋸木頭和吹口哨的聲音。賈菲這個人，連一分鐘都靜不下來。他的打坐，是有固定時間表的：每天一醒來就打一次坐，下午再打一次（只有大約三分鐘長），這就算是交了差。但我打坐卻是從容不迫和隨時隨地的。我們是走在同一條道路上兩個不同的怪和尚。稍後，我拿了一把鏟子，走到我夜宿的那片草地，

97 編按：納特．威爾斯（Nat Wills，一八七三—一九一七），二十世紀初的美國知名舞台明星，以扮演流浪漢的幽默劇著稱。

把地鏟平：它原來有一點點斜度，睡起來不盡舒服。經我這樣處理過，那天晚上派對結束後，我果然睡得前所未有的好。

晚上的大派對很狂野。賈菲約來參加派對的女孩是珀莉．惠特莫爾。珀莉是個漂亮的尤物，有一頭西班牙式髮型和一雙烏溜的眼睛，而且也是一名登山的愛好者。她剛離婚，一個人住在米爾布雷（Millbrae）。克莉絲汀的哥哥惠特．瓊斯也來了，帶著未婚妻帕蒂絲（Patsy）一道。當然，辛恩也是決不會缺席的，他工作回來後，就爲參加派對趕快梳洗。派對另一個值得一提的來賓是巴德．迪芬多夫（Bud Diefendorf），他是佛教協會的管理工友，以此賺取房租和可以免費參加協會舉辦的課程。他是個高大、温和、抽菸斗的佛教徒，滿腦子奇思怪想。我喜歡他，其中一個原因是他本來大有希望成爲一個芝加哥大學的物理學家，但後來卻捨物理學而跑去念哲學，而現在，他卻又變成了哲學最致命的殺手。他告訴我：「我做過一個夢，夢見自己坐在樹下彈琵琶，一面彈一面唱『我無名沒姓』。我是個無名的托缽僧。」在一趟漫長艱苦的順風車之旅以後，能跟那麼多佛教徒聚在一起，眞是一大樂事。

辛恩是個有點奇怪的佛教徒，滿腦子都是迷信思想。「我相信有妖魔鬼怪的存在。」他說。

「哦，是嗎？」我一面輕撫他小女兒的頭髮一面說，「但所有小小孩都知道，每個人死了之後，都是會上天堂的。」對我的這番話，辛恩只是温柔而悶悶地點了點頭。他是個很和氣的人，常常把「欸」[98]掛在嘴上，就像他停泊在海灣裡那艘老船所發出的聲音（那只是一艘大約十二英尺〔約三．六公尺〕長的破船，沒有船艙，以一支長滿鐵鏽的錨碇在水裡。每次它被暴風吹跑，我們就要勞師動衆，划著小船到冷颼颼、霧茫茫的大海裡將它拖回來）。克莉絲汀的哥哥惠特．瓊斯是個可愛的年輕人，才二十歲，雖然很少說話，但臉上始終保持微笑，即使受到捉弄，也不會抱怨。派對隨著三對男女脫光衣服在門廊上跳著古雅無辜的波爾卡舞而進入了高潮（這時小孩都睡覺了）。這情境對我和巴德一點影響都沒有，我們只是靜靜坐在一個角落，抽菸斗和談論佛學（事實上，這是我們最明智的做法，困爲我們並沒有女伴）。但賈菲和辛恩就不同了，他們硬要把帕蒂絲拉入臥室，想要上她。不過，他們這樣做，只是爲了逗逗惠特，而全身赤條條的惠特果然被氣得滿臉通紅。屋子裡到處都是摔角聲和笑聲。我和巴德盤著腿坐著，一些赤條條的女孩故意跑到我們面前跳舞，我們哈哈大笑，意識到這個場面有著強烈的似曾相識感。

「雷，這場面我們似乎在某個前一世看過，」巴德說，「當時你我都是西藏某間佛寺的喇嘛，而一些女孩要跟我們雅雍前先在我們面前跳舞。」

98 譯註：一種附和別人意見的語氣。

「對，我們都是老和尚了，對性不再感興趣，但辛恩和賈菲卻還是年輕的和尚，內心仍然充滿慾望之火，還有很多需要學習的地方。」話雖如此，看著那些裸女跳舞時，我們仍然會不時偷偷舔唇。但大多數時間我都是閉起眼睛聽音樂，因爲儘管我很有誠意和盡了最大的努力去排除內心的慾念（努力得咬牙切齒），但上上之策顯然還是閉上眼睛。除了有人裸露這一點以外，今晚的派對和樂融融得就像一個家庭聚會。到最後，大家都睏了，便各自找地方睡去。惠特帶著帕蒂絲離開，賈菲則帶著珀莉到小屋的乾淨白床單去。我在玫瑰花叢旁邊攤開睡袋。巴德帶了自己的睡袋來，在辛恩家地板的草蓆上打地鋪。

第二天早上，巴德走到山坡上面來，點起菸斗，坐在草地上和我聊天，那時我才剛醒過來，還在揉眼睛。那一天（星期天），辛恩家來了一大堆客人，其中有半數爬到山坡上來，要看看漂亮的小屋和兩個著名的瘋和尚。普琳絲、艾瓦和庫格林都來了。辛恩在院子的大木板上擺上了漢堡、紅酒和泡菜，生了個大營火，又拿出他的兩把吉他來。在陽光普照的加州，加上有佛法可以聊，有山可以爬，這種生活眞是寫意得無以復加。所有客人都揹著背包和自備睡袋，他們有一部分計畫第二天去爬爬馬林縣那些漂亮的山脈。整個派對分成了三組人馬，一組在起居室裡聽音響和翻書，一組在院子裡吃東西和聽辛恩彈吉他，一組則在我們的小屋裡泡茶談詩談佛法，或是在山頂上閒逛，看小孩放風箏。這種情景每個週末都一再重演，而一群悠閒自得的男男女女，就像是一群在「空」裡倘佯的天使和洋娃娃。這個「空」，跟「馴牛圖」中那格空白畫面一樣，都是個繁花盛放的「空」。

巴德和我坐在山坡上看風箏。「那個風箏飛不了很高，它的線不夠長。」我說。

巴德說：「說得好。你這話讓我想到我打坐時碰到的主要問題。我之所以一直無法到達涅槃的境界，就是因爲風箏線不夠長。」他一面抽菸斗，一面爲這一點凝神沉思。他是這個世界上最認眞的傢伙。他又把這個問題思索了一整夜，第二天對我說：「昨晚我夢見自己是條魚，在虛空的海洋裡游淌，有時候游向左，有時候游向右，但我卻沒有左和右的觀念，完全是我的鰭在帶動我，它們就是我的風箏線。所以我是條佛魚，我的鰭則是我的智慧。」

「那你的風箏線，可是條無限長的線啊。」我說。

每次派對進行到一半，我都會偷偷跑到尤加利樹下面去打個盹（白天睡在玫瑰花叢旁邊會太熱）。尤加利樹的樹蔭讓我可以睡得很甜。有一個下午，當我凝視這些參天大樹最上層的樹枝和樹葉時，我發現到，它們都是一些很有韻律的快樂舞者，正在爲自己能被委派到那麼高的位置、能體驗到整棵樹的款擺而歡欣鼓舞。有一次，我在樹下睡覺時做了個怪夢。我夢見一張鋪滿黃金的紫色寶座，上頭坐著個像永恆教宗的人，羅希就在附近。寇迪當時正在小屋裡和一些傢伙笑鬧，但他也似乎是站在這個異象的左方，看起就像個天使長。不過，當我睜開眼睛之後，唯一看到的只是太陽。我前面說過，有一隻不比蜻蜓大的漂亮藍色小蜂鳥，每天（通常都是在早上）都會呼嘯著向我俯衝（毫無疑問是要跟我說「哈囉」），而我總是會用一聲吶喊，回應牠的招呼。後來，牠甚至會飛到小屋的窗戶前，一雙薄翅振個不停，身體像是要瞄準一樣左右微微移動，盯著我看一陣子，再如閃電般飛走。

儘管我們已經彼此熟稔，但我有時還是會擔心小蜂鳥會用女帽飾針般的長尖嘴，刺穿我的頭殼。另一個我很熟的朋友是一隻在小屋地窖裡爬來爬去的老鼠（所以晚上睡覺，我們都會把門關得緊緊的）。我其他的好朋友還有螞蟻，牠們為了尋找蜂蜜，曾經把大軍成一縱列開入小屋裡來。為引開牠們，我在蟻丘至後花園之間的路上澆了一細線的蜂蜜。這條蜜之路讓牠們享受了一星期的美好時光。我有時甚至會跪在地上跟牠們說話。小屋四周遍布各種漂亮的花朵，有紅的、紫的、粉紅的、白的，我們常常會拿它們來造成花束。但最漂亮的一束，卻要算是賈菲單單用松毬和松針造出來的一個。它那簡單卻漂亮的外型，正好是賈菲生活的寫照。賈菲常常會忙進忙出，而當他拿著把鋸子衝入屋裡，卻看到我好整以暇地坐著，就會問：「你為什麼一整天坐著？」

「我是個叫大懶鬼的佛。」

聽到這個，他臉上就會泛起一個童稚般的可愛笑容，一個就像中國小孩的笑容：魚尾紋會在他的眼角皺起，嘴巴裂得大大的。他有時真的會被我逗得非常開心。

每一個人都愛賈菲，珀莉、普琳絲以至已婚的克莉絲汀都愛他愛得發瘋，而她們都在暗地裡忌妒賈菲的最愛：賽姬。我看到賽姬是在我入住小屋的第二個週末。她是個嬌小可愛的可人兒，穿著牛仔褲和黑色的毛線衣，毛線衣的領口翻出白色的襯衫領子。賈菲告訴過我，他有一點點愛上了賽姬，不過，令他頭大的是，不管他怎麼哄，賽姬就是不肯跟他上床。他曾經試過用灌她酒這一招，但賽姬只要一開始喝酒就停不下來，最後醉得不省人事。她來的那個週末，賈菲在小屋裡為我們三個人做了馬鈴薯炒蛋，然後借了辛恩的老爺車，開了一百英里的路，到海濱一處偏僻的沙灘玩。我們在沙灘上的岩石邊撿來一些被海水沖上岸的蚌，用海草裹住，放在一個大柴火上，加以煙燻。我們還帶了葡萄酒、麵包和乳酪。賽姬一整天都趴在沙灘上，不發一語。不過，有一次她卻抬起了頭，用一雙湛藍的小眼睛看著我說：「史密斯，我看你還停留在口腔期，不然怎麼整天都在吃吃喝喝。」

「因為我是個肚子空空如也的佛。」

「你說她可不可愛？」賈菲說。

「賽姬，」我說，「整個世界都是一齣電影，雖然裡面有各式各樣的東西，但它們的本質都是一樣的，而且是不屬於任何人的。」

「眞會鬼扯。」

接下來，我們在海灘上跑來跑去。一度，賈菲和賽姬走在前頭，我一個人走在後頭。我一面走一面吹口哨，吹的是斯坦．蓋茨（Stan Getz）的《史黛拉》（*Stella*）。前頭有兩對帥哥美女聽到我的歌聲，其中一個女的轉過頭對我說：「搖擺吧！」海灘旁邊有一些天然形成的山洞，賈菲曾經拉來一票人，在裡面搞了一次營火天體舞會。

然後又是星期一。每次派對結束後，我們的小屋都會變得像間烏煙瘴氣的小廟，等著賈菲和我去打掃。因爲上一個秋天我所獲得的獎學金還剩下一點點（都是以旅行支票的形式寄給我的），於是我就拿出其中一張旅行支票，到高速公路旁的超市去，買了麵粉、麥片、糖、糖蜜、蜂蜜、鹽、胡椒粉、洋蔥、米、麵包、豆子、黑眼鷹嘴豆、馬鈴薯、紅蘿蔔、包心菜、萵苣、咖啡，還有一瓶半加侖裝的紅波特酒，然後磕磕絆絆地走回山上去。這些補給品讓賈菲那個小而整潔的食物櫥頓時被塞得滿滿的。「我們要拿這麼多食物怎麼辦？有再多路過的行腳僧只怕都吃不完。」不過事實證明，我們要餵飽的行腳僧多得超過我們所能應付。我們住下愈久，來找我們的朋友就愈多。他們其中一個是醉鬼喬伊．馬漢尼（Joe Mahoney），他是我前年認識的一個朋友，每次來都是奄奄一息的模樣，一躺就是三天三夜（就連早餐也是我端到床上給他吃），但一等恢復元氣，他就會再到「好地方」和北灣區的其他酒吧，再戰三百回合。每逢週末，我們的小屋裡都擠滿叫囂笑鬧的人群，最多的時候可多達二十個，而我則會忙著在廚房裡把黃色的粗玉米粉、切片的洋蔥、鹽和水放到燒熱的煎鍋裡，用湯匙攪了又攪，好讓這幫人除了有茶可喝以外，還有熱東西可吃。記得一年前，我曾經在一部易經占卜機裡投了幾個硬幣，想看看我的運程會是如何，得到的預言是：「你將要餵養他人。」果不其然，自從來了辛恩的小屋以後，我經常要站在熱烘烘的火爐邊做吃的。

「外面那些樹木和山脈不是魔法而都是眞的，這話意味著什麼？」我一面在廚房裡忙，一面大聲指著大門外說。

「意味著什麼？」他們說。

「意味著外面的樹木和山脈都不是魔法而都是眞的。」

「那又怎樣？」

然後我又說：「如果說外面的樹木和山脈都不是眞的而只是魔法，這話意味著什麼？」

「少來了！」

「那就意味著外面的樹木和山脈都不是眞的，只是魔法。」

「幹，就當是吧！」

「你們在說『幹，就當是吧』這話的時候，是什麼意思？」

「你倒說說看是什麼意思！」

「就是『幹，就當是吧』的意思。」

「把頭埋到你的睡袋去吧，不要再來煩我們了。順便拿杯咖啡過來吧。」我在爐子上經常都會燒著一壺咖啡。

有一個下午，我跟一些小孩一起坐在草地上。他們問我：「爲什麼天空是藍色的？」

「因爲天空是藍色的。」

「我們是想知道，爲什麼天空是藍色的？」

「天空是藍色的，是因爲你們想知道天空爲什麼是藍色的。」

「藍色你個大頭。」

有些小孩喜歡朝我們小屋的屋頂扔石頭，因爲他們以爲裡面沒有住人。有一天下午，當他們躡手躡腳走到門前，想瞧瞧裡面有什麼東西的時候，我和賈菲剛好就在裡面（我手上抱著隻比墨還黑的貓）。就在他們要把門打開的一剎那，我先把門打開了。我手上抱黑貓，用低沉的聲音說：「我是鬼。」

他們楞楞地看著我，相信我說的是眞話。「呃……」只說了這個字，他們就一哄而散，從此沒有再來扔過石頭。他們都以爲我是個男巫，而我也確實是。

二十六

大夥打算在賈菲上船（一艘日本貨輪）到日本的前幾天，爲他搞一個盛大的歡送派對。計畫中，那將是一個盛大得前所未有的派對，要從辛恩的起居室延伸到生著巨大營火的院子，再延伸到山坡上的小屋甚至更上面去。我和賈菲因爲參加過的派對次數已經夠多，所以並沒有抱著太期待的心情。不過，屆時每一個人都會出席，包括他的一衆女朋友（連賽姬在內），包括詩人卡索埃特、庫格林和艾瓦，包括普琳絲和他的新男友，甚至還包括佛教協會的會長亞瑟．韋恩（Arthur Whane）一家。就連賈菲的父親都會來。當然還有巴德，和不特定何處來的夫妻們，每個來賓都會帶著葡萄酒、食物和吉他一道來。賈菲對我說：「我對這一類派對已經厭膩了。等歡送派對過後，我們一起去爬爬馬林縣的山怎麼樣？我們揹上背包，去爬它個幾天的山，我會帶你到波特列羅露營區（Potrero Meadows camp）和勞雷戴爾（Laurel Dell）露營區去走走。」「當然好。」這時，一天下午，賈菲的姊姊蘿妲突然帶著未婚夫出現在我們眼前。他們的婚禮計畫在賈菲爸爸位於米爾河谷的家裡舉行，場面將會很盛大。當蘿妲突然出現在小屋的門前時，我和賈菲正在無所事事地坐著。她修長、金髮而美麗，而她的未婚夫衣履光鮮，人很英俊。一看到蘿妲，賈菲就「嗚呃！」一聲跳了起來，給了她一個熱情的擁抱，而蘿妲的反應也是一樣熱烈。但他們接下來的對話，令人匪夷所思！

「妳老公是個床事高手吧？」

「那還用說，你這個渾蛋，他可是我千挑百選揀出來的！」

「最好是那樣，不然妳可以打電話給我。」

之後，爲了表現，賈菲動手在煤油爐裡生了個火。「我們在北部的高山森林上都是靠生這種爐火取暖的。」但他卻在木爐裡倒入了遠超過需要的煤油，然後跑開，像個設計了什麼惡作劇的小男孩一樣等著——跟著，爐子就「迸」的一聲發生了一個小爆炸。就連在小屋另一頭的我，也可以感受得到爆炸震波的衝擊。之後，賈菲對那個可憐的未婚夫說：「嗯，你對於新婚之夜該採取哪些體位，已經想好了沒有？」蘿妲的未婚夫前不久才從緬甸服役回來，本來想拿這個當話題，卻一句話都插不上嘴。聽到蘿妲邀他參加婚禮時，賈菲說：「我可以一絲不掛出席嗎？」

「你愛怎樣都可以，只要來就行。」

「我已經可以看到那時的場面了：桌子上擺著大大個的雞尾酒玻璃盅，仕女們全戴著上等的細亞麻布帽子，音響在播又美又感人的風琴樂，而每個人都在拭淚，因爲新娘子實在太美太美了。老實說，蘿妲，你幹嘛要淌這種中產階級生活的渾水呢？」

「我可不在乎，我只是想讓生活有個新的開始罷了。」她的未婚夫很有錢。事實上，他也是個很不錯的人，因爲雖然賈菲一直要叫他難堪，但他還是努力保持微笑。這讓我覺得很過意不去。

他們離開後，賈菲說：「你看著好了，她們的婚姻絕對維持不了半年以上。蘿妲是個超級野的女孩，不是那種可以無所事事待在一棟芝加哥公寓裡的人。穿著牛仔褲遠足爬山才是她的本色。」

「你愛她，對不對？」

「對斃了，應該讓我來娶她的。」

「但她可是你姊姊。」

「我可不爲這個。她需要的是一個像我這樣的眞男人。你不是跟她一起在森林裡長大的，所以不知道她有多野。」事實上，蘿妲是那麼的漂亮，我眞希望她不是已經有一個未婚夫。雖然每個週末都有那麼多的女孩子在這裡團團轉，但卻沒有一個是屬於我的。我對女色固然不是很熱中，但每次派對結束後，看到別人都成雙成對離開，我卻一個人裹著睡袋孤眠獨枕，難免會感到孤單落寞，並因此唉聲嘆氣。我只有嘴裡的紅酒和一堆柴火。

不過，後來當我在鹿場裡發現一隻死烏鴉的時候，卻又這樣想：「對敏感的眼睛來說這眞是某種景象啊，那就是性造成的。」這個觀照讓我可以再一次把性從心思中排除。只要太陽一直在照耀、落下後重新再出來，我就感到心滿意足。我決心要保持我的孤獨，不讓放縱擾亂我的平靜與慈悲。「慈悲是導航星，」佛陀這樣說過，「不要跟上級或女性爭辯，要謙卑。」我爲所有將要出席歡送派對的人寫了一首詩：「你們的眼瞼裡都是戰爭，都是絲……但所有的聖僧都走了，全走了，安然到達了彼岸。」我眞的視我自己爲某種瘋和尚。我不斷告誡自己：「雷，不要追逐酒精、女人和言談的刺激，留在小屋裡，享受與事物的自然關係。」不過，要謹守這樣的高標準並不容易，因爲每個週末出現在我眼前的漂亮妞兒實在太多了。有一次，我好不容易說服了一個漂亮尤物跟我一起到山坡上的小屋去，沒想到正當我們在床墊上廝磨時，門卻砰地一聲被推開，辛恩和喬伊．馬漢尼隨之笑哈哈和手舞足蹈地走了進來。看來，他們是故意來攪和的，想要看看我被氣瘋的樣子……不過，又也許他們只是兩個好心的天使，不想看到我苦苦修行的成果毀於一旦，才特意要來把迷惑我的女妖趕走——而他們也確實成功了。好吧，算了，我不跟你們計較！有時，當我喝得酩酊大醉，情緒高昂時，就會盤腿坐在瘋狂派對的中央。這時，我會在眼瞼上看到一些空寂的聖雪。而當我再次睜開眼睛，往往會看到一干好友坐在我周圍，等著我解釋我到底是怎麼回事。沒有人認為我舉止怪異，因為在佛教裡，這是很平常的事。而不管我有沒有作出解釋，他們都會一樣心滿意足。事實上，那一整季，我在其他人多的場合，都會有閉目的衝動。我的這個舉動讓女孩們覺得毛毛的。「他為什麼老是閉著眼睛坐著？」她們問。

有時，小般若（辛恩兩歲大的女孩）會走到我面前，用手指戳戳我閉著的眼皮說：「喂！醒醒！」有時，我更喜歡牽著她的手，帶她在院子裡小小地散一個神奇的步，而不是坐在客廳裡叫嚷。

賈菲對我做的一切都很滿意，只要我不犯一些愚蠢可笑的錯誤就行：像磨斧頭不得其法或把煤油燈的燈芯調太高讓燈冒煙之類的。他對這一類事情的要求很嚴格。「你一定得用心學習！」每次我犯了這一類的錯誤，他就會這樣說，「幹，如果說有什麼是我不能忍受的話，那就是事情沒有被做對。」賈菲能夠從食物櫥裡，將屬於他那部分的食材變出一頓美味晚餐這一點，總讓我驚訝不迭。他靠著從唐人街買回來的各式各樣野草和乾草根，煮成一鍋，加上一點醬油，再把它們澆到剛煮好的米飯上頭，就美味無比。每天傍晚，我們都是坐在窗戶洞開的小屋裡，一面聽外面樹木的嘈雜聲，一面用筷子嘖嘖嘖地吃美味的中國式家常便飯。賈菲是個眞正懂得駕馭筷子的人，可以隨心所欲夾他想夾的菜。吃過晚飯（有時候包括洗過碗），我就會到外頭打坐。透過打開的窗户，我可以看到賈菲坐在棕黃色的煤油燈旁閱讀和剔牙的樣子。有時，他會走到門前，喊一聲「嗚呃！」而如果我沒有回喊，他就會嘀咕地說：「他死到哪去啦？」然後探頭凝目，在黑暗裡尋找他的行腳僧同伴。有一晚，我在打坐的時候，突然聽到從我的右邊傳來一陣響亮的「啪啦」聲。我轉頭望去，看到原來是一頭鹿，牠來，看來是爲了重溫這個古老的鹿場。牠嚼了好一陣子的乾葉子後方才離開。在山谷的對面，令人心碎的騾叫聲又再一次傳來，就像是一些憂傷無比的天使所吹起的號角聲，它似乎是要提醒人們，他們正在家裡消化的那頓晚餐，其實不如他們自己想像的美味。不過，也說不定我們聽起來淒涼的騾叫聲，在另一頭騾聽來只是一種求歡的聲音。這就是爲什麼……

有一個晚上，有兩隻蚊子在我打坐的時候分別飛到了我的兩頰上。但由於我是那樣的寂然湛然，以致牠們根本不知道我是個人，所以並沒有叮我。牠們停留了很長的時間才飛走，始終沒有叮我。

二十七

在盛大的歡送晚會舉行的幾天前，我和賈菲發生了一場爭執。那一天，我們一起到舊金山，把他的腳踏車先送上停在碼頭邊的日本貨輪上，然後再到貧民區的理髮師訓練學校，剪了個便宜的頭髮，繼而到「善心人」和「救世軍」的商店，想買些長筒形內褲。走在濛濛細雨的街頭時，我突然酒興大發，便買了一瓶紅得像紅寶石的波特酒，拉賈菲到一條後巷喝將起來。「你最好不要喝太多，」他說，「不要忘了我們待會兒還要到柏克萊的佛教中心，參加講座和討論會。」

「噢，我根本不想去，我只想留在這裡喝酒。」

「但他們卻期待你去，我去年把你全部的詩朗誦給他們聽了。」

「我不管。看看這條煙雨濛濛的後巷，看看這瓶嫣紅的波特酒，難道你不覺得我們像是在雨中唱歌嗎？」

「才不。你知道嗎，卡索埃特說過，你喝酒喝太兇了。」

「他才喝太兇！不然你以為他為什麼會得胃潰瘍？我有得過胃潰瘍嗎？我喝酒是我的事，這是我的人生，不是你的人生！我是為歡樂而喝的！如果你不想看到我喝酒，你可以一個人去參加佛學講座。我會在艾瓦那裡等你。」

「就為了喝酒而錯過佛學講座，這值得嗎？」

「葡萄酒裡自蘊含著智慧，管他的！」我嚷道，「再來一口吧！」

「不，我不要再喝了！」

「好，那我自己喝就好！」等我一個人幹光整瓶葡萄酒，我們就回到第六街上，但我馬上跑到同一家商店，買了另一瓶波特酒。我現在感覺很棒。

賈菲有點難過和失望：「你常常喝成這個樣子，怎麼指望可以成為一個好的托缽僧，甚至成為菩薩呢？」

「你忘了馴牛圖的最後一個畫面了？那個和尚最後不也是跟一個屠夫買醉去？」

「是又怎樣？難道你有像他那樣，已經領悟到自己的心眞如了嗎？憑你那裝滿泥巴的大腦、沾滿酒漬的牙齒和病懨懨的肚子，你以爲你有辦法領悟得到自己的心眞如嗎？」

「我並沒有病懨懨，我好得很。我要的話，大可以從這片灰濛濛的霧裡往上飄，然後像隻海鷗一樣，在舊金山的上空盤旋。我有沒有告訴過你有關貧民區的種種，我以前在這裡住過……」

「我也在西雅圖的貧民區住過，不勞你來告訴我貧民區的種種。」

雜貨店和酒吧的霓虹招牌在雨茫茫、灰濛濛的午後閃爍著，我的感覺棒透了。理過髮後，我們就到一家「善心人」商店，在一堆大桶子裡翻翻揀揀，挑了一些襪子、內衣、皮帶和其他垃圾。我們一共買了五便士的衣物。我不時都會偷偷把插在皮帶裡的酒瓶拿起來喝幾口。賈菲對此感到厭惡。之後，我們坐上老爺車，開回柏克萊，一直開到奧克蘭的市中心。賈菲想在那裡幫我找條合身的牛仔褲。一整天下來，我們都在找這樣的牛仔褲。我一直在勸他喝酒，最後他讓步了，喝了一點，又把他在我理髮時所寫的一首詩拿給我看：「在摩登的理髮師訓練學校裡，史密斯緊閉著雙眼，心裡七上八下，生怕以五十美分剪出來的便宜頭髮，會醜不可當。替他理髮的，是個年紀輕輕的學徒，身穿件用橄欖油塗過的外套。店裡還有兩個金髮少年，坐在理髮椅上。其中一個長著雙招風耳，他對學徒小伙子說：『噯，你長得可眞的有夠醜的了，還外加一雙招風大耳。』這話讓學徒小伙子傷心掉淚，心想那不可能是眞的。另一個金髮少年穿著有補丁的牛仔褲和磨損得厲害的鞋子，用微妙的眼神盯著我看。看得出來，他是個在貧苦中長大，又在青春期飽受色慾所苦的可憐小孩。雷與我拿著瓶紅得像紅寶石的波特酒，在雨濛濛的五月天想找條合身的李維（Levi's）牛仔褲，卻遍尋不著。始自中世紀的理髮師行業，終於終於，在貧民區理髮訓練學校的蹩腳學徒手中，大放異彩了。」

「看嘛，」我說，「要不是你一開始的時候喝了點酒，哪能寫得出這樣的詩來。」

「喝與不喝我一樣寫得出來。你整天都喝那麼兇，我眞不知道你要怎樣獲得開悟或有辦法待在高山上。你一定會不斷下山，把你應該用來買豆子豬肉罐頭的錢花在買酒上，而最後，你會在一個雨天醉死街頭，需要淸道夫爲你收屍。然後你會輪迴轉世，投胎成爲一個滴酒不沾的酒保，以彌補你前輩子所種的業。」他顯然眞的很爲我擔心，但我只是繼續喝酒。

當車子開到艾瓦的住處時，已是佛學講座要開始的時間，我就說：「我留在這裡喝酒等你回來。」

「好吧，」賈菲用黯然的眼神看著我說，「那是你的人生，你有選擇權。」

他去了兩小時。我感到沮喪，而且因爲酒喝太多而頭暈眼花。但我決心不要醉倒，決心要撐到賈菲回來爲止，我認爲這樣可以向他證明些什麼。突然間，在黃昏的時候，賈菲回來了。他醉醺醺地跑入房子，像一隻在喊叫的貓頭鷹一樣向我大聲喊道：「你知道發生了什麼事情嗎，史密斯？我到了佛學中心以後，發現那裡的和尚正在用茶杯喝清酒。全都是瘋到了家的日本和尚！你是對的，喝不喝酒根本沒有分別！我們一面喝酒一面討論般若，到最後大家都醉了！棒呆了！」自此以後，賈菲和我沒有再爭執過。

二十八

舉行盛大歡送派對的日子終於到了。我隱約可以聽見大夥在山坡下面鬧哄哄的準備聲，並爲此感到悶悶不樂。「唉，老天爺，社交不過是個大笑容，而大笑容又不過是兩排牙齒罷了。我寧可留在這上面，保持安靜與慈悲。」但卻有人帶了一些葡萄酒上來找我，兩杯下肚以後，我的興致又高昂起來了。

那個晚上，葡萄酒像河一樣在山坡上奔流。辛恩在院子裡用很多大根的圓木築了個巨大的營火。那是個星光皎潔的五月夜，温暖而怡人。我們認識的每個人都來了。派對上的人馬很快又再次分成三組。我大部分時間都是待在起居室裡，播賈德（Cal Tjader）[99]的唱片來聽。當我和巴德和辛恩（有時還包括艾瓦和他的新死黨喬治）把一些罐子翻過來當成邦加鼓敲擊的時候，在場的女孩子紛紛隨著鼓聲搖擺起舞。

但院子裡則是安靜得多的場面。一夥人坐在營火四周的長圓木上，而放在大木板上的食物，則豐盛得盡夠一個國王和他一群饑腸轆轆的僕從填飽肚子。就在這個遠離起居室喧鬧邦加鼓聲的所在，卡索埃特正用他一貫的挖苦語調，發表一篇月旦本地詩人的講話：

「我覺得，達希爾（Marshall Dashiell）花在修剪鬍子和開賓士車去參加達官貴人雞尾酒會的時間似乎多了那麼一點點。道勒（O. O. Dowler）嘛，則一整天都坐著豪華轎車在長島四處遊蕩，夏天則跑到聖馬可廣場鬼吼鬼叫。可憐的倒楣鬼蕭特（Short）總算成功把自己弄成一個穿薩維爾街訂製服裝的紈褲子弟。杜卜林（Manuel Drubbing）嘛，他都是透過擲硬幣決定要讓誰在哪些小型評論刊物裡出醜。對於托特（Omar Tott），我沒有什麼好說的。至於李文斯頓（Albert Law Livingston），我唯一擔心的只是他要給他的小說簽名本簽太多的名和

99 編按：小卡倫．拉德克利夫．賈德（Callen Radcliffe Tjader Jr.），美國拉丁爵士樂音樂家，被譽爲最成功的非拉丁裔拉丁音樂家。

要給莎拉·沃恩（Sarah Vaughan）[100]之類的女名伶寫太多的聖誕卡，會弄得手酸。我也爲瓊斯（Ariadne Jones）叫屈，要不是他被福特汽車公司糾纏不休，斷不會寫那麼多的廣告文案。至於麥吉（Leontine McGee）女士，她自嘆說老了。那麼，還剩下誰呢？」

「還剩下朗納·弗班克（Ronald Firbank）。」庫格林說。

「我懷疑，除開這小小院子範圍內的人不說，這個國家唯一眞正的詩人就只有穆西埃（Doctor Musial），他現在說不定正在他客廳窗簾的後面喃喃自語。另一個是桑普辛（Dee Sampson），但他太有錢了。再來就是我們即將要到日本去的老朋友賈菲和我們動輒哀號的朋友艾瓦·古德保，以及庫格林先生。老天爺在上，我敢說，我是這裡[101]唯一夠好的詩人。別的不說，至少我有著一個貨眞價實的無政府主義者的背景。而且至少我鼻子上有霜，腳上有靴，嘴巴裡有抗議。」說完，他就捻了一捻他的八字鬍。

「史密斯又怎樣？」

「我想，在一個駭人的意義上，他是個菩薩。這是我對於他唯一能說的。」（雖然他沒有說出口，我知道他心裡又嗤笑著說了一句：「他酒喝太兇了。」）

亨利·莫利這一晚也來了，但只待了一會兒。他的舉止很古怪：一個人坐在大夥的後面看一本叫《瘋子》（*Mad*）的漫畫書和一本叫《屁股》（*Hip*）的新雜誌。臨走的時候，他說：

「今天晚上的熱狗太瘦了，你們認爲這是個時代的癥候，還只是因爲熱狗店用了些吊兒郎當的墨西哥人的緣故？」除我和賈菲以外，沒有人找他說話。看到他走得這麼快，我有點過意不去。他還是老樣子，來無影去無蹤，就像個幽靈一樣。不過，這一次來，他倒是特地穿了件全新的棕色西裝。

與此同時，山坡上方也到處是人：有雙雙對對在暗處耳鬢廝磨的，有喝葡萄酒的，有彈吉他的，而小屋裡也另有一組人在喧鬧。那是一個棒透了的夜晚。賈菲的爸爸最後也來了，他才剛工作完畢。他是一個個子不高但卻相當結實的漢子，就像賈菲一樣，只是頭要比賈菲禿一點點，但論精力充沛和瘋勁兒，卻一點不輸給兒子。他很快就跟女孩們跳起狂野的曼波舞，而我則在一旁狠狠擊罐伴奏。「老兄，別停，別停！」我保證你從未見過有比他更狂熱的舞者：跳到需要向後仰的動作時，他會一直仰一直仰，直到眼見就要摔個四腳朝天才肯停住；他揮汗如雨，又笑又叫，眞是我見過最瘋的父親。前不久，他才在女兒的婚禮上幹過一件夠瘋的瘋事：他給自己披上一張虎皮，像狗一樣用四肢走路，衝到草坪酒會去咬在場女士

100 譯註：莎拉．沃恩（Sarah Vaughan），美國爵士樂女歌唱家。

101 譯註：似乎指院子裡。

的腳踝和發出吠叫聲。現在，他正抓住一個幾乎有六英尺高的妞兒的手，拚命旋轉她、旋轉她，幾乎要讓她撞上辛恩的書櫥。賈菲拿著一大瓶酒，在三組人馬之間來回穿梭，臉上閃耀著快樂的光彩。有一陣子，起居室的人馬全體移師到營火前面，看賈菲和賽姬瘋狂起舞，後來，辛恩一躍而起，把賽姬從賈菲手中接過，把她不停旋轉，到最後，賽姬裝得像要昏厥的樣子，整個人倒在正在擊鼓的我和巴德的大腿上，有一秒鐘的時間一動不動。我們一邊抽菸斗，一邊打鼓。珀莉則在廚房裡，幫助克莉絲汀做菜，後來甚至自己做了一道美味的小甜餅。我看到她有點落寞，這不難理解：只要有賽姬在，賈菲就不會是屬於她的。爲了安慰她，我跑過去，一把抱住她的腰，但當我看到她恐懼的眼神時，就沒有再採取進一步的行動。她似乎很害怕我。普琳絲也來了，雖然有新男友陪著，她卻坐在一角，撅著嘴生悶氣。

我對賈菲說：「你一個人獨攬這麼多的妞兒，這說得過去嗎？就不能分我一個？」

「你喜歡哪一個就帶走。我今天晚上是超然的。」

我跑到營火旁邊去聽卡索埃特的議論。佛教協會的會長亞瑟．韋恩也在座，穿戴整齊，西裝領帶一應俱全。我跑過去問他說：「嘜，說說看，什麼是佛教？那是一種如電閃一樣的魔術嗎，是遊戲嗎？是夢嗎？還是連夢或遊戲都不是？」

「不，對我來說，佛教所意味的就是盡可能認識更多的人。」他果然言出由衷，因爲我看見他跟派對上的每個人都握手寒暄，就像這是個正經八百的雞尾酒宴會。在起居室裡的人馬愈來愈瘋了。到後來，我自己也跟那個高個妞兒跳起了舞來。她是隻十足的野貓。我本想慫恿她跟我一道，帶著一瓶酒，偷溜到小屋去，但後來才知道她丈夫就在旁邊。再後來又來了一個瘋黑人，把自己身體的各部位（包括了頭、顴骨、嘴巴和胸部）當成邦加鼓來敲，每一下都是勁道十足的敲擊，而擊出的都是紮紮實實的鼓聲。大家都聽得大樂，認定他準是個菩薩無疑。

各式各樣的人紛紛從城市湧來，因爲我們這裡正在舉行一個大派對的消息，已經在我們常去的那些酒吧之間傳開。忽然間，我難以置信地看見艾瓦和喬治一絲不掛，在人群中走來走去。

「你們打算幹嘛？」

「噢，沒打算幹嘛。我們只是想把衣服脫掉罷了。」

但似乎沒有人當一回事。我甚至一度看到穿戴整齊的卡索埃特和亞瑟．韋恩，在營火前面跟這兩個裸體的瘋子進行了一席彬彬有禮的談話——談的是有關國際局勢的嚴肅話題。最後，賈菲也把身上的衣服脫光光，拿著酒瓶來來去去。每當有一個女孩子望著他看，他就會發出一聲怪叫，向對方直撲而去，嚇得她們尖叫著跑出房子外。瘋到家了。如果科爾特馬德拉的警察風聞這裡發生了什麼事，來這裡的巡邏車肯定會絡繹於途。

我跟賈菲的父親聊了聊。我問他：「你對賈菲這樣赤身露體到處走有什麼想法？」

「噢，我壓根兒不在乎！就我而言，他愛幹什麼就幹什麼。啊，對了，我們剛才跟她跳舞那個高個妞兒現在到哪兒去了？」他說，眞不愧是個「達摩流浪者」的老爸。其實，他也有過一段艱難歲月。早年住在俄勒岡的森林時，他得負責靠種莊稼養活一家人，而那裡貧瘠的土地和嚴寒的冬天都讓他吃盡苦頭。不過，他現在已是個事業有成的油漆包商，自己在米爾河谷裡蓋了一棟上好的住宅，與他的妹妹住在一塊。賈菲的母親則一個人住在北部一間分租公寓裡。賈菲打算從日本回來以後，要負起照顧母親的責任。我看過一封她寫給賈菲的信，內容流露著寂寞。賈菲告訴我，她父母的離異，是無可挽回的，而他從日本回來後，打算要看看自己有什麼是可以爲母親做的。賈菲不喜歡多談他母親，至於他父親，對她自然更是絕口不提。但我喜歡賈菲的父親，喜歡他跳舞那種瘋勁兒，喜歡他對看到的任何怪事都不以爲意的態度，喜歡他認爲任何人都有權做任何事的寬容，喜歡他午夜要開車回家時抱著一大把花朵邊走路邊撒花，跳著舞到車上的樣子。

派對上另一個討人喜歡的可人兒是艾伯特．拉爾克（Al Lark），一整晚下來，他都只是拿著把吉他，彈些藍調和佛朗明哥音樂，不然就是怔怔地望向虛空。派對在凌晨三點結束後，他和太太就裹著睡袋睡在院子裡。我聽得見他們的嬉戲聲。「我們來跳舞吧。」他太太說。

「唉，別鬧了，睡覺去！」他回答說。

那個晚上，賽姬和賈菲不知爲了什麼鬧了彆扭。她不願到小屋去享受乾淨的白床單，大踏步地離開。賈菲已經醉得一愣一愣，一個人搖搖晃晃地往山坡上走去。

我跟賽姬一起走到她的車子。我說：「何苦呢？在這個歡送他的晚上，你何必讓賈菲不愉快呢？」

「他有在意過我的心情嗎，叫他去死吧。」

「不要這樣嘛，那上面又不會有人把你吃掉的。」

「我不管，我要開車回城裡去了。」

「嗯，這可不是個好主意。賈菲對我說過他愛妳。」

「鬼才信。」

往回走的時候，我對自己說：「人生就是充滿這類悲哀的故事。」當我用食指勾住一個大酒瓶的瓶口，正準備往山坡上走的時候，聽到賽姬準備在窄路上掉頭回轉的倒車聲。豈料，她因爲倒車倒得太猛，一個後車輪陷入了路旁的溝渠裡，車子動彈不得。她眼看走不成，就跑到辛恩家去打地鋪。與此同時，巴德、庫格林、艾瓦和喬治則或裹著毯子、或裹著睡袋，睡在小屋的地板上。我把睡袋重新在玫瑰花叢旁邊攤開，自感是世界上最幸運的人。派對就這樣結束了，所有的尖叫喧囂聲也隨風而逝。我坐在夜空下面，邊唱歌邊享用葡萄酒。星星亮得讓人睜不開眼睛。

庫格林聽到我唱歌，在小屋裡大聲嚷道：「一隻大得像須彌山的蚊子要比你以爲的大！」

我嚷回去：「一頭馬的馬蹄要比你以爲的纖細！」

艾瓦穿著長內褲跑出來，在草地上一面手舞足蹈，一面咆哮他寫的一首長詩。最後，我們把巴德也挖了起來，聽他用最誠懇的語調，談他最新近的一些想法。我們等於是召開了另一個派對。「讓我們到下面看看還剩下幾個妞兒在！」我連滾帶跑地往下走，想再次說服賽姬到山上來，但她已經在起居室的地板上睡得像個死人。營火的餘燼仍然赤紅，散發出大量的熱力。辛恩已經在他太太的床上打起鼻鼾。我在大木板上拿起一些麵包，夾著乳酪吃，又再喝了一些酒。在營火旁邊，我形單影隻，而東方的天空已泛出魚肚白。「我醉了嗎？」我說。「醒醒，醒醒！」我嚷道，「白晝的山羊已經在用角頂撞破曉了！沒有假如或但是了，不能再猶豫了！來吧，女孩們！來吧，瘸子們，男妓們，鼠竊狗偷們，相公們，劊子手們！跑吧！」突然間，我對人類油然生起巨大的憐憫，而無分他們是誰、長相怎樣、個性怎樣，或塗的是什麼顏色的口紅。他們每一個都在拚命追逐快樂，都有一點點任性，常常因爲求而不得感到失落，常常講一些會很快就被遺忘的枯燥空洞的俏皮話。唉，這一切又所爲何來呢？我知道，寂靜之聲是無處不在的，也因此，每個地方的每樣東西都是寂靜的。有朝一日，我們將會像突然如夢初醒一樣，發現四周的一切，完完全全不像我們原來以爲的樣子。我磕磕絆絆走回山上去，沿路受到鳥鳴聲的歡迎。當我看到橫七豎八擠在小屋地板的一票人時，我心想：這些和我一道從事這趟愚蠢的塵世探險的奇怪幽靈是誰呢？而我自己又是誰？可憐的賈菲在八點就起床了，開始擺弄他的煎鍋和念他的「我皈依佛」咒語，然後叫醒每個人起來吃鬆餅。

二十九

派對連續舉行了幾天。第三天清早，當大夥仍然歪七倒八在地板上呼呼大睡時，我和賈菲已經收拾停當，揹上了背包，悄悄往山坡下走去。迎向我們而來的，是加州金黃日子的橘色旭日。這將是盛大的一天，因爲我們將要到的，乃是最讓我們如魚得水的地方：山徑。

賈菲的情緒很高昂。「能夠遠離放蕩，到森林去遠足，那感覺眞他媽的棒透了。雷，等我從日本回來以後，等天氣變得眞的夠冷，我們就帶著長內褲，好好把這片土地走一遍。我們甚至可以去爬克拉馬斯山（Klamath），去看看它那座密不透風的冷杉森林，去看看它那個有一百萬隻雁棲居的湖。嗚呃！你知道『嗚』（Woo）在中文裡是什麼意思嗎？」

「什麼意思？」

「『霧』的意思。馬林縣這裡的森林都是頂呱呱的森林，今天我要帶你去的是繆爾森林。不過再往北，就是那些眞正夠酷的太平洋海岸山脈和近海高地，是佛法身未來的歸宿。知道我有什麼打算嗎？我打算要寫一首稱爲〈山河無盡〉的詩。我要把它寫在一個捲軸上，不斷寫不斷寫，每碰到什麼新的驚奇就馬上記下來，我要讓它像一條河一樣，滔滔不絕地自由流淌。我計畫要花三千年的時間去寫它。我要把我所有的知識——有關水土保持的、有關田納西河谷管理局的、有關天文學的、有關地質學的、有關寒山子的旅行的、有關中國繪畫理論的、有關森林復育的、有關海洋生態學和食物鏈的——統統寫進去。」

「哇，了不起，你一定要把它寫出來。」當我們開始攀爬的時候，我一如以往地落在後面。揹著背包，讓我們都感到愉快，就彷彿我們是兩頭馱獸，背上沒有點重量的話，反而不自在。我們的速度很緩慢，大約是一小時一英里。在一條陡路的盡頭，我們看到了幾棟房子，附近有幾座灌木叢生的懸崖，嘩啦啦的瀑布從其上凌空而下。走過房子以後，我們爬上一個滿布著蝴蝶和清晨七點小露珠的草坡，接下來是一條下坡的土路。從土路的盡頭開始，地形又再度開始攀升，而且愈來愈高，最後高得可以讓我們看到科爾特馬德拉和米爾河谷的全景，甚至看得見金門大橋的紅頂。

「明天中午在我們前往史汀生海灘（Stimson Beach）的路上，」賈菲說，「你就可以看得見幾英里外一整個依偎在藍色海灣上的白色舊金山。雷，在將來的日子，讓我們找一些志同道合的人，到這些加州的深山裡來組成一個自由自在的法輪部落，另外再找些妞兒來，生它個幾打開悟的頑童。我們會像印第安人一樣住在泥蓋木屋[102]裡，靠吃漿果和蟲子維生。」

「不吃豆子豬肉？」

「我們還會寫詩，並弄一部印刷機印自己的詩集，以達摩出版社的名義出版。我們用厚厚的詩集，像冰雪炸彈一樣，轟醒愚頑的大衆。」

「唉，其實大衆也不是那麼糟糕的，他們也是受苦的一群。三不五時，你都可以從報上讀到哪裡又有一棟小木屋失火，三個小孩葬身火窟，連他們的小貓都燒死了。你還可以看到他們父母傷心痛哭的照片。賈菲，你認不認爲，上帝之所以會創造世界，是因爲他太無聊，想娛樂一下自己？如果是這樣的話，我就覺得他未免太卑鄙了。」

「你說的上帝是指什麼呢？」

「就當是如來（Tathagata）吧。」

「佛經上說，世界並不是上帝或如來從他的子宮裡放射出來的，而是由有情自身的無明所產生出來的。」

「但有情和他們的無明，不正是如來所放射出來的嗎？我覺得世人太可憐了。如果我不能明白如來爲什麼要創造世界，我的心就永遠不會得到安寧，賈菲。」

「拜託，不要再去騷擾你的心眞如了。要記得，眞正清淨的如來本性是不會問『爲什麼』的問題的，它甚至不認爲這種問題是有意義的。」

「那就是說，這個世界是從來沒有什麼是發生過的囉？」

他拿起一根棒子，打了我的腳一下。

「這也是沒有發生過的。」我說。

「老實說，我說不準，雷，但我欣賞你對世界的關懷。這個世界眞的是個可憐的世界。想想看昨天晚上的派對。每個人都拚死拚活想多抓住一些歡樂，但等第二天早上醒來，感覺到的卻是一點點哀愁與落寞。雷，你對死亡有什麼看法？」

「我覺得死亡是一種獎賞。因爲人只要一死，就可以直接到極樂世界去。我對死亡的看法就這麼多。」

「但假如你是被打入十八層地獄，有一些小鬼要把燒紅的鐵球塞到你的喉嚨呢？」

102 譯註：一種用圓木頭疊成，再覆蓋上泥土的房屋。

「活著本身就已經是塞在我嘴巴裡的燒紅鐵球了。我認爲地獄只是一些歇斯底里僧人所幻想出來的，根本不是實有其事。他們根本不明白佛陀在菩提樹下所領略到的那種寧靜。基督之所以能夠從十架上安詳地打量他的折磨者和寬恕他們，也是因爲他領略到這種平靜。」

「你很喜歡基督，對不對？」

「我當然喜歡。何況有些人甚至說他就是彌勒佛——一個根據預言會繼釋迦牟尼之後來到世上的佛。在梵文裡，彌勒的意思就是『愛』，而基督的一切教誨也可以歸結爲一個愛字。」

「拜託，不要給我傳教了。我已經預見得到，你哪天彌留，會在病床上親吻十字架，就像卡拉馬助夫[103]一樣。又或者像我們的老朋友葛德爾德（Dwight Goddard）一樣，一輩子都是佛教徒，卻在死前突然皈依基督教。我可不是這樣的人。我想做的，是在一家佛寺裡，每天坐在一座因爲法力太強而必須密封著的觀音像前面打坐幾小時。要堅持不懈啊，老鑽石！」

「最終一定會成正果的。」

「還記得我的死黨斯圖拉松（Rol Sturlason）嗎？就是到日本去研究龍安石庭的那個。他坐到日本去的貨輪名叫海蛇號（Sea Serpent），所以他就在貨輪的食堂裡畫了一幅大壁畫，畫的是一條海蛇和一些牛首的美人魚。所有的船員都很崇拜他，都想學他的榜樣，成爲一個『達摩流浪者』。斯圖拉松此刻正在爬比叡山（Mount Hiei）。那是京都一座著名的聖山，現

SECTION 二十九

在的積雪應該有大約一英尺那麼深。它陡之又陡，幾乎是沒有路的，要爬上去，還得奮力穿過一些竹林和糾結的松樹。他現在一定已經爬到鞋襪全溼和渾忘了吃午餐這回事——爬山就該是這麼個爬法。」

「你在日本的佛寺裡會穿什麼樣的衣服？」

「唐朝式樣的鬆垮垮黑色長袍，有逗趣的皺褶和大袖，可以讓你感覺自己是個如假包換的東方人。」

「你知道艾瓦是怎樣說的嗎？他說正當我們亟亟於成爲一個東方人的同時，眞正的東方人卻在讀著超現實主義和達爾文的東西，而且愛死了西裝。」

「東方和西方總會有互相了解的一天的。想想看當東方和西方最後終於相會時，會掀起多麼天翻地覆的變革？讓我們來當這個革命的急先鋒吧。想想看如果有數以百萬計的小伙子，像你我一樣，揹著個背包，在每一個窮鄉僻壤傳揚佛法，會是多麼壯觀的場面！」

「這聽起來很像十字軍東征的早期歲月。隱士彼得和窮光蛋華特都曾帶領過一批襤褸的信徒到聖地去朝聖。」

103 譯註：杜斯妥也夫斯基的小說《卡拉馬助夫兄弟們》（*The Brothers Karamazov*）中的主人翁。

「話是沒錯，但這些人全都是歐洲的暗影和垃圾，而我所期許的『達摩流浪者』，卻是心中充滿春天的一群。在他們心裡，花朵綻放，生機盎然，小鳥會拉下新鮮的小糞便，讓前一刻還想吃牠們的貓咪大吃一驚。」接下來，他一副若有所思的樣子。

「你在想些什麼？」

「沒有，不過是在腦子裡寫些詩罷了。看到塔馬爾帕斯山，讓我有想寫詩的衝動。看到沒有，它就在那上頭，跟世界上任何一座山一樣漂亮。你看，它的形狀有多美，我想我真的是愛上它了。我們今晚會在它的背後過夜。不過，得等到快傍晚我們才會到得了那裡。」

馬林縣比起去年秋天爬山的塞拉縣要鄉村風味和溫柔許多：到處都是花朵、樹木和灌木叢。但路邊也有大量的毒漆。土路走到盡頭以後，我們就突然一頭栽進了一個濃密的紅木樹林裡，沿著一條輸水管，走過一片一片沼澤地。樹蔭很濃密，太陽只勉強穿得過，所以樹林裡又溼又冷。但空氣裡卻瀰漫著清新深邃的松香和溼木的味道。賈菲一整個早上都在說話。只要一進入山林，他就會重新變回一個小小孩。「這趟日本之行讓我唯一感到不自在的地方，是那裡的美國人儘管有很好的初衷，但他們對於眞正的美國，了解卻相當少，也不知道那些在這裡眞正鑽研佛教的人是爲了什麼，另外，他們也根本不在乎詩。」

「你說的美國人是誰？」

「那些出錢把我送到那裡去的美國基金會。他們只會花錢去修整一些高級的庭園、書籍或日本建築，但這些東西，除了可供有錢的美國人到日本玩的時候可以參觀參觀以外，又有誰需要呢？其實，這些基金會真正應該做的事情是去蓋一間或買一間日本老式房子，連著一塊菜圃的，讓一些有心人可以住進去，潛心修習佛法。儘管如此，我對這一趟日本之行，還是充滿著期待。我已經可以預見得到屆時的情景了：早上，我坐在榻榻米上，旁邊是張放著部打字機的矮几，一個日本式火缽就在附近，上面放著盤熱水，而我的紙張、地圖、菸斗和手電筒，都整整齊齊收好在背包裡。放眼屋外，是一些枝頭帶雪的梅樹和松樹，更遠處，是積雪深厚的比叡山，遍布著雪松和扁柏。從我的這個住處出發，走過一些多石的山徑，就可以到達一些小巧可愛的佛寺。那都是一些古老、長滿苔蘚，聽得到蛙鳴聲的所在。在裡面，你可以看得見佛像、懸吊的油燈、金色的蓮花香爐、佛畫、放滿小佛像的漆壁櫥，可以聞到年深日久的香支煙薰味。」他的船再過一天就要出發了。「不過，一想到要離開加州我就覺得難過……這也是為什麼我會找你一起來爬山的原因，雷，我想好好遠眺它最後一眼。」

一出紅木林就是一條柏油路，路旁有一間山間旅館。穿過柏油路以後，我們就再一次栽入一個樹林，一路走到一條大概只有寥寥幾個登山者曉得的山徑。這時，我們事實上已身在繆爾森林之中了。它沿著一個巨大的河谷展開，向前綿延好幾英里。接著，在一條舊時伐木工使用的道路走了兩英里，賈菲就帶著我爬下路旁的山坡，落到一條我懷疑有沒有人知道其存在的山徑。山徑沿途有好幾個地點都會切過一條急激的山澗，那裡不是架著斷樹，就是架著小橋。賈菲告訴我，橋是童子軍搭的，以一些剖半的樹木構成。接下來，我們從一個很陡的松樹坡爬到了一條高速公路的邊上，又在高速公路另一頭爬上一個草坡。出草坡後就是一個露天劇場。那是一個希臘式劇場，一圈又一圈的石頭座位從下而上，圍繞著正中央一個可以上演埃斯庫羅斯（Aeschylus）和索福克勒斯（Sophocles）[104]戲劇的舞台。我們走到最上排的座位，坐下，脫掉鞋子，喝了喝水，然後俯看舞台上正在上演的無聲戲劇。從現在的位置，遠眺得到金黃色的金門大橋和霧茫茫的舊金山。

賈菲又喊又叫又吹口哨又唱歌，流露出不帶一點雜質的喜樂。四周沒有一個人。「等你夏天上了孤涼峰之後，四周也會是一樣的寧靜。」

「到時我一定會用這這輩子最洪亮的聲音引吭高歌。」

「如果有誰會聽到你的歌聲的話，那準是穴兔或一頭熊樂評家。雷，你將要去的斯卡吉特縣是全美國最最棒的地方。它那條像蛇一樣蜿蜒的河流，是切過一連串的峽谷流出來的，你溯河而上，就會去到它那個沒有人居的分水嶺。你會看到一些冰雪覆頂的山脈和一些乾燥的松樹林山脈，還有像大河貍和小河貍這樣的河谷。那裡的紅雪松森林，是這世界僅剩的少數最好的處女森林之一。你知道嗎，我常常會懷念起我在克雷特峰上面那間被丟空的瞭望小屋。它獨自在峰頂上老去，四周一個人都沒有，有的只有狂風中的兔子，牠們深藏在巨礫之下的毛茸茸兔窩裡，摸起來好溫暖，吃著種子或隨便任何東西。老兄，你愈是接近岩石、空氣、火和樹木這些不折不扣的物質，就是愈接近這個世界的靈性。所有人都以為他們是最唯物最實際的，但事實上，他們對真正的物質連個屁都不懂，腦袋裡裝的都只是虛無飄渺的觀念和想法。」他舉起一隻手說，「聽聽鶺鴒的呼喚聲。」

「我很好奇大夥現在在辛恩的家裡正在幹些什麼。」

「這有什麼難猜的。他們現在一定都已經起了床，再次喝起發酸的紅酒，圍坐在一塊語無倫次。他們全都應該跟我們一道來這裡，學些道理的。」說完，他就揹起背包，再度出發。半小時之後，我們就走在一條兩旁都是漂亮綠茵地的小徑上，小徑穿過幾條很淺的山澗，最後把我們帶到了波特列羅露營區。那是一個國家森林露營區，設有石頭烤肉爐、野餐桌子和一切露營用得著的設備。但在週末以前，這裡是不會有人來的。塔馬爾帕斯山頂上的林火瞭望小屋在幾英里之外俯視著我們。我們卸下背包，在下午寧靜的陽光中打了一會兒盹。醒來

104 譯註：兩人均為古希臘悲劇作家。

後，賈菲跑來跑去，觀察蝴蝶和小鳥，又拿出筆記本做筆記，我則一個人到山的背面走一走：那裡是個像寒拉縣一樣荒涼巉岩的所在，一直延伸到海邊。

賈菲在薄暮時分生了個大柴火，著手做晚餐。我們都很疲倦，卻很快樂。那個晚上，他做了一道我一喝難忘的湯，那是自從我以年輕作家的身分在紐約的尙博爾餐廳和亨利．克呂餐廳用過餐以來，喝過最棒的湯。它其實沒有什麼特別，只不過是把幾包鷹嘴豆湯包倒到一鍋子水裡，加入煎過的培根，一直攪至煮開，如此而已。但它卻非常豐腴，富含鷹嘴豆的滋味，加上煙燻過的培根和培根脂肪，正是最適合在一個寒氣凝聚的晚上，靠在閃爍營火旁邊喝的湯。賈菲在早先四處逛的時候，採來了一些馬勃，那是一種野蘑菇，但它不是雨傘狀，而是像葡萄大小，圓形的一顆顆，肉作白色而肉質結實。賈菲把它們切片，用培根脂肪煎過，放在炒飯上一起吃。眞是一道讓人飽足的晚餐。飯後我們把盤子拿到潺潺的山澗去清洗。熊熊的營火讓蚊子離得遠遠的。一彎新月從松樹枝之間窺視我們。我們把睡袋攤在草地上，帶著深入骨髓的疲憊，早早就寢。

「唉，雷，」賈菲說，「不多久我就會遠在大海上，而你則會沿著海岸一路坐順風車坐到西雅圖，再到斯卡吉特縣。我很好奇，接下來我們會各有什麼樣的際遇。」

我們帶著這樣的心事入睡。那個晚上，我做了一個鮮明的夢，那是我生平最爲明晰逼眞的夢境之一。我看見自己身處在一個擁擠、骯髒而煙濛濛的中國菜市場裡，四周都是乞丐、攤販、馱著貨物的馬匹和一堆堆的垃圾，地上放著一盤盤用骯髒陶缽盛著的待沽蔬菜。突然間，從山脈的方向，走來了一個衣衫襤褸、滿臉皺紋、邋遢得不可思議的中國流浪漢。他走到菜市場的邊邊，用難以形容的幽默表情，打量一切。他是個矮個子，骨瘦如柴、臉像皮革一樣粗糙，而且因爲終日曬太陽而變得暗紅；他穿的衣服嚴格來說只是一堆碎布的組合；他的背部披著一塊皮革，腳是赤著的。像落魄到他這種田地的人，我平生只在墨西哥見過幾個，他們都是乞丐，而且大概都是住在山上的洞穴裡。但我夢中見到的卻是個中國人，而且要比那些墨西哥乞丐窮兩倍，克難兩倍，走路的步伐充滿無限的神祕感。而毫無疑問的，他就是賈菲。因爲他有著同一張大嘴，同一雙歡樂閃爍的眼睛，同一張嶙峋的臉（顴骨凸出而臉型方正，就像是杜斯妥也夫斯基的死人面模）。而且他就像賈菲一樣，矮小而結實。黎明醒過來的時候我這樣想：「哇啊，難道那就會是賈菲的未來嗎？搞不好，他離開禪寺以後就會不知所蹤，從此不再出現。搞不好他會是另一個寒山子，像個幽靈般住在東方的崇山峻嶺裡，樣子襤褸邋遢得連中國人看了也會害怕。」

我把夢境告訴賈菲。他比我起得要早，正在煽火和吹口哨。「不要光躺著打手槍，起來去打些水來吧。呦得勒嘿！嗚呃！雷，我會從淸水寺幫你帶一些香支回來，你覺得如何？我會先把它們一根一根插在一個大的銅香爐裡，恭恭敬敬鞠個躬，再帶回來。關於你做的那個夢——如果你夢到的是我，那就準是我。永遠熱淚盈眶，永遠年輕，眞好！嗚呃！」他從背包裡拿出一把手斧，把一些樹枝破開，扔到火堆裡。樹間和地上的霧氣此時尚未完全散去。「好啦，收拾收拾吧，該出發了。我們的下一站是勞雷戴爾露營區。過那之後，我們就會沿著一些山徑，一直走到海邊。到時我們可以游游泳。」

「太棒了。」

此行賈菲帶了一些會讓人精力倍增的美味食物：蘇打餅乾、一片三角形的切達乳酪和一根撒拉米香腸（一種經過壓縮處理的香腸）。我們拿它們來當早餐，配著熱騰騰的茶吃，吃過以後感到精神煥發。這幾樣東西加起來只有一磅半重，卻可以讓兩個大男人活兩天。對於登山食物的選擇，賈菲總是很有一套。在他那個小小的背包裡，包含著多少的希望、多少的人類精力、多少眞正的美國樂觀精神啊！賈菲腳步雄健地走在我前面，又回頭大聲對我說：「你不妨試著一面走一面參禪。不要東張西望，只管全神貫注望著腳下，那樣，忽左忽右的步履就會讓你進入出神恍惚的境界。」

我們在大約十點到達勞雷戴爾露營區。那裡同樣設有石頭烤肉爐和野餐桌子，但四周的環境卻比波特列羅露營區要美上十倍。這裡才是不折不扣的綠茵地：如夢似幻的柔軟綠草向著四面八方延伸開去，最邊緣處圍繞著墨綠色的樹木，舉目除了搖曳的綠草和小河以外，別無其他。

「老天，以後我一定要再來一趟，什麼都不帶，只帶食物和小瓦斯爐。有了小瓦斯爐，煮食時就不會冒煙，不用擔心會被森林保護局的人發現。」

「那是很好，但如果你被他們發現你在石頭烤肉爐之外的地點舉炊，就會被攆走。」

「不然你要我在週末怎麼辦呢？難道是跟一些歡天喜地的野餐者共享歡樂時光嗎？我要躲在這片綠茵地的某處，永遠住下去。」

「這裡離史汀生海灘只有兩英里路，要買食物的話，那裡可以找得到食物雜貨商店。」

我們在正午向史汀生海灘開拔。那是一趟極爲艱苦的路程。先是在一片一片草坡往上爬，到達最高處之後，舊金山就再一次遠遠在望，接下來，是一條可以一直通到海邊、陡得像是直直落的小徑：有些地點的坡度陡得你只能用背滑下去。一條急流沿著小徑旁邊滾滾而下。我愈走愈快，後來甚至超過了賈菲，邊走邊快樂地唱歌。我把他拋在一英里之後，以致在到達小徑盡頭時，必須停下來等他。賈菲則一副從容不迫的樣子，不時會停下來觀賞路邊的蕨類和花朵。會合之後，我們把背包卸下，藏在小樹叢下面。在通向海灘的那片綠茵地，有一些看得見乳牛在嚼草的農莊。我們在一家食品雜貨店買過葡萄酒之後，就大踏步走到海灘的細沙之中。那是一個微冷天，海面只偶爾看得見閃爍的陽光。我們把身上的衣服脫到只剩下短褲，跳入海水裡，快活游了一陣，然後上岸，把撒拉米香腸、蘇打餅乾和乳酪拿出來享用，一面喝葡萄酒，一面聊天。中間，我甚至打了個盹。賈菲的心情很好。

「幹，雷，你不知道，決定要出來爬兩天山之後，我內心有多快樂。我現在又感覺煥然一新了。我就知道，出來走一走，會讓我從那一切之中得以透一口氣。」

「哪一切？」

「怎麼說呢？大概是我們對生活的感受吧。你和我都不是那種願意爲了過優裕的生活而踐踏別人的人。我們的理想是找一個安靜的地方，永遠爲所有的有情禱告，而只要等我們都變得夠強壯，就可以付諸實行。天曉得這個世界不會有一天醒過來，並綻放爲一朵漂亮的達摩花朵。」

小睡了一會兒以後，他抬頭眺望，並說：「看看這四面八方的海水，它們會從這裡一直延伸到日本去。」事實上，即將要來到的遠行已開始讓他的心情沉重起來。

三十

我們開始往回程走，找出了背包後，就從那近乎垂直的山徑往回走。這是一趟完全要手腳並用的攀爬路徑，要靠沿路的岩石與小樹作爲攀扶物，爬得我們氣喘如牛；不過最後我們還是爬上了一片美麗的草坡，而遠方的舊金山又再一次在望。「傑克．倫敦（Jack London）[105]以前常常來這裡遠足。」賈菲說。接下來，我們沿著一座漂亮山脈的南坡往上走，

105 編按：傑克．倫敦（一八七六——一九一六），美國作家和探險家，擅長描寫自然景物。其知名小說有《野性的呼喚》、《白牙》等書。

它讓我們可以看得見金門大橋甚至幾英里以外的奧克蘭。沿途有很多靜謐的櫟樹林，它們在午後全都又金又綠，此外還有許多野花。途中，我們碰到一頭幼鹿，站在草丘上，用驚奇的眼神凝視我們。順著一片草坡下到一個紅木森林後，地勢再一次往上升，而且陡得要命，我們一面爬，一面在飛揚的塵土中咒罵和流汗。爬山就是這麼一回事：當你飄飄然走在一個像莎士比亞筆下的亞登森林一樣的天堂裡，並預期將會看見水中仙女（nymphs）和笛童的時候，卻往往會忽然發現自己掉入了一個太陽兇猛、塵土飛揚、蕁麻毒漆遍布的地獄裡……人生可不也是這樣嗎？「惡業自然會帶來善業的，」賈菲說，「所以不要再咒罵了，來吧，我們很快就會坐在一片漂亮平坦的山丘上。」

最後兩英里的山路艱難得嚇人，我說：「賈菲，現在有一樣東西，是我比世界上任何東西都更想得到的。」寒冷的風吹著，我們的背駝著，在看來沒有盡頭的山徑上匆匆趕路。

「什麼東西？」

「一大塊的賀喜巧克力棒，或甚至小塊巧克力也可以。出於某種原因，現在只有一塊賀喜巧克力棒能拯救我的靈魂。」

「那就是你的佛教，一塊賀喜巧克力棒。換成一叢月光下的橘色灌木和一支香草蛋捲冰淇淋怎樣？」

「太冷了。此時此刻，我需要的、嚮往的、祈求的、渴盼的，就是一塊賀喜巧克力棒……裡面有花生的。」我們都很累了，像兩個玩了一整天、拖著疲憊腳步回家的小孩一樣，邊走邊聊。我反覆念著我對賀喜巧克力棒的渴望，那是我的由衷之言，我真的需要補充能量。我有點頭昏腦脹，需要糖分。不過，在冷颼颼的風中想著巧克力和花生在嘴巴裡融化的滋味，反而讓人加倍難熬。

很快，我們便爬過一道畜欄，去到位於小屋上方的一片牧草地，沒多久就到達圍在我們院子後頭的鐵絲網。爬過鐵絲網，再走過二十英尺的長草，我們終於回到無比溫暖可愛的小屋了。這是我和賈菲相聚的最後一夜。我們心事重重地坐在幽暗的小屋裡，脫下靴子並嘆著氣。我什麼都做不了，只能跪坐在腿上，坐著坐著，好把內裡的酸痛壓出來。「我永遠再也不要爬山了。」我說。

賈菲說：「但我們總得吃晚餐吧？食物已經在週末的時候吃得精光了。我會到山下的超市去買些吃的回來。」

「拜託，老兄，你不累嗎？睡覺吧，吃飯的事明天再說吧。」但他只是憂鬱地重新把靴子穿上，走了出去。每個人都走了，當大夥發現我和賈菲失蹤之後，派對就落幕了。我生了個火，躺了下來，甚至還睡了一會兒。突然間，在黑暗中，賈菲回來了。他點燃了煤油燈，把食物從袋子裡倒到桌子上，其中包括三塊賀喜巧克力棒，全都是爲我而買的。那是我生平吃過最好吃的賀喜巧克力棒。他還買了我最中意的葡萄酒，紅波特酒，全是給我一個人的。

「我要走了，雷，所以我想我們應該小小慶祝一下……」他的語氣憂鬱而疲倦。每當他疲倦的時候，聲音就會變得遙遠和細微（他經常用遠足和工作把自己弄得筋疲力竭）。不過很快，他就重拾活力，開始動手做晚餐，像個百萬富翁一樣，在火爐前一面做菜，一面唱歌。然後，又踩著登山靴在會發出回聲的地板上踏來踏去，忙這忙那，不是擺弄陶罐裡的花束，就是燒泡茶用的開水，又拿起吉他彈了幾下，想逗我高興起來。但我自始至終只是躺著，悶悶不樂地盯著天花板。這是我們在一起的最後一晚，而我們都感受到了。

「不知道我們誰會先死，」我在沉思中大聲說，「但不管誰先死，他的鬼魂都一定要回來，把鑰匙交給對方。」

「好！」

他把晚餐端給我，然後我們盤腿而坐，像之前的許多個夜晚一樣，有滋有味地吃著。唯一聽得到的是風吹過林海的聲音和我們在吃簡單好味的比丘食物時牙齒發出的咬合聲。「想想看，雷，這個山丘此時的一切，跟三萬年前尼安德塔人[106]的時代完全沒有兩樣。你知道嗎，據佛經記載，就連那時候，也曾經有過一個佛呢。就是燃燈佛。」

「就是那個從來不說什麼的佛？」

「對。想想看，一群開悟的猿人圍坐在這個什麼都不說卻無所不知的佛四周，那情境有多美！」

「當時天上的星星一定就像今晚的一樣。」

稍晚，辛恩來了，盤腿跟賈菲簡短而憂愁地聊了聊。接著，克莉絲汀也來了，一手抱著一個小女兒（她是個極強壯的女孩，能夠負載很重的東西爬坡）。那個晚上，當我躺在玫瑰花叢邊的睡袋準備入睡，惱恨地看到小屋的燈光突然熄滅。這讓我不期然想起佛陀的早年生活歲月。爲了求道，他決定離開皇宮、悲傷的老父和妻小，騎著一匹白馬，在樹林裡割去金黃色的頭髮，然後派遣哭泣的僕人將白馬送回王宮，從此永遠流浪，尋求開悟。「一如午間聚在林裡的雀鳥到晚上會四散分飛，世上亦無不散之筵席。」馬鳴[107]早在幾乎兩千年前就這樣說過了。

---

[106] 譯註：尼安德塔人（Neanderthal man）：透過出土化石而被認證的一支古人類，據信生活於距今三萬至八萬年間。

[107] 譯註：Ashvaghosha，公元一世紀的印度偉大佛教詩人。

SECTION 三十

我本來打算第二天要送賈菲一樣別出心裁的臨別贈禮，但因爲口袋裡沒多少錢，也沒有想出好主意，結果就只剪了張拇指甲大小的紙片，小心翼翼地寫道：「願你善用你慈悲的鑽石切割刀。」我在碼頭跟他道別時把紙片遞給他。他看過後只是放到口袋裡，什麼都沒說。

賈菲在舊金山最大一樁心願終於在臨行前如願以償。賽姬軟化了，找人給他捎去一張便條，上面寫道：「我會在船艙裡等你，給你想要的東西。」（或類似的話）。這也是我們送賈菲沒送到船艙去的原因。賽姬在那裡等著他，要跟他來個熱情的愛的道別。只有辛恩被允許上船去，在甲板上候著，以備不時之需。完事以後，賽姬卻開始哭泣，堅持她非要跟賈菲一道去日本不可。當船長下令所有送行者離船時，賽姬說什麼不肯離開，最後的結果是：船要開動的時候，賈菲雙手抱著賽姬走到甲板，把她往船舷外拋去。他也是夠強壯的了，竟然能將一個女孩子一拋十英尺遠，而辛恩則在下面將賽姬一把接住。雖然賈菲這做法，很難說是符合鑽石切割刀的慈悲精神，但畢竟在太平洋的彼岸有著與佛法相關的事情，等著他去忙。貨輪慢慢慢地駛過了金門大橋，駛進了灰色的太平洋，向西而去。賽姬在哭，辛恩也在哭，每個人都覺得難過。

庫格林說：「太糟了，說不定他會消失在中亞的。說不定他會跟隨一隊賣爆米花、別針和絲線的犛牛隊，靜靜而定期地往返於喀什、拉薩和蘭州之間，偶爾爬一爬喜馬拉雅山，並爲達賴喇嘛和那一帶的人帶來開悟，從此音訊杳然。」
「不，不會的，」我說，「他太愛我們了，不會捨得永遠丟下我們不管的。」
艾瓦說：「那又如何，人生又有哪一個結局不是帶著淚水的。」

三十一

現在，就像賈菲用手指爲我指著方向一樣，我開始啓程往北，向著我的山脈進發。

那是一九五六年六月十八日的早上。我從小屋下來，向克莉絲汀告別和道謝過後，就掉頭而去。她站在院子裡跟我揮手作別。「每個人都走了，週末的派對也沒有了，這裡將會變得冷清清。」她是由衷地喜愛這段時間以來的一切。她赤著腳，站在院子裡目送著我離開，身邊站著同樣是赤腳的小般若。

我往北的行程出奇的順利，就彷彿是賈菲的祝福一直伴隨著我左右。一到一〇一號公路，我馬上就攔到一輛順風車。駕駛是個社會研究方面的老師，來自波士頓，曾經在科德角（Cape

Cod）唱歌，他告訴我，他昨天才因爲節食太久，在一個死黨的婚禮上昏厥。我在克洛弗代爾（Cloverdale）下車以後，買了此行所需要的所有食物：一根撒拉米香腸、一塊三角形的切德乳酪，還有一些當甜點用的海棗。所有這些食物，我都用保鮮袋有條不紊地包了起來。上一次登山吃剩下的花生和葡萄乾，也在我的背包裡。賈菲把它們交給我的時候說：「我在貨輪上用不著這些花生和葡萄乾，你拿去吃吧。」想起賈菲對待食物的嚴肅態度，我就不由得有點感慨：只願全世界也會用相同的嚴肅態度來對待食物，而不是把所有人的食物錢拿去製造愚蠢的飛彈、機器和炸藥，好把自己的頭給轟掉。

吃過午餐後，我走了大約一英里的路，去到俄羅斯河（Russian River）上的一條橋。在那裡，我在灰暗的天色中足足等了三小時，才有一個帶著妻子兒子的農夫（他的臉不時都會抽搐一下），把我載到了一個叫普雷斯頓（Preston）的小鎮。接著，一個卡車司機答應把我一路載到尤里卡（Eureka）。「哇噻，『尤里卡！』」[108]我歡呼說。不過他稍後又對我說：「一個人開著這輛玩意兒無聊透頂，所以想找個人打打屁。你要是想的話，我可以把你一直載到

108 譯註：Eureka指的也是希臘文「我找到了！」阿基米德（Archimedes，公元前二八七？—二一二）在浴缸裡發現如何用水測量黃金純度的方法時歡呼說出的字。

新月城（Crescent City）去。」這會有一點偏離我的路線，但由於它可以讓我去到比尤里卡更北的地方，所以我還是接受了。那傢伙的名字是彼得．布雷頓。一整個雨夜下來，他共開了二百八十英里的路，一路上都喋喋不休：談他的人生，談他兄弟，談他太太，談他父親。在洪堡德紅木森林一家叫「阿登森林」的餐館裡，我吃了一頓意料之外的大餐：有炸明蝦、巨型的草莓派，還有冰淇淋和一大壺的咖啡，我不用出半毛錢，全都是布雷頓付的帳。之後，他又從自己遇到的種種煩惱一直談到「人生最後四件事」[109]。「對，所有好人都是住在天堂裡的。他們從一開始就是住在那裡。」這可是很有見地的話。

我們在第二天破曉抵達霧茫茫的新月城——一個傍海的市鎮。布雷頓把卡車停在沙灘上，睡了一小時。醒來後請我吃了一頓包括鬆餅和煎蛋在內的早餐，就離我而去。我想，說不定這是因爲他請客已經請煩了。我徒步走出新月城，去到一九九號高速公路，攔了一輛便車，回到九十九號高速公路。九十九號高速公路雖然沒有濱海公路那如詩如畫的風景，卻可以像子彈一樣把我送到波特蘭和西雅圖。

這時，我突然產生一種無比自由的感覺，覺得自己就像個正要前往無何有之鄉、一無所求的古代中國和尚。所以，我乾脆沿著高速公路這邊的車道向前走，邊走邊向對向的車道舉起攔車的大拇指。我已經什麼都不再在乎了。攔不到車又怎樣，我大不了用走的一路走到目的地！不過，我這種不尋常的舉動反而引起了注意，馬上就攔到了一輛便車。駕駛是個金礦主，他兒子開著一台小型的履帶式拖拉機，走在我們前面。一路上我們就森林和錫斯基尤山脈（Siskiyou Range）的話題談了許多（我們正沿著這個山脈，往俄勒岡州的格蘭迪斯山口方向前進）。他還教了我一個烤魚的方法：在溪邊的乾淨黃沙上生個火，然後把火弄熄，把魚埋在熱沙裡，等幾小時，你就可以吃到一條美味的烤魚。他對我的背包和登山計畫都很感興趣。

他把我載到一個跟布里奇波特很相似的山城（布里奇波特就是我們爬馬特洪峰時莫利失蹤了一陣子那個小鎮）。我走了一英里的路，去到一個位於錫斯基尤山脈深處的樹林打了個盹，一覺醒來後發現自己置身在中國式的無名霧中。接下來，我靠先前那種在相反車道攔車的方式，攔到一輛便車，坐到克比（Kerby）。在克比的高速公路邊，一輛砂石車以高速打我旁邊一點點掠過，企圖想讓我連同背包一起摔個大觔斗，但我沒讓他得逞；我看得見開車那個肥牛仔的邪惡笑容。一個中古車商把我載到了格蘭迪斯山口（Grgts Pass），之後又有一個憂鬱的年輕伐木工，載著我風馳電掣地開過一個夢幻河谷，把我送到坎寧維爾

109 譯註：人生的最後四件事（four last things）：這是個宗教專有名詞，指死亡、審判、天堂和地獄。

（Canyonville）。而在那裡，就像做夢一樣，一輛載滿手套的貨車停在我面前，答應把我載到尤金（Eugene）。司機名叫彼得森，一路上他都跟我親切地談話，而且爲了方便交談，堅持要我在位子上反過來坐，面向著他（換言之我一路上都是背對著前方的）。他無所不談，太陽底下所有事幾乎都被他談遍了。途中，他買了兩罐啤酒請我喝。在好幾個加油站，他都把車停下來，拿出手套展示販賣。「我老爸是個了不起的人，他的名言是：『世界上的馬屁眼[110]比馬還要多。』」他告訴我，他是個運動狂，喜歡帶著碼表去跑步，又告訴我，雖然工會百般施壓，但他就是不加入，一個人開著輛貨車，到處跑單幫。

他把我載到尤金郊外的一個美麗池塘邊，在晚霞中與我作別。我計畫在此睡一個晚上，並在一棵松樹下攤開睡袋。高速公路的另一邊是有一些別墅式的小屋，但屋裡的人不會看得見我，而即使看得見，也無暇來看，因爲他們全忙著看電視。吃過晚餐後，我就裹著睡袋，一睡睡了十二小時，只有在午夜時爲了擦防蚊液醒來過一次。

早上起來後，壯觀的喀斯喀特山脈就在我的眼前，不過我看到的只是它的尾端，至於它極北的另一端（也就是我要去的地方），則位於加拿大的邊緣上，距此有四百多英里遠。由於高速公路的另一邊有一家紙漿工廠，所以早上的小河籠罩在一片煙濛濛之中。我在小河邊盥洗過後，拿出賈菲在馬特洪峰上送我的念珠，做了個簡短的禱告：「願歸命於佛陀神聖念珠裡的空。」

上路後，我一下就攔到一輛由兩個彪形大漢所開的車，把我載到章克申城（Junction City）城外。我在一輛快餐車喝過咖啡後，步行了兩英里，又在一家看起來要好一點的路邊餐館吃了一頓鬆餅，然後沿著高速公路邊的岩石向前走。一輛輛車子從我旁邊呼嘯而過，但就是沒有一輛停下來。正當我納悶以這個樣子，自己是不是眞有可能到得了波特蘭（先不說西雅圖）時，就有一輛車子停下來，答應把我一路載到波特蘭。駕駛是個有趣的房屋油漆工人，一頭淡髮，鞋子上沾滿泥漿。他身邊帶著四罐罐裝啤酒，一面開車一面喝，途中爲了再多買些啤酒而停下來過一次。在波特蘭的市中心，我花了二十五美分，坐巴士坐到了華盛頓州的溫哥華（Vancouver）。吃了一個漢堡後，我就再走到九十九號高速公路攔便車。一個留著八字鬍、人好得像菩薩的年輕人搭載了我。他告訴我自己只有一個腎，又說：「我很榮幸可以載你一程，這樣就有人可以陪我聊天了。」每次停下來喝咖啡，他都會打彈子機，而他打彈子機的模樣，就像是在做世界上最嚴肅的事情。沿途看到誰攔便車，他都樂於把車停下來。繼我之後，他搭載了一個來自奧克拉荷馬州的流動田工，然後是一個來自蒙大拿的瘋水

110 譯註：「馬屁眼」指的是「混蛋」、「爛人」。

手（他給我們講了一大堆又瘋又有哲理的故事）。車子以八十英里的時速飛馳，在早上八點到達奧林匹亞（Olympia），繼而又順著奧林匹克半島上一些七彎八拐的林間公路，開到位於布雷默頓（Bremerton）的海軍基地。至此，相隔在我與西雅之間的，就只有一趟船資五十美分的渡輪了！

跟好心的駕駛道別後，我和同車的流動田工一塊坐上渡輪。我爲他付了船資，算是對一路下來無比順利的行程一種感恩的表示。我甚至請他吃花生和葡萄乾，看到他狼吞虎嚥的樣子，又拿出撒拉米香腸和乳酪請他吃。

然後，當他還坐在主船艙的時候，我走到上層的甲板，在寒冷的雨霧中東張西望，感受皮尤吉特灣（Puget Sound）的氣氛。從波特蘭到西雅圖的航程是一小時。我發現不知道是誰，在船舷的欄杆上放了一瓶半品脫裝的伏特加，上面用一本《時代》週刊遮蓋著。我把它拿起來喝了幾口。然後，我從背包裡拿出溫暖的毛線衣，穿在雨衣下面，一個人在甲板上無拘無束地晃來晃去，只感到狂野和抒情。然後，突如其來的，大西北就輪廓分明地出現了在我眼前，比我從賈菲那裡得來的意象要大上了許多許多。難以想像的山脈——奧林匹斯山和帕克山——一英里又一英里地在四面八方的地平線上展開，上面漂浮著被風撕扯得散亂的浮雲。一道像彩帶般的橘色霞光，鑲在那片向太平洋方向延伸過去的陰鬱長空上，而我知道，這片長空最後會延伸到北海道和西伯利亞那些世界上最荒涼的地帶。我蜷縮著身體，坐在艦橋甲板室的外面，聽船長和舵工那種馬克吐温式的對話。在遠方，從變深了的黃昏霧氣中，慢慢出現了一個巨大的紅色霓虹燈燈牌，上面閃爍著「西雅圖港」幾個大字。過了沒多久，賈菲告訴過我有關西雅圖的一切，就不再是只能用想像的，而是活現在我眼前，具體可觸得就像滲透在我肌膚上的冷雨。眼前的西雅圖，和賈菲的形容完全一模一樣：溼，大，冷，活躍，樹林茂密，山巒起伏，充滿挑戰性。當渡輪靠泊在碼頭上的時候，我馬上看得見豎立在一些老店外頭的圖騰柱。我還看見了凱西．瓊斯[111]式的古老火車頭。這種火車頭，我以前只有在西部電影裡看到過，而現在的這個，不只是真實的，而且是還在執勤的：它拖著一列列的車廂，在這個煙濛濛的魔幻城市裡嗚嗚嗚地繞行著。

我用一美元七十五美分，在貧民區一家乾淨旅館租了個房間，洗過熱水澡後就寢，睡一個長長的好覺。早上，剃過鬍子，我走到第一大道，喜出望外地發現有各式各樣的「善心人」商店，裡面可以找得到上好的毛線衣和紅色的內衣。我在擁擠的市場裡吃了一頓豐盛的早餐，外加一杯五美分的咖啡。藍天，飛雲，加上老碼頭，加上在皮尤吉特灣裡閃爍蕩漾的海水——

111 譯註：凱西．瓊斯（Casey Jones）是一個民謠與民間傳說中的主角，以一個捨己救人的火車司機為藍本。

這裡眞是不折不扣的大西北。我在正午辦了退房手續，帶著新買來的羊毛襪子和印花大手帕，愉愉快快走到位於市外幾英里的九十九號公路，連續攔到了幾趟短程的便車。

現在，我已經看得見位於西北方地平線上的喀斯喀特山脈了，它那些覆雪的巨峰巉岩參差得難以置信，會讓人不由自主喘幾口大氣。九十九號公路貫穿斯提拉圭米舒河谷（Stilaquamish）和斯卡吉特河谷。這些河谷，肥沃得就像牛油，美麗得如夢似幻，兩旁都是農莊和嚼草的乳牛，更遠處，則是積雪的起伏山巒。向北走得愈遠，所看到的山脈就愈龐然，最後讓我不由得害怕起來。途中，一輛不起眼的轎車載了我一程，駕駛戴著眼鏡，樣子像個謹小愼微的律師。但稍後我才知道，他就是大名頂頂的方程式賽車冠軍林德斯特倫，而他的車子雖然不起眼，引擎卻是改裝過的，可以飆到一百七十英里的高速。不過，他並沒有把車速秀給我看，只有在等紅燈的時候，猛踩油門讓引擎空轉，讓我聽聽聲音多麼強有力。之後，我又搭上一個木材商的便車。他說他知道我要去的地點在哪，又告訴我：「在這個世界上，斯卡吉特河谷的肥沃僅在尼羅河谷之下。」他在一G高速公路的路口把我放下車。那是一條可以通到十七A高速公路的短程高速公路，後者會蜿蜒深入群山的心臟，在盡頭處與一條通往迪亞布諾壩（Diablo Dam）的土路相連接。現在，我已經名副其實是在深山之中了。接下來載過我一程的人包括伐木工、探鈾者和農夫，他們把我帶到了斯卡吉特河谷的最後一個大城鎮塞多伍尼（Sedro Woolley）。出塞多伍尼以後，路開始變窄，而且彎度更大，在一些懸崖和斯卡吉特河之間曲折蜿蜒。先前我在九十九號高速公路上所看到的斯卡吉特河，是一條脹鼓鼓的大水，兩旁都是廣袤的綠茵地，但現在的斯卡吉特河，卻變成了一條由融雪匯入而成的窄窄急流，兩旁是斷樹滿布的泥岸。崖壁開始出現在我的兩側，讓我無法再看見白雪皚皚的峰巒，然而，我卻比先前更具體地感受到它們的存在。

三十二

我在一家破破的小酒館裡喝了一杯啤酒。酒保是個老邁的衰翁，站在吧台後面，幾乎連轉身把啤酒拿給我都有困難。我心裡想：「我寧可死在一個冰河山洞裡，也不要在像這樣塵兮兮和數十年如一日的小屋裡過完餘生。」一對長得像米茵和比爾的夫妻[112]把我載到了索克（Sauk），然後又有一個醉醺醺的牧工，風馳電掣地把我送到了最後的終點站：馬布爾山護林站。

我下車的時候，助理護林員站在那裡，看著我說：「你是史密斯嗎？」

「對。」

「開車的是你的朋友？」

「不，他只是載我一程的。」

「他憑什麼認爲自己可以在政府的管轄區裡狂飆？」

我抽了一口涼氣，現在，我已不再是個自由自在的行腳僧了。最少在接下來的一星期不再是。我將要在消防學校裡，接受爲期一週的林火防治課程。其他學員都是一些年輕的小伙子。我們戴著鋼盔，接受挖掘防火線、砍樹和撲滅小型林火之類的訓練。這期間，我認識了伯尼．拜爾，也就是賈菲經常喜歡學他的洪亮逗趣聲音說話那位「砍樹傑克」。他一度是個伐木工，現在則是極爲資探的護林員。

有一次，當我坐著伯尼的貨車到森林去的時候，他這樣談論賈菲：「賈菲今年不回來，眞是羞羞臉。他是這裡有過最好的林火瞭望員，而且老天爺可以爲證，他也是咱家見過最好的山徑清道員。他總是迫不及待要東爬西爬，而且總是一副快快活活的樣子。咱家沒有見過比他更棒的小伙子。他是個誰也不怕的人，只要看到哪個鳥人在森林裡做些不該做的事，就會出面干涉。這也是咱家特別喜歡他的一點。這年頭敢說話的人愈來愈少了。到了哪一天再

112 譯註：電影角色。

沒有人敢說該說的話，就該是咱家收拾包袱、回鄉下去養老的日子。」伯尼今年大約六十五歲，談起賈菲來的時候，大有老爸談兒子的口氣。消防學校的其他學員有一些也還記得賈菲，並好奇他今年爲什麼會不來。那個晚上，剛好是伯尼在森林保護局服務滿四十週年，其他的護林員聯合送了他一件禮物：一條新款的大皮帶。老伯尼因爲腰圍不斷變粗，所以皮帶總是很快不合穿，最後乾脆改用粗繩子之類的東西當褲帶。他戴上新皮帶之後，發表了一番風趣的感言，說是以後一定會節制飲食，好不辜負大家送他這條皮帶的一番心意。大家聽了紛紛報以鼓掌和喝彩。我猜想，伯尼和賈菲說不定就是在這個山區服務過最優秀的兩個人。

每天的課程結束後，我不是到護林站後面的山巒去走走，就是坐在奔騰的斯卡吉特河前面，嘴裡叼著根菸斗，盤起的雙腿間放著瓶葡萄酒。每個下午和每個明月夜都是如此，而其他的小伙子，則一律跑到流動游藝場玩和灌啤酒。流經馬布爾山的斯卡吉特河急勁、清澈而翠綠，在它上方的山坡上，是纏繞在雲氣裡的太平洋西北部松樹，更高處，則是一些白雲徘徊的峰頂，太陽光斷斷續續會從白雲的間隙中射出。打我腳前流過的這條急流，正是寂靜群山的傑作，由山上的融雪匯聚而成的。飛鳥在河面上盤旋，伺機覓食，但河水裡的魚卻在竊笑——牠們只會偶爾才躍出水面一次，隨即就拱著背，重新落入水中，而牠們入水時形成的孔洞，馬上就會被河水所捲沒。事實上，河面上沒有任何東西不是被迅速掃走的。漂流的木頭和斷樹以二十五英里的時速，在河面掠過。我估計，如果我試圖游過斯卡吉特河的話，那當我游到對岸的時候，已經被水流帶到下游半英里遠。那是一個河流的仙鄉異境，是黃金永恆的空，瀰漫著苔蘚和樹皮和樹枝和泥土的味道。所有這一切，都充滿神祕感地展開在我眼前，清澄而永續。當我仰視浮雲的時候，我看到的是一張張隱士的臉。被河水沖刷著的松枝一副心滿意足的模樣，它們那些在太陽中閃著碎光的葉子，被微風拂得歡欣鼓舞。地平線上那些人跡不至的高山積雪，看起來就像個搖籃，充滿暖意。萬事萬物都是永恆自在和有應答的，它們超出於真理之外，超出於藍色的虛空之外。「山脈都是具有巨大耐心的佛。」我大聲喊道，然後喝了一口酒。我感到有點冷，不過，只要有太陽照向我坐著那個樹樁的時候，我就會熱得有如身在一個烤箱裡。而每當我在月色下走向這同一個老樹樁的時候，感覺世界就像是一個夢，一個幻像，一個泡泡，一個影子，一滴正在蒸發的露水，一道一閃即逝的電光。

我登孤涼峰當林火瞭望員的日子終於到了。前一天，我用記帳的方式，在一家小小的食物雜貨店買了價值四十五美元的食物，然後放上趕騾人哈皮（Happy）的貨車，沿河而上，一直開到迪亞布洛壩。愈往上開，斯卡吉特河就變得愈狹窄，最後變得跟一條小激流無異，在岩石間騰跳飛湍。斯卡吉特河先後在兩個地點會遇到堤壩，一處是紐哈林（Newhalem），一處是位於更上游的迪亞布洛壩。在迪亞布洛壩，會有一台巨大的升降機，把你的車子升到一個與迪亞布洛湖面齊高的平台上。這一帶在一八九〇年代曾出現過淘金熱，尋金者不惜投入巨資，在紐哈林與今天的羅斯湖之間一系列峽谷的堅固山岩上鑿出一條小路，又在紅寶石澗、花崗岩澗、峽谷澗之間鑿了星羅棋布的引水渠。不過，他們的投資最終並沒有獲得回收。現在，這條小路的大部分都已經沒在了水底之下。一九一九年的時候，一場大火蹂躪了斯卡吉特縣北方的山林，讓環繞孤涼峰的一帶延燒了整整兩個月。當時，華盛頓州北部和加拿大卑詩省的天空都被煙霧遮蔽，不見天日。爲了滅火，政府動員了一千人，花了兩星期的時間，遠從馬布爾山的消防局接水管引水過來灌救，但卻收效甚微，要直到秋雨來臨，山火才被控制住。人們告訴我，時至今日，在孤涼峰和一些河谷裡，仍然看得見當時被燒焦的樹木殘株。而這也是孤涼峰會得到孤涼一名的原因。

「小老弟，」風趣的趕騾人哈皮對我說，「希望你可不會像幾年前我們帶到孤涼峰上去那個小伙子一樣菜。他是我見過最菜的菜鳥，什麼都不會，只會胡搞瞎搞。他就連煎蛋都會出紕漏：他把煎鍋裡的蛋抖得高高的，卻沒接住，蛋直直砸在鞋子上。我離開前叫他手槍別打太多，他一本正經地回答說：『是的，長官。是的，長官。』」哈皮是個愛說笑的人，抽的也是自己捲的菸。他頭上戴著的，仍然是他懷俄明歲月那頂鬆綽綽的牛仔帽。

「我什麼都不會在乎。我唯一想的是在那裡一個人待一個夏天。」

「你現在是這樣說，只怕用不了多久就會改口。我們帶到上面去的小伙子沒有一個不是自誇有多勇敢多勇敢的，不過，上去之後沒多久，他們就會開始自言自語，問自己問題。問自己問題倒是不打緊，可千萬不要去回答就是。」

到迪亞布洛壩之後，我和老哈皮就分道揚鑣。他先回峽谷裡的家，而我則從迪亞布洛壩坐船到羅斯壩（Ross Dam）。在這裡，你可以看到一幅極壯觀的眩目景致：整個圍繞著羅斯湖的貝克山國家森林的全景盡收眼底，在太陽下閃閃發光，一直延伸到加拿大的境內。位於羅斯壩的森林保護局中繼站建在一個浮台上，位於離岸邊有一點點距離的湖面，用纜纜繫著。在這樣的中繼站睡覺可不是容易的事，因爲湖水會不斷拍擊浮台，發出啪啪啪的聲音，讓人難以成眠。

我睡在那裡的那個晚上，月亮又大又圓，月光在水面上抖個不停。一個林火瞭望員對我說過：「在山上的時候，你總是可以看得見月亮。而當我看到它的時候，總會聯想到叢林狼的側影。」

第二天是個灰濛濛的雨天。陪我一道上山的除了哈皮以外，還有助理護林員沃利（Wally）。我已經可以預見，在雨天騎馬，不會是什麼好玩的事。「小老弟，你應該在採購名單裡加上兩三夸脫白蘭地的，上面冷的時候會用得著的。」哈皮挺著個紅鼻頭對我說。我們正站在畜欄邊，哈皮拿著飼料袋子餵幾頭牲口，然後又把袋子掛在牠們脖子上，這樣，即使天在下雨，牠們也不以爲意。拖船開出了閘門以後，就在羅斯湖上乘風破浪，沿著巨大的探礦者山和紅寶石山前進。湖水衝擊著船身，在我們後面濺起高大的浪花。我們走入駕駛艙，那裡已有一壺哈皮煮好的咖啡在等著。湖岸邊那些長在陡坡上的冷杉，只隱約可見，就像是一排排繚繞在霧氣中的鬼影。這裡的荒涼和蕭瑟，在在具有大西北的原味。

「孤涼峰在哪裡？」

「你現在看不見它的，而等你看到的時候，你幾乎就已在那上面了。」哈皮說，「不過，只怕你看到它的時候就不會那麼喜歡它了。那上面這時候正刮著風和雪。小老弟，你確定你不需要買一小瓶的白蘭地帶著嗎？」我們剛剛才幹光一瓶他從馬布爾山買來的黑草莓葡萄酒。

「哈皮，等我九月從山上下來時候，會買一瓶蘇格蘭威士忌送你的。」

「一言爲定，到時你可不要忘啦。」

賈菲告訴過我好些有關哈皮的事情。哈皮是個好人，他和伯尼一樣，都是這一帶最優秀的舊時代人物。他們都了解山，了解馱獸，但卻沒有想成爲高級林務官的野心。

談到賈菲的時候，哈皮也是帶著懷念的語氣。「那孩子懂得很多有趣的歌曲和事情。他最喜歡做的事就是在山徑上砍樹。他在西雅圖有過一個中國女朋友，我在他旅館的房間裡看過她。賈菲這小子對女人眞的很有一套。」風繞著拖船怒吼，濁浪拍打著駕駛艙的窗子，在這風聲浪聲中，我聽得到賈菲彈著吉他所唱出的歡樂歌聲。

「這個就是賈菲的湖，這些就是賈菲的山。」我想。我眞希望到達孤涼峰之後，賈菲就在那上面，親眼看到他希望我做的一切。

兩小時後，我們就不費吹灰之力到達了八英里以外的湖邊。我們跳下船，把繫著繩纜的救生圈套在一些樹樁上。在哈皮的狠狠拍打下，第一頭騾馱著重重行李快步走下踏板，不過，就在牠要踩往滑溜的岸邊時，腳卻打滑了一下，差點沒有帶著我的所有食物，一起摔到湖裡。繼而上岸的是那頭馱著電池和我其他裝備的騾。接下來，哈皮、我和沃利先後騎著馬上了岸。

跟拖船的船夫揮手道別過後，我們一行就開始在一條狹窄而多石的山徑上，展開一趟有如要爬過北極的艱苦攀爬。路的兩旁都是大樹和灌木叢，每當我們跟它們那些溼答答的葉子擦身而過，都會讓我們溼到皮膚裡。我本來是把尼龍披風綁在馬鞍的前鞍橋上的，但未幾便把它解開，罩在身上，讓我看起來像個披著裹屍布的和尚。哈皮和沃利什麼也沒有披，只是彎著腰，任由雨水打在身上。馬匹偶爾會在小徑的石頭上打滑。途中，我們遇到一棵斷樹橫在路上，擋住去路。哈皮下了馬，拿起雙刃斧，使出吃奶之力，要在小路旁邊的樹叢裡開出另一條小路，繞過斷樹。他一面開路一面咒罵，身上的汗水流了又流，沃利在一旁幫助他。而我負責的只是把幾頭牲口看好，這是個輕鬆的差事，我窩在一棵灌木的下面，爲自己捲了根菸。哈皮把路開好以後，兩頭騾卻畏懼不前，因爲哈皮開的路實在太陡峭崎嶇了。哈皮火了，對我罵道：「媽的，不要光坐著，去抓住牠們的鬃毛，把牠們拽過來。」我的母馬也感到害怕。「快把馬弄上來啊，還等什麼？難道你指望我一個人可以幹得了所有事！」

靠著哈皮所開的路，我們最後終於繞過了斷樹，繼續前進，沒多久就離開了灌木林，進入了一片多石的綠茵地。綠草中夾雜著藍色的羽扇豆花和紅色的罌粟花，它們的顏色被灰濛濛的霧氣所淡化，卻別有趣味。這時風開始吹起，而且挾帶著雪雨。「我們在海拔五千英尺高了！」哈皮轉過身向我大聲喊道。他正在爲自己捲一根菸，而雖然風把他老舊牛仔帽的帽簷吹得捲起，但他在馬鞍上的坐姿，卻悠閒自在得像個在馬背上坐了一輩子的人。我們沿著之字形的路線往草坡上攀爬，而風則在持續不斷地加強。過了不知道多久，哈皮向我喊道：「看到前面那塊大岩壁沒有？」我抬頭張望，看到一塊愣愣的灰色大岩石，就在上頭不遠處。「雖然你覺得幾乎摸得著它，但事實上它離我們還有一千英尺高。不過，等我們到達那岩壁，我們就幾乎到峰頂了。屆時，就只剩下半小時的路了。」

一分鐘以後，他又轉身大聲問我：「你確定你的行李裡沒有一小瓶額外的白蘭地嗎，小老弟？」他渾身溼答答的，狼狽不堪，但卻滿不在乎的樣子，我甚至還聽得見他在風中的歌聲。過了不知道多久，我們終於越過了樹木生長線，而綠茵地也隨之被冷硬的岩石地所取代，地上也突然間出現了積雪。馬每踏出一步，蹄子都會在雪裡掀出一個水洞。我們顯然已接近山頂了。但四面八方除了雪和霧以外，我什麼也看不見。換成是一個大晴天，我想我一定可以看得見這條小徑有多陡，而且會爲我的馬每次打滑而嚇得半死，但現在我往下望去的時候，只看到一些模模糊糊的樹頂，樣子就像一小簇一小簇的草。「賈菲啊賈菲，我吃盡了苦頭，但此時的你，卻是舒舒服服、安安全全地坐在船艙裡，寫信給賽姬、辛恩和克莉絲汀，這說得過去嗎！」

路上積雪愈來愈深，而冰雹也開始猛打在我們早已被冷風刮得紅通通的臉上。走著走著，我突然聽到哈皮在前頭喊道：「馬上就要到了。」我全身又溼又冷。我下了馬，改爲牽著馬往前走，而牠則如釋重負地呻吟了一聲，乖乖地跟著我。事實上，除我以外，牠要揹的東西本來就不少。「看到她了！」我又聽到哈皮大聲喊道。慢慢地，在這個被旋轉白霧所籠罩的天地屋脊上，我看到了一間小屋，蓋在一塊光禿禿的石頭上，四周圍繞著雪堆和斑駁的溼草，溼草裡夾雜著一些小小朵的花朵。更外圍是一些大塊的卵石和有著刺針狀葉子的冷杉。小屋有著一個逗趣的小尖頂，樣子很像間中國式小屋。

但它那幽暗陰鬱的樣子，卻很難讓人愉快得起來。我愣在了那裡一下下，「這就是我要住一整個夏天的地方嗎？」

我們拖著沉重的腳步，把牲口牽到了某個三〇年代的林火瞭望員所築的畜欄裡，卸下牠們所馱著的行李。哈皮走到小屋門前，取出鑰匙，把門打開。小屋裡的景象令人不敢恭維：地板灰暗、潮溼而沾滿爛泥，四面牆壁都有水漬。屋裡有一個陰鬱的木頭鋪位，上面鋪著用粗繩索編成的蓆子（這是爲了防止小屋被雷電打中時木頭床鋪會導電）。所有窗户都積著厚厚一層密不透光的灰塵，更有甚者是地板上到處都是垃圾：有被老鼠咬得稀巴爛的雜誌，有食物殘渣，還有無以數計小小顆的黑色老鼠大便。

「啊哈，看來這個大垃圾堆有得你忙的了，」沃利咧著個露齒的大笑容對我說，「現在就動手吧，先把食物櫥裡那些吃剩下的罐頭食物扔掉，再拿塊溼肥皂來把髒兮兮的食物櫥清潔乾淨。」我照做了。我不得不做，因爲我這個林火瞭望員的工作，是有薪水可領的。

不過，好人哈皮卻在爐灶上生了個熊熊的火，放上一茶壺的水，再倒入半罐咖啡。「小老弟，在這樣的地方，沒有什麼比一杯濃濃的咖啡更讓人振奮精神的了，喝過以後，我保證你會像充過電一樣，每根頭髮都豎起來。」

我望向窗外，唯一看到的只有霧。「我們現在的位置有多高？」

「六千五百英尺。」

「四面都是白茫茫的霧，如果有林火，我要怎樣才能看見？」

「不用擔心這個。霧在幾天內就會被吹散，屆時，你從每一個方向都可以看得到一百英里那麼遠。」

但我並不相信他的話。因爲我記得寒山子說過，寒山上的霧，是從來都不會退去的。我開始佩服起寒山子吃苦的能耐來了。哈皮、沃利和我一起走出屋外，花了一些時間把風速記錄儀架了起來，又做了一些其他的雜務。之後，哈皮就進屋，在爐灶裡生了個火，做了一大盤罐頭火腿肉炒蛋。我們配著濃濃的咖啡，吃了一頓結實的晚餐。飯後，沃利把雙向無線電取出，跟位於羅斯湖的中繼站聯絡上。晚上，他們裹著睡袋睡在地板上，而我則睡著潮溼的鋪位上，蜷曲在自己的睡袋裡。

第二天早上，外頭仍然是灰濛濛的，又是風又是霧。哈皮和沃利把牲口打點好以後，就動身離開，臨行前回頭說了一句：「說說看，你現在還喜愛孤涼峰嗎？」

哈皮又補充了一句：「要記得我說過的，聽到你問自己問題時，千萬不要回答。如果有熊經過，從窗外望進來，你閉上眼睛就好。」

風把窗子吹得咯咯響，我目送著他們走過一棵棵長在岩頂上的扭曲樹木，很快消失在白霧中。現在，偌大一個孤涼峰上，就只有我一個人了。我努力想看看四周的山脈，但除了在霧偶爾散開一點點的時候，可以看得見遠方一些黯淡的輪廓以外，什麼都看不見。最後我放棄了，走入小屋，花了一整天去清理屋裡的垃圾。

晚上，我在雨衣和溫暖的衣服外面罩上披風，走到霧茫茫的世界屋頂上，打坐沉思。這裡毫無疑問就是法雲地[113]，是終極的歸宿。十點的時候，我看到了第一顆星星，然後突然間，部分的霧化開了，我隱約可以看到一些龐然的黑色山影，它們出現得那麼突然，那麼逼近，讓我嚇了一大跳。十一點的時候，我又看到了位於北方的加拿大上空的昏星，而且似乎也在霧中看到了一道由落日所形成的橘色霞光。不過，這一切的驚喜，後來卻被從地窖門上傳來的老鼠抓撓聲所抵消掉。不只地窖裡有老鼠，閣樓裡也有老鼠，牠們用黑色的小腳，在由一世代的孤涼峰林火瞭望員所留下來的燕麥粒和米粒之間竄行。「呃噢，」我心裡想，「我會受得了這些嗎？如果受不了，又要怎樣離開這裡呢？」我唯一可做的事情就是鑽到睡袋裡，把頭緊緊埋在裡面。

睡到半夜，我在朦朦朧朧中半張開眼睛，赫然看見一頭巨大的黑色怪獸，就站在窗前，但等我定睛看去，才知道原來是遠在好幾十英里外加拿大境內的賀祖米山，它在星光的照耀下，正探身向著院子，瞪著我的窗户看。霧已經完全被吹散了，那是一個星光閃爍的夜。多麼不同凡響的一座山啊！它和賈菲素描裡的樣子完全一樣，有著女巫帽般的尖頂（賈菲把這幅素描掛在小屋的牆上）。賀祖米啊賀祖米，你眞是我看過最憂鬱的山（後來等我熟悉它以後，又發現它是我看過最漂亮的一座山）。北極光就在它的背後閃爍，凝聚著世界另一邊的北極所有冰雪的反光。

113 譯註：法雲地（Dharmamega）：佛家詩，原指菩薩階位的第十地（成佛前的最後一階段），作者這裡把它當成一個「地方」，只是借指。

三十三

第二天早上，哇，是一個美極了的豔陽高照天。我走到院子裡的時候，眼前所見的一切，跟賈菲告訴過我的沒兩樣：方圓幾百英里之內，舉目都是覆雪的山岩、處女湖泊和參天大樹。而在這一切的下面，我看到的可不是世界，而是一片平坦得像屋頂、白得像乳脂軟糖的雲海，它向四方八面綿延許多又許多英里，讓所有河谷都被抹上一層奶油。這種被稱爲低層雲的雲，現在就在我那站在海拔六千六百英尺高處的腳下。我泡了咖啡，走出屋外，讓大太陽温暖我一身被霧氣深入骨髓的骨頭。我對一隻毛茸茸的大兔子說：「嗒嗒。」牠靜靜地跟我分享了雲海的景觀一分鐘。吃過一頓培根蛋的早餐，我就到山徑下方一百碼的地方，挖了一個垃圾坑，又拖了一些木頭回來，然後用全景望遠鏡和林火尋視器[114]找到各個地標，將所有神奇的巨岩和裂隙對號入座，對上我早已從賈菲的口中耳熟能詳的名字：傑克山、恐怖山、憤怒山、挑戰者山、絕望山，金牛角山、探礦者山、克雷特峰、紅寶石山、貝克山、傑卡西山、彎拇指峰。溪澗的名字也一樣引人入勝：三愚澗、肉桂澗、麻煩澗、閃電澗和淘汰澗。現在，它們全屬於我一個人所有，這個世界沒有第二雙人類眼睛，此時此刻看得到這幅環形全景畫。眼前的景象強烈地讓我感到那是一個夢境。一整個夏天下來，我雖然對這個畫面愈來愈熟悉，但夢境的感覺不但沒有減退，反而愈來愈強，尤以做倒立的時候爲然。每次我爲了促進血液循環而墊著一個細麻布袋子做倒立時，都會看見群山像是在虛空中倒掛著的泡泡。這讓我意識到，群山事實上眞的是倒懸著的，我也一樣！在這裡，再也沒有什麼能掩蓋這個事實：是重力將世間的一切人事物吸在地球弧形的球面上，倒懸在廣大無邊的虛空中。霎時間，我眞切地感受到，我現在是一個完完全全孤獨的人，除了餵飽自己、休息和爲自己找些娛樂以外，沒有什麼別的事是需要做的，也沒有人可以爲此批評我。小花開滿岩石間各處，它們都自生自長的，不應任何人的要求而生長——就像我一樣。乳脂軟糖般的雲海在下午被風吹散成爲

114 譯註：林火尋視器（firefinder），由一幅地圖和一組觀察儀器組成的裝備，用來測定森林火災的位置。

一團團，讓羅斯湖得以進入我的視野中——好一個天藍色的漂亮湖泊。不過，在這麼遠的距離，它就跟一個小水池無異，而載著遊客在湖面上穿梭的船舶，則小得看不見，只能靠它們在鏡面般湖面所劃開的尾流來辨位。湖面上倒映著顛倒的松樹，它們的尖端指向無盡的遠方。下午稍晚，我躺在草地上，目視著眼前的一切輝煌，並開始感到有一點點無聊。「只要我不在乎，就沒什麼好無聊的！」想到這個，我就一躍而起，又是唱歌，又是跳舞，又向著遠遠的閃電谷吹口哨，但它離我太遠了，不足以形成回聲。在小屋後方有一片雪原，足以提供我喝到十月的新鮮飲用水。我每天只要鏟一桶雪，拿到屋子裡去，就盡夠我一天的需要。要喝水，我只要把桶子裡的雪水滴在錫杯裡，滴成一杯就行。打從童年以來，我就從未有過如現在的快樂。我感到從容、高興和孤獨。「布叮布叮，噫叮，叮噹叮，叮叮⋯⋯」我繞著石頭唱歌，一面唱一面踢石頭。接著，我在孤涼峰上的第一個日落就來到了，它的璀璨讓人難以置信。群山現在都覆蓋在粉紅色的積雪中。雲團鑲著荷葉邊，離我離得遠遠的，就像是古代的一些遙遠小佛城。風吹個不停——呼呼，呼呼，偶爾是澎澎，把我的小船吹得搖傜晃晃。從羅斯湖所升起的一片淡藍色的暮靄，讓圓得像唱片的新月顯得詭異而逗趣。從山坡後面尖凸而出的猙獰山岩，就像我小時候的塗鴉。看起來，在那裡的哪個地方，有一場歡愉的黃金節慶正在舉行著。我在日記裡記道：「啊，我好快樂。」雖然已經是一天的傍晚，但我卻從四周的景致裡看到了希望。賈菲說的一點都沒錯。

隨著黑暗慢慢在四周瀰漫開，用不了多久，夜就會再一次降臨，星星將會再一次閃耀，而雪怪也將會再一次踽踽獨行於賀祖米山的山頂。我在爐灶裡生了個劈啪響的火，烤了一些美味的黑麥薄餅和燉了一鍋牛肉。小屋被急勁的西風搖晃得厲害，但我一點都不擔心它會被吹走，因爲它可是用鋼筋水泥牢牢地固結在地裡的。我感到心滿意足。每次我望向窗外，看到的都是高山冷杉、依稀可辨的積雪山峰、蔽人眼目的霧氣和小得像玩具浴缸的波光粼粼羅斯湖。我用羽扇豆花和山間野花做了一束小花束，插在加了水的咖啡杯裡。傑克山的山頂此時已被銀色的浮雲所遮住。偶爾，在極遠處會劃過一道閃電，讓空闊無邊的天地一瞬間被照亮，看得人又敬又畏。

第二天（星期天）的早晨就像前一天一樣，有平坦的雲海在我腳下一千英尺的地方閃耀。每當我感到無聊，就會從我的「艾伯特王子牌」菸絲罐裡，掏出菸絲，捲一根香菸來抽。在這個世界上，再沒有比不慌不忙地抽一根自己捲的菸更愜意的事了。每天中午，世界上唯一的聲音就是由百萬隻昆蟲——他們都是我的朋友——合奏的交響樂。不過，也有一些白晝，會熱得讓人透不過氣來，沒有風、沒有雲，有的只是炎熱和傾巢而出的昆蟲、飛蟻。我想不透，在美國北方，又是這麼高的高山上，怎麼會有這麼熱的天氣。不過，晚上卻是會帶著月亮再回來的。每個晚上都靜謐無比，昆蟲都停止了鳴叫，彷彿是為了向月亮致敬。這時，我就會走到草地上，面向著西方打坐；望著眼前的大山大水，我只期盼，在這一切沒有位格性的物質裡，會住著一位位格神。有時，我也會到雪原去挖出我的一小罐紫色果凍，就著它看白亮的月亮。我可以感覺得到世界正旋轉著朝月亮馳去。夜裡，當我裹在睡袋裡時，會聽到鹿隻從低矮樹木走到院子來，吃我盤子裡的剩飯剩菜：有長著茸角的公鹿，有溫柔的母鹿，也有可愛的幼鹿。在月光的照耀下，加上牠們身後那塊被照得銀亮的大山岩，讓牠們看起來就像是來自另一個星球的外星哺乳類。

有時，風會從南方帶來抒情的毛毛雨。這時候，我就會吟哦道：「既有雨的滋味，何用下跪？」或者向著我那些想像出來的行腳僧同伴說：「哥兒們，是喝杯熱咖啡和抽根菸的時間了。」月亮變得又大又圓，而隨它而來的，是從賀祖米山背後透出來的北極光（「看看那虛空，它更寂靜了。」寒山子在賈菲的翻譯裡如是說）。事實上，我自己也是寂靜無比，唯一的動靜就是把盤著的雙腿上下對調。我可以聽得見，在遠遠的哪裡，有鹿蹄奔跑的踢踏聲。每天睡覺前，我都會在一塊遍灑清輝的大岩石頂上做倒立，這時，我可以確確實實看到世界是顛倒的，看到人類只是古怪、自負的甲蟲，滿腦子奇怪幻想，走起路來趾高氣昂，不知道自己是倒懸著的。

我的心情大部分時間都很平靜，只有做了一些蠢事的時候例外，像把煎餅煎焦、在雪原上鏟雪時滑一跤或不小心讓鏟子掉到峽谷裡之類的。每當這些時候，我都會氣得直想咬山頂一口，並氣沖沖走回小屋，狠狠踢食物櫃一腳，完全沒考慮到腳趾會挨疼。不過切莫忘記，即便肉身受限，生命的境況仍是極其榮美。

在孤涼峰上，除了要盯著四面八方有沒有煙火的跡象以外，我唯一要做的，只是接接無線電和掃地。無線電會來煩我的時候並不多，而我也從未看到過任何近得需要我來報告的山火，加上我並沒有參加林火瞭望員的無線電打屁活動，所以基本上，我是大閒人一個。森林保護局用降落傘空投了一些無線電電池給我，這是多此一舉，因爲我的電池餘電仍然很多。

一個晚上，我在打坐時獲得了一個異象。我看到有求必應的觀世音對我說：「你已經裝備好了，可以出發去告訴每個人，他們都是徹底自由的。」我雙手合抱在胸前，先把「每個人都是徹底自由的」這個重大訊息告訴自己，只感到滿心歡快，情不自禁地吶喊了一聲：「它。」張開眼睛的時候，我看到一顆流星在天際劃過。銀河上不可勝數的星星，它們不是別的，就是言語。我用來喝湯的是一些可憐兮兮的小碗，但我發現，這樣喝起來的湯，味道要比用大湯碗喝更勝一籌……我喝的是賈菲教我煮的鷹嘴豆培根湯。我每天下午都會午睡兩小時，醒來後，我環顧四周的山巒一眼，意識到：「這一切其實都沒有發生過。」世界是倒過來的，懸掛在一個無限虛空的海洋上，而世界裡的所有人，不過都是電影院裡的觀衆。黃昏時，我在院子裡踱步，唱著《凌晨時分》（*Wee Small Hours*），但當我唱到「整個廣闊的世界都在昏昏沉睡」這句時，卻不禁熱淚盈眶。「好吧世界，」我說，「我會去愛你的。」晚上睡覺時，我温暖而快樂地裹在睡袋裡，看著被月光照著的桌子和衣服，心裡想：「可憐的雷小孩啊，他的日子是充滿悲傷和憂慮的，他的理性是倏忽即逝的，這樣的生活，何其可憐可嘆！」然後我就會睡得像死豬。難道我們不都是一些墮落天使，因爲不願意相信一切是空、是無，所以就註定只能看著摯愛的親友一個一個逝去（最後是我們自己），來向我們證明這個眞理嗎？……但寒冷的早上卻是會再回來的，而雲則會從閃電谷的後面像濃煙一樣滾滾竄出來，下方的湖始終保持它天藍色的超然，而虛空則虛空如昔。咬牙切齒的世間牙齒啊，這一切，除了可以把我們領到某些甜美的金色永恆以外，又能把我們領到哪裡呢？它會證明我們一直以來信以爲眞的事情都是錯的，會證明就連這個證明自身也只是空……

三十四

八月終於來了，以一場搖撼我小屋的狂風宣示它的駕臨。現在，落日都紅得像紅寶石，足以用來釀造覆盆子果凍。每天黃昏，亂雲都會在巉岩得超過想像的斷崖上空，像海浪泡沫般湧出，燦爛和蒼涼得非筆墨所能形容，它們所帶著的每一抹玫瑰紅色，都蘊含著希望。到處都是令人望而生畏的冰原。一片草葉碇在岩石上，隨著無限的風急速抖動。在東方，是一片灰濛濛；在北方，是一片令人心生敬畏的莊嚴；在西方，是狂暴的落日；在南方，瀰漫著我父親的霧。傑克山戴著它一千英尺高的岩石帽子，俯視著有一百個足球場那麼大的冰原；

肉桂澗宛如一隻披著蘇格蘭霧的猛禽；沙爾[115]在金牛角山的蒼涼中迷失了行蹤。我的油燈在無限中燃燒。「可憐凡夫俗骨啊，答案是不存在的。」我終於明白了。我已經不再知道些什麼，也不在乎，而且不認爲這有什麼要緊的，而突然間，我感到了眞正的自由。之後就會來了些冷得死人的早上，我會生火，戴著有護耳的帽子劈些柴，然後懶洋洋地待在室內，任由冷冰冰的白霧把我包圍。山脈間又是雨又是雷，但那都不關我的事，因爲我只要坐在火爐前面看雜誌就行。到處都是像雪一樣冷冽的空氣和瀰漫著木煙的味道。最後，雪來了，像裹屍布一樣從加拿大那邊的賀祖米山旋捲而來。不過，它在還沒有到達以前就先輻射出白光，從那裡面，我看到了天使的窺視。之後，風就起了，把又黑又低、像是來自鍛鐵爐的烏雲，驅過長空。此時的加拿大，已化成了無意義的雲霧海洋。小屋煙囪管的陣陣嘯聲預告著一場全面的攻擊。我所熟悉的藍天和它那些若有所思的白雲，此時都已蕩然不存。遠處，加拿大的雷在轟鳴。而在南面，一場更大更黑的風暴，就像根大螯一樣逼近過來。面對一切的攻擊，賀祖米山的唯一回應就只是默然。不過，此時東北方遠處的地平線，卻是一派風和日麗的歡樂景象，不管你用什麼條件，都休想說得動它跟孤涼峰交換位置。突然間，一道綠色和玫瑰色相間的彩虹出現在天際，其尾端宛如一根柱子，從騷動的雲端斜插而下，落在離我的大門不超過三百英碼遠的山脊上。

彩虹是什麼，主？
是一個滾鐵環箍[116]，給下界人用。

滾鐵環一路滾到了閃電澗，雨和雪同時下著，而在五千多英尺下方的羅斯湖則籠罩在牛奶一樣白的霧中。當我向山頂上走去的時候，彩虹忽然圈住了我的影子，這個謎樣的光暈讓我產生祈禱的衝動。「雷啊，你一生的事業，不過是落在永恆覺之海洋裡的一滴雨滴。那你又有什麼好煩惱的呢？把你悟到的這個寫信告訴賈菲吧。」風暴走得就跟它來時一樣迅速，到了午後，羅斯湖又再次閃爍著萬道眩目的金光。午後，我的拖把晾在了岩石上；午後，我的背冷冰冰的，因爲我正光著背膀，站在世界之巔的雪原上挖一桶雪；午後，被改變了的是我而不是空。在温暖的玫瑰色暮色中，我坐下來打坐，頭上是八月的黃色半月。任何時候聽到雷聲，我都覺得是我媽媽發自母愛的斥責聲。「雷與雪，當效法！」我這樣唱道。接著，

115 譯註：沙爾（Shull）：不知是否指美國植物學家哈里遜・沙爾。
116 譯註：指兒童沿路滾著玩的鐵環箍。

就突然下起了瓢潑大雨，一下就是一整夜，把百萬畝的菩提樹沖了又沖，而千禧年群鼠則在我的閣樓裡睡得甜之又甜。

早上，明確無疑的秋意向我透露，我瞭望林火的工作已接近尾聲。現在，每天都是風狂雲顛天，中午的氤氳蘊積著金光。晚上，我會煮一杯熱可可，坐在火堆旁唱歌。我向著群山呼喚寒山子，沒有回應。我向著晨霧呼喚寒山子，它說：肅靜。我吶喊，但燃燈佛卻教我什麼都不要說。霧氣吹拂，我閉起眼睛，傾聽火爐的呢喃。「嗚呃！」我吆喊，但在冷杉尖頂上保持絕對平衡的一隻鳥兒只是動了一動尾巴，之後，牠就飛走了，而遠方突然變成龐然的白。在月黑風高的晚上，會有熊的行跡：我在垃圾坑裡發現一些本來殘留著牛奶的空罐子，已經被利齒咬爛和巨爪撕裂。一定是觀世音菩薩熊幹的。迄今，我在日曆上已經劃掉了五十五天。

在鏡子裡，我的頭髮變長了，我的藍眼珠子變得清澈，我的皮膚粗黑，就像鞣過的皮革。我很快樂。整個晚上又是一陣又一陣的滂沱大雨，但裹在睡袋裡的我，卻暖和得像片烤吐司，夢著自己在山脈裡執行步兵偵察任務。早上變得寒冷而風大，霧與雲競相奔馳，偶然會有一陣陽光，把山岩照得斑斑駁駁。正當我坐在由三根圓木頭所生起的熊熊火焰前取暖時，無線電裡傳來老伯尼的聲音：他吩咐所有林火瞭望員在今天同一天下山。我心中一陣狂喜，火災

SECTION 三十四

季節過去了。我大拇指勾著一杯咖啡，走到院子裡踱步，唱道：「胖嘟嘟啊胖嘟嘟，那草叢中的金花鼠。」可不是嗎，我的金花鼠，此時就蹲坐在被太陽照得白亮的岩石上，瞪著我看，爪子裡抓著些燕麥之類的穀粒。薄暮時，大團大團的烏雲自北而來，我說：「哇，不得了不得了！」又唱道：「挺過了挺過了挺過了，它一切都挺過了。」意指我的小屋歷經多次狂風吹襲，都屹立不動，沒有被風吹走。在這片垂直的山巒上，我已經見證過六十次的日落，而永恆的自由，將永遠屬我所有。金花鼠竄入了岩石間，與此同時，卻飛出來一隻蝴蝶。事情有時候就是可以這麼簡單。鳥兒興高采烈打小屋屋頂上飛過，牠們會這麼樂是當然的，因爲從小屋到樹木生長線的沿路，長了一片綿延一英里的藍莓，可以大快朵頤。我最後一次走到閃電谷的邊緣上去，一間小小間的室外廁所就蓋在這裡。過去六十天，我每天都會來這裡坐一坐，有時是在霧中，有時是在明月夜，有時是在豔陽天，有時是在黑漆漆的晚上。每一次，我總是可以看得見那些小小棵扭曲結節的樹木，它們看起來就像是從岩石上直接長出來的。

忽然間，我彷彿看到那個邋遢得無法想像的中國流浪漢，就站在前面，就站在霧裡，皺紋縱橫的臉上透著無法言詮的幽默表情。那並不是眞實生活中的賈菲，不是揹著背包、學佛和在派對上縱酒狂歡的賈菲，而是比現實更眞實的那個賈菲，我夢想中的賈菲。他站在那裡，不發一語。過了一會兒，他突然對著喀斯喀特山脈的山谷放聲大吼：「滾開吧，我心靈的竊賊！」我會來到這孤涼峰上，就是出於他的建議，而現在他雖然人在七千英里外的日本，應答著小木魚的敲擊聲，卻彷彿就站在孤涼峰這裡，就站在一些結節老樹的旁邊，見證著我所做的一切（後來賈菲把他的小木魚寄給了我媽媽。他這樣做不爲什麼，就只是爲了想讓我母親高興，只因爲她是我媽媽）。「賈菲，」我大聲喊道，「雖然我不知道我們什麼時候會重聚或將來會有什麼發生在我們各自身上，但我絕對不會忘記孤涼峰的，我欠它的太多太多了。我會永永遠遠感謝你指引我到這個地方來，弄懂一切的道理。現在，我已經長大了兩個月，而我要回到城市去的憂鬱時刻已經到了。願主賜福給所有身在酒吧、滑稽劇和含沙的愛之中的人，賜福給那倒懸在虛空中的一切。不過，賈菲，我們知道，我們倆是永永遠遠不變的——永遠的年輕，永遠的熱淚盈眶！」此時，羅斯湖在散開的霧中現身，倒映著玫瑰色的漫漶天光。「上帝，我愛你。」我抬頭望著天空，說出這句肺腑之言。「主啊，我眞的已經愛上你了。請你照顧好我們每一個，不管是用什麼樣的方式。」

不管是小孩還是無知的人，都應該受到相同的對待。

賈菲每離開一處營地之前，都有跪下來做個小禱告的習慣，離開寒拉縣時如此，離開馬文縣時如此，離開辛恩的小屋時也是如此。當我揹著背包要走下山徑時，因爲想到這一點，覺得應該延續這個美好的傳統，於是就轉過身，跪在山徑上說：「謝謝你，小屋。」然後又補充了一聲：「呸！」我微微一笑，因爲我知道，小屋和孤涼峰都會明白箇中的含意。之後，我就轉過身，走下山徑，往世界回轉回去。

OPEN 精選

達摩流浪者

凱魯亞克追尋自我的禪修之旅

The Dharma Bums

作　　者　傑克．凱魯亞克（Jack Kerouac）
譯　　者　梁永安
發 行 人　王春申
選書顧問　陳建守、黃國珍
總 編 輯　王春申
責任編輯　丁奕岑
封面設計　盧卡斯工作室
內頁設計　洪志杰
內頁排版　吳真儀
業　　務　王建棠
資訊行銷　劉艾琳、孫若屏
出版發行　臺灣商務印書館股份有限公司
23141 新北市新店區民權路 108-3 號 5 樓（同門市地址）
電話：（02）8667-3712　傳真：（02）8667-3709
讀者服務專線：0800056196　郵政劃撥：0000165-1
E-mail：ecptw@cptw.com.tw　官方網站：www.cptw.com.tw
Facebook：facebook.com/ecptw

局版北市業字第 993 號
二版：2025 年 8 月
印刷廠：鴻霖印刷傳媒股份有限公司
定價：新台幣 450 元

法律顧問：何一芃律師事務所

國家圖書館出版品預行編目（CIP）資料

達摩流浪者：凱魯亞克追尋自我的禪修之旅 / 傑克．凱魯亞克 (Jack Kerouac) 著；梁永安譯．-- 二版．-- 新北市：臺灣商務印書館股份有限公司，2025.08
面；　公分．-- (Open 精選)
譯自：The dharma bums
ISBN 978-957-05-3633-1(平裝)

874.57　　114008912